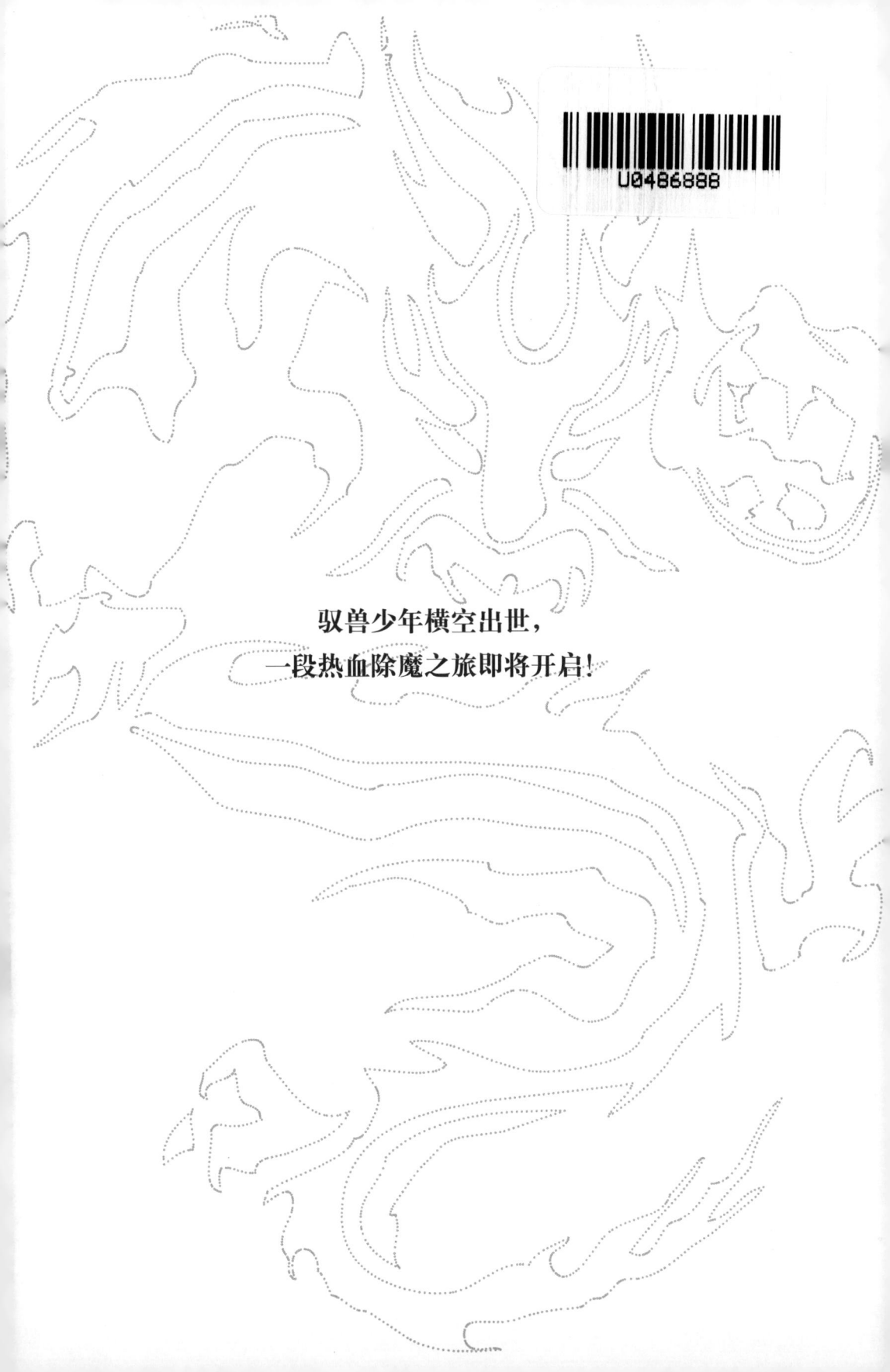

驭兽少年横空出世，
一段热血除魔之旅即将开启！

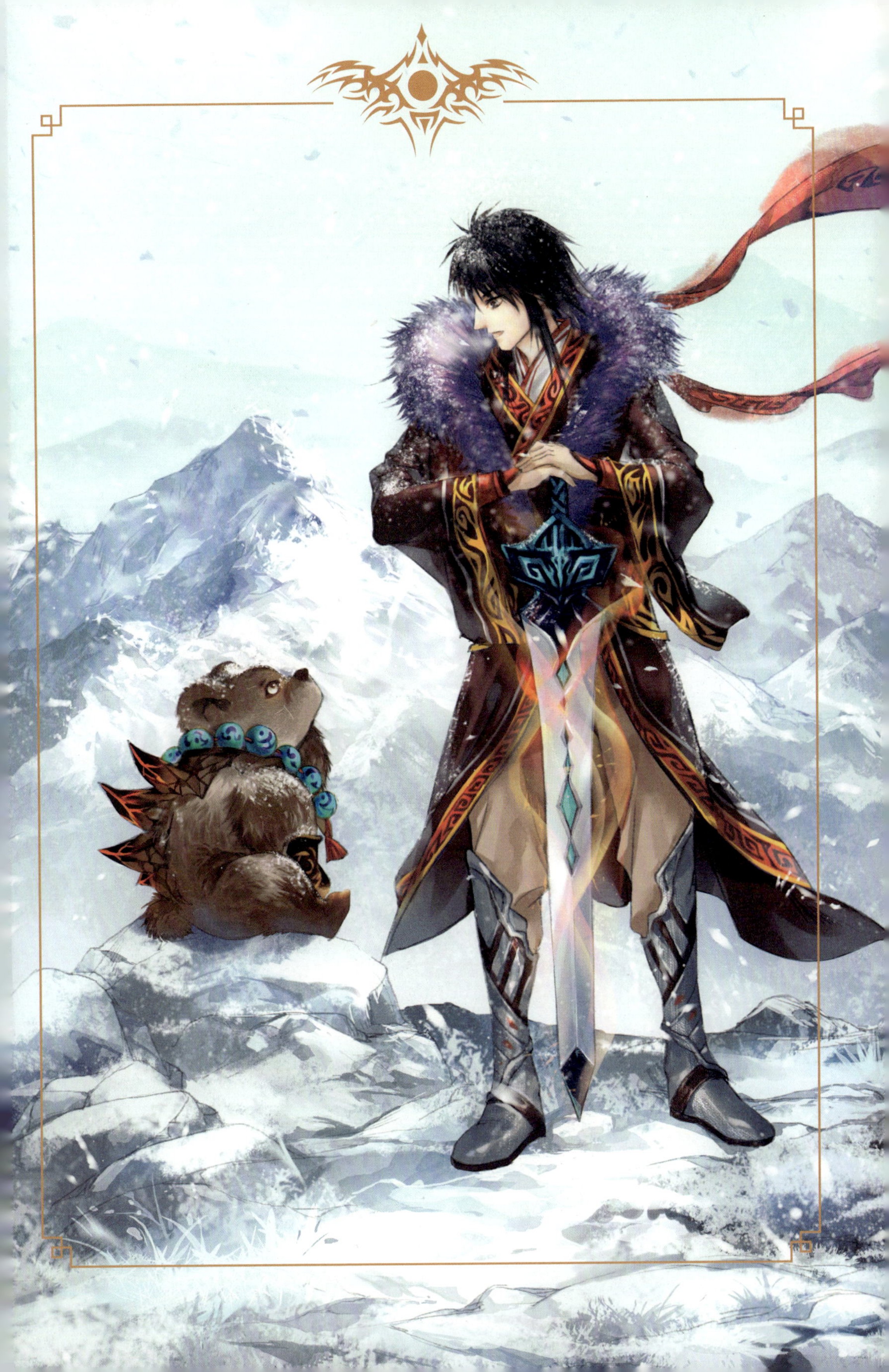

雨 魔 著

驭兽斋

❶ 幻兽少年

FANTASTIC BEASTS

北方联合出版传媒（集团）股份有限公司
辽宁少年儿童出版社
沈阳

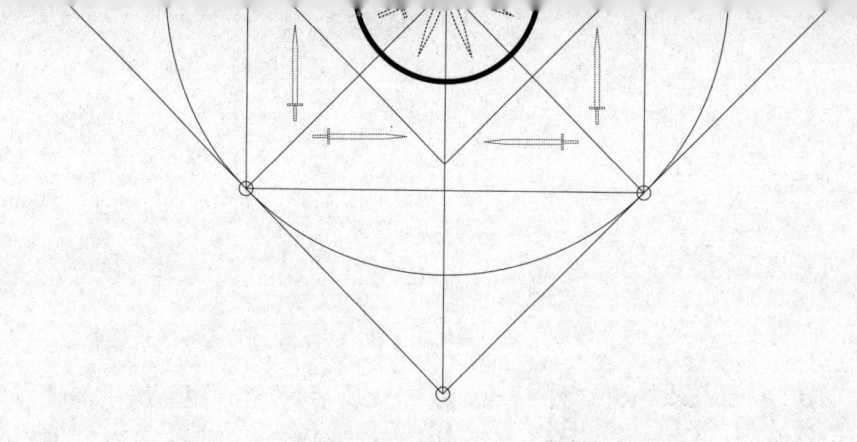

笔耕十五载,纵情文字间,所行弥远,心仍少年。

雨魔

第八章 百鸟朝凤图 065

第九章 不是冤家不聚头 073

第十章 惊人悟性 081

第十一章 炉鼎之制 089

第十二章 灵龟地铁鼎 097

第十三章 神丹引祸 105

第十四章 灵刃除兽 113

第十五章 我欲离去 121

第二十四章 枫林晚 193

第二十五章 哀伤之剑 201

第二十六章 梅家的到来 209

第二十七章 九尾冰狐 217

第二十八章 神剑立威 225

第二十九章 神剑中的虚拟世界 233

第三十章 第二剑灵 241

引子　屠龙老爸　001

第一章　春绿水畔　009

第二章　神龟的解脱　017

第三章　两枚龟蛋生事端　025

第四章　是非高老村　033

第五章　神迹九幽草　041

第六章　功到自然成　049

第七章　神兵利器　057

第十六章　烈炎神剑　129

第十七章　小露锋芒　137

第十八章　最后一击　145

第十九章　逃亡在外　153

第二十章　懵懂尘世　161

第二十一章　年少多金　169

第二十二章　贼鸟惹祸　177

第二十三章　赔酒了事　185

屠龙老爸

引子

寂静的夜，银色的月光遍洒大地，虽然是初夏，却仍然给人带来阵阵凉意，淡淡的雾气使得这片林子显得很诡异，还好不时一声两声的虫鸣、鸟叫冲淡了这种让人不安的气氛。

混杂着阵阵泥土、青苔与腐木的气味，地上满是虬柯和错杂的乱石，几人在这种艰难的境地里行走着，其动作之敏捷如履平地，悄无声息，仿佛是天生的暗夜精灵，使人不由得为之咋舌。

随着不断地向林中深入，可以发觉这片林子并不如外表看来那么狭小。整片林子好似一个葫芦，入口便是那葫芦嘴，走出葫芦嘴，眼前豁然开朗，视角无限地向两边扩张，竟比想象中还要大。眺望远方，仿佛是一个深幽的隧道般难测尽头。

那几个奔行的人显然对这里的环境十分熟悉，没有任何迟疑与惊讶，身体飞快地在林中穿梭。

就以这种速度，大概有一个时辰之久，几人倏地同时停下来，就好像心有灵犀般。

一个声音在寂静的夜显得有些突兀："大哥，直接把它逼出来吗？"

那个被称作大哥的人，国字脸庞，面容坚毅，胸膛宽厚，四肢粗壮，四十上下的年纪，脸上已经刻满了久经风霜的痕迹。他笔直地站在那里，面向前方，仿佛雕塑，闻言回过头来，望着说话之人，眸中精光陡然射出，呵呵笑了一声道："三弟不要心急，现在还不是时候。"说完抬头看天。

这时一轮圆月正斜挂树梢，他嘴里喃喃地说着什么，仿佛是自语，又仿佛是要告诉另外几人为什么现在还不是最佳时刻。

"满月尚未升空，那个孽畜是不会出来的。"

顺着他的目光，可以看到，离此不远处有一大片空地，在空地中心一个不知深浅的水潭赫然出现。那潭水并非碧绿而是深黑，反射着淡淡的月光，令人不由得冷意上升，头皮发麻。

四周静悄无声，就连刚才似有若无的虫鸣声也听不到了，雾气逐渐变浓，将整个林子笼盖其中。覆盖在水潭上方的雾气尤为浓厚，而且缓慢、诡异，富有韵律感地上下翻动着。

在这种异常的情景下，心志稍为差一点儿的人早就哭爹喊娘地逃离这里，最好永远也不要再回来了。

几个夜行人却丝毫不为所动，全都静静地站在那儿，望着眼前的异象，仿佛这是再寻常不过的事。令人惊奇的是，几人周围的雾气如同遭到什么力量的排挤，向外溢散开去，他们身上的衣服也无风自动起来，显然是其体内的气劲已经鼓动，看来几人的内心并不如表面那般平静。

虽然几人对自己的功夫都颇为自负，但毕竟对手的厉害也是平生从未遇到过的，很有可能一个不小心就得埋骨于此。

雾气越来越厚，逐渐将几人的视线遮住，远处的那方水潭笼罩在水雾之中，已经微不可见。那个被称作大哥的中年人微微皱了皱眉头，气运双眼，眸中陡然射出湛湛神光，穿破四周的雾气，勉强可以观察到水潭的情况。

其他几人也有样学样，互相看了一眼后，双目逼射出金光，紧紧地盯着不远处的水潭。

水潭、圆月遥相对立在淡淡的银光下，显得寂寞而又孤傲。

这时，隐约可见水潭上的雾气蓦地上下涌动，并由里向外翻涌。水面不再如先前平静，一圈圈水波从中心向四周荡漾开去，速度越来越快，幅度也在不断地增加中。

突然一圈震动从地底传出，仿佛大地都在为之颤抖，几人都露出凝重的神色，望着眼前的异变，双手也不由自主地紧紧握成拳头。

水波剧烈翻滚，水花不断地从水潭中溅出。不到片刻，附近的雾气已然全被溅出的水花吞噬，显露出幽深的黑潭。震动刚刚平息，刹那间，一波更为剧烈的震动紧紧衔接着余波以水潭为中心向外传出。

一波又一波的颤动，持续了不知多久才渐渐消沉，树林又归于死寂。

屠 龙 老 爸　　　　驭 兽 斋

空气中流动着紧张压抑的气氛，再观那五个夜行人，个个掩饰不了自己内心的紧张，惴惴地紧紧盯着眼前的水潭。

先前还镇定自若的那个大哥，此时也露出恐惧的神色，但只是一闪而过，代之而起的是坚定的眼神。

五人中一个年约三十的汉子，突然开口道："大哥，我看它马上就要出来了。"眉宇间流露出一丝丝的惧怕、兴奋和期待。

再看其他几人，表情都与他类似，恐惧与期待两种不协调的情感，完美地融合在每个人的脸上。

虽然几人都是当代的杰出人物，但是其中一人鹤立鸡群，仿佛更胜一筹。他身着白服，脊直肩张，体型魁梧威武，相貌却清奇文秀，充满儒雅气息，一双眼睛迸射出智慧的光芒。

此人收回紧盯着水潭的目光，望向开口之人，眼带笑意，缓缓道："三哥不要心急，这还只是前奏而已，现在圆月尚在半空，离当空而照少说还有半个时辰。"接着开玩笑道，"难道以三哥勇猛之人还怕了这小泥鳅不成？你的七级白虎可是堂堂兽中之王呢。"

在场之人都是当世豪杰，文武双全，面对这个只有传说中才有的事物，难免存在恐惧的心理，但被此人一说，全都冷静下来。被称作三哥的人，闻言一愕，随即露出一丝轻松的苦笑，抹去头上的冷汗，道："还真被五弟猜到了，我刚刚是有一点儿胆战心惊，也都怪这臭泥鳅不好，没到时候穷喊个啥劲儿，搞得老子也跟着紧张兮兮的。"

众人见他说得有趣都跟着一起笑出来，先前沉闷的气氛一扫而空，战意高昂，谈笑自若。

这时，一声低沉、厚实的兽鸣出乎众人意料地响起，仿佛来自地底，又好像就在身边，使人不寒而栗，寒毛直竖。

几人立即停住说笑，警惕地望着前方水波剧烈涌动的无底黑潭。

最长之人不愧被称作大哥，见识也最为广博，他面色沉凝，缓缓道："好像有点儿不大对劲。这种情况谁也没见过，虽然经过我们半年的观察，推算出它必定会在这个月的月圆之夜，当月亮升到头顶之时，蹿出毒潭吸食日月精华，进行最后一次蜕皮，可这毕竟只是我们的推算，究竟事情会否像我们预料的那样发生谁也不敢保证，所以我们应该以安全为主。"

他说话间，一把利剑已经持在手里。那剑瞬间光芒大绽，在充满雾气的黑夜森林中，仿佛一个人造月亮。光华一闪即没，随后一条巨大的蟒蛇凭空出现在众人面前。蟒蛇长有十几米，圆滚的躯体水桶般粗大，蜿蜒地横在眼前，粗长的尾巴不时地扫动着，被它碰上的树木全都轻易折断，让人目瞪口呆。

老五淡淡地一笑，道："大哥的绿蟒已经出来了，各位哥哥也都放出自己的宠兽吧。"说完后，几人都拿出自己的兵器，几乎不分先后地放射出不同颜色的光芒，光线夺目，却不如大哥的来得那么强烈。

这时，一声虎吼震耳欲聋，先声夺人。这只巨虎有兽中之王的风采，可震慑天下万兽，体形虽然没有那条绿蟒来得巨大，但比起同类却仍然属于庞然大物。

接着，一只雄鹰展翅翱翔，在树林上方盘旋迂回，嘴中发出啾啾的长鸣，清脆嘹亮，震人心弦。它通体雪白，看似娇嫩的喙，谁又会想到其一啄之力会有碎金裂石的威力呢？它金黄色的爪子锋锐无比，双翅展开竟达六米之巨，遮天蔽日，落在老二的肩上，顾目自盼，竟有禽类雄者之姿，气势丝毫不亚于那只威猛的白虎。

老四的面前则停着一只巨猿，除了眉间一撮金色毛发，全身竟然纯白，无一杂色，凸出的下颚两颗牙齿锋利坚硬，令人不敢有丝毫怀疑它可以轻易咬断一头壮硕雄豹的脖颈，粗大强壮的四肢向来都是力量的象征。

倒是那个老五，身前半坐一只大狗，乌油油的毛发平淡无奇，幽绿的眼珠温驯地望着前方，丝毫看不出有何惊人之处。除了它那比一般狗较大些的体形，相比其他几只七级的宠兽实在相形见绌。

老五好像突然想到了什么，道："大哥，你的绿蟒虽然已经七级，属于护体兽，有了自己的灵性，但是兽类天性相克，我怕等会儿会有什么意外，你还是先铠化吧。"

此言一出，其他几人略一思索都想出了其中的关键，老大微微颔首，眸中精光一闪，喝道："铠化！"绿芒顿时暴涨，巨蟒化作流光附着在老大的身上，绿芒几经闪烁后，老大身着一身绿色铠甲出现在众人面前，握在手中的利剑也变成了绿色的。细看之下，绿色的诡异铠甲竟然由一片片滑腻的蛇鳞组成。

就在此时，水潭中的水突然向上爆裂飞溅，溅起的水箭竟然把古老的大树给射穿了，五人你眼望我眼，都发现了对方眼中的恐惧：只不过是溅起的水花就有如此的威力……

这时，一个庞然大物陡然从毒潭中破水而出，直冲天际，啸声破空，发出咻咻的刺耳响声，气势骇人已极，使大地都为之颤抖，声波经久不息地一波波撞击着万物的心灵。

五人不约而同地发出一声惊呼，怔怔地望着眼前传说中的神兽，心内的震撼非言语所能表达。

老五眼中迸射出热烈的神采，嘴中念叨着："据典籍记载，龙的特征是角似鹿、头似驼、眼似兔、项似蛇、腹似蜃、鳞似鱼、爪似鹰、掌似虎、耳似牛。看来这条数百年的巨蟒只差最后一次蜕皮就可以进化成万兽之王的龙了！"

几人仿佛被传说中的神兽给镇住了，一时间呆站在当地没有下一步动作，又或者是时机未到。

那条巨大的蟒蛇或者说"龙"更为合适，身在毒潭外面的身长已经可以媲美老大的那只宠兽了，怪不得老五建议他先铠化。龙乃蛇中祖宗的祖宗，老大的那条绿蟒若以实体出现，怕是只会俯首帖耳，哪还有一丝进攻的胆量？

龙好像并没发现几人的存在，抑或认为他们几个小不点对自己构不成任何威胁，一声象征性的怒吼之后，突然伸直身体，一粒火红的珠子从嘴中吐出，在空中大放红光，红彤彤的一片，仿佛空气都被烧着了。

珠子在龙的嘴边吞吐着，老大低声喝道："它在利用自己的内丹吸食月亮精华。"

老五蓦地惊呼："不好！它全身微微泛着红光，竟比我们预料的要提前进化了，不能让它进行最后一次蜕化！"话说完，身子已经在空中，再看那只黑狗，竟然肋生双翅，拍打着翅膀跟在主人身旁，速度之快，比起以速度著称的飞马也丝毫不逊色。

其他几人虽没有老五反应这么快，倒是马上意识到了他在说什么。他们之前靠着老大的那条绿蟒感应到这条即将进化为龙的蟒蛇祖宗，又花了半年的工夫来详细地观察它的习性，发现它在吸食月亮精华的时候都将自己最重要的内丹吐出来，用来储存月亮精华以加快自己进化的速度，而且一旦吐出来，一般不会在中途停下，即使有外力迫使它这么做，事实上以它现在的能力也很少有什么东西能对它造成伤害了。

最后五人决定在最后一个月圆之夜合力将其收服。

一身铠甲的老大一跺地，腾挪而起，越过树枝头，似行云流水，疾驰如天马行空，轻灵、飘逸、潇洒。

老二眼中射出炽烈的神色，跃身坐在白虎身上，哈哈一声大笑指挥着自己的宠兽向正吸食着月华的龙飞奔而去。

老三和老四相视，也发出豪爽的笑声，老三脚点地，身体立刻拔空而起，那只雄鹰发出嘹亮的鸣叫，将自己的主人接住，向龙的方向快速飞去。

老四长刀在手，一声吆喝，急速向龙掠去，巨猿突然发出愤怒似的吼叫，四肢并用快速地跟在主人身后。

三人在上，二人在下，对龙展开了合围之势。

老大的剑迸发着刺眼的绿芒，他双手握剑，大喝道："我先来！"语未毕，便借着自己极快的速度使出全身力气，人剑合一，闪电似的向龙首掠去。

老二此时业已赶到，豪气冲天地大笑道："大哥，您别心急，这打头阵的事还是让小弟来吧。"

话刚说完，老大那边就发生了突变。龙突地发出令人心寒的怒吼，毒潭中的水被激射而出，不约而同地射向正偷袭而来的老大，在龙丹的照耀下如千万支火焰箭矢狂飙而至，始作俑者自然就是那只即将发飙的龙了。

众人眼见此奇景不禁为之动容。

夜空瞬间水箭如雨，光华璀璨，蔚为壮观。水箭划破虚空，产生尖锐的刺耳声，使在场其他几人瞠目结舌，内心狂颤。

老大的功夫亦算了得，全力的一击亦能转攻为守。只见他拧腰翻身，脚踏虚空避开迎面而来的箭矢，但仍被一道水箭擦边而过。威武的铠甲如同泥捏纸塑般不堪一击，顿时被划开一道口子，让老大感到一阵火辣辣的疼痛。

正在此时，一股强大的气流如天降陨石般陡然出现在老大的眼前。老大抬头望去正好看见如同灯笼大小的龙眼怒视着自己，不由得一阵心虚，急急故技重施想避开它的正面进攻。

可惜他无法摆脱那股摧枯拉朽的威力，被当胸一击，如遭雷劈，重重摔在地面，铠甲顿时被瓦解，化为先前的巨蟒匍匐在一边，在龙的淫威下不敢稍有动作。

龙以睥睨天下的气势扫过几兽，目光所过，巨蟒首先臣服，其他几兽也瑟瑟发抖，不复先前的勇猛。

几人也被它君临天下的气势给镇住，呆立当场，心中狂颤不已：这是什么威力，竟然如此可怕？

龙再次发出狂吼，沉厚的声音令空气也随着颤抖，四兽再也抵挡不住，四肢失力，软瘫在地面，颤颤发抖，不敢有丝毫的抵抗。

仿佛做了一件微不足道的事情，龙眼带着人类特有的表情，讥笑地扫过几人，像是在嘲笑几人的自不量力，转而继续吸食月亮的精华。

几人倒吸一口冷气，心头震撼无比，难道变成龙后真的就会拥有人类的智慧了吗？虽然不相信，可是刚才那富有人类表情的一眼还是令几人内心震惊无比。

"铠化！"寂静的夜，虽然只有两个字却令其他几人顿时充满了勇气，老五身上的白衣立即为黑色铠甲所代替，银白色的软剑也换上了黑色的"外套"，他将气劲灌注在内，那剑立即变得锋锐笔直，黑黝黝的薄薄剑身更令人有厚实的错觉。

"铠化！"

"铠化！"

"铠化！"

几人受到感染都鼓足余勇，霎时间同时铠化，周围的树木在不同的光芒映射下，竟然也变得炫目多彩。老三咽了口唾沫，目射奇光，骂道："直娘贼，老子跟你拼了，我就不信四大星球最顶尖的五大高手会打不过你这个臭泥鳅！"

老五朗笑道："好，不能让一个小泥鳅小瞧了我们，要让它知道我们五人合力一击是怎样的惊天动地！"

说完，每个人身上都骤然暴射出刺目光芒，仿佛一团团不同颜色的火焰在炽烈地燃烧，每人都将气劲提到毕生的巅峰。龙作为一种高智慧的动物马上预感到了危机，扭转过头，瞪着几个刚刚被自己视为毛毛虫的人类，隐隐感到，可以危及自己的力量在五人身上流转着。

大战一触即发！

龙身上的红芒愈来愈盛，照映天地，天下之大却令人感到天地尽在这片红芒的笼罩中！

春绿
水畔

第一章

严寒的冬天终于度过，盼望已久的春天却姗姗来迟，耀眼的阳光下，身前的潺潺小河泛起阵阵银鳞，仿佛暗夜中的万点银星，煞是美丽。尚未融化的残冰，以各种形状随着河水流向远方。

岸边青黄色的嫩草稀稀拉拉地顺着河岸不断地延伸着，像是在向世界证明万物的复苏。分布在草中的零星野花，不时有蝴蝶飞过，翩翩飞舞两下，便飘向远处了。这种蝴蝶极为常见，是很普通的白色的那种，实在没什么稀罕的，但是在这样一个阳光明媚的初春早上，却已能拨动人们心中对春天雀跃的心弦。

我呆呆地瞪着眼前让人心醉的美景，好像已经沉浸在其中不能自拔。其实并非如此，虽然空洞的眼神盯着眼前流淌不息的小溪，但心神却早已飘到别处。

母亲去世一年，我也守孝了一年。其实这里的风俗是在自己的亲人去世后，家人要为之守孝百天。在这百天内，哪也不能去，只能身着孝衣伺候在亲人的陵前，直到百天后亲人的灵魂归天才能脱去孝衣。

母亲死前却要我替她守孝一年，我不知道母亲这么做有什么原因，但是我知道母亲很疼我，她慈祥的笑容每每在我午夜梦醒时出现在眼前。很多年前父亲就已经不在了，只有母亲一人含辛茹苦地把我养育成人。

母亲很辛苦，我却不能替母亲分担什么，我很笨，什么也做不好，虽然母亲从来都没有说我笨，但是同村的那些和我一块儿长大的年轻人，却总说我笨。

其实，我并不笨，只是反应迟钝些，我喜欢平淡的生活，对于追求别人希冀的东西缺乏兴趣；我的欲望很小，只希望每天帮母亲分担生计，可以每天看到母亲慈祥的笑容。

每当我认真地把我的愿望告诉母亲时，母亲总会轻轻抚着我的头发，仔细地打量我，微笑着告诉我："孩子，你会成长为一个伟大的人。"

每次我总会疑惑地问母亲："伟人都是很聪明的人，我这么笨怎么会是伟人呢？"理智告诉我这只是母亲安慰我的话，可是当母亲露出笑容时，我就会相信她的话，因为她的笑容是那么自信，还有一丝神秘，更多的是鼓励，另外我还发现了骄傲——以子为荣的骄傲。

母亲微笑着望着我，道："孩子，要知道伟人也是从普通人成长起来的，当他们很小的时候，人们也很难发现他们的伟大。"

我点了点头，还有点儿怀疑地问道："那您是怎么知道的呢？"

每逢我问这句话，母亲略显苍老却仍不失美丽的眼睛便透出开心的笑意："因为我是你母亲呀，傻孩子，母亲是天生的先知哦。"

"哗啦啦"，奔流不息的水流声，将我拉回现实。

莫名其妙，又好像若有所感的，我叹了口气，望着眼前的美景，耳朵中充满了天地间的声音：风声，水声，虫鸣鸟叫声，心脏有节奏的律动声。我忽然有种错觉，自己正置身于一个静谧的空间，心神再次沉浸其内。

"孩子，你会是一个伟大的人呢，要对自己有信心哦。"母亲曾经道。

我眨眨眼，问道："可是我什么都不会，也比别人笨，怎么会是伟人呢？"

母亲照旧笑了笑道："忘记了吗，母亲是先知哦。"

我忽然道："母亲，父亲是个伟人吗？"

母亲一愣，怔怔地看着我。望着母亲的眼神，我知道她已经不由自主地沉浸在回忆中了。

过了一会儿，母亲回过神来，叹了一口气，幽幽地道："你父亲是一个伟大的武道家，一个真正的男子汉，却还不是一个伟人。"

我并没有感觉到母亲语气中的哀伤和眼睛中的幽怨，却对武道家身份的父亲产生了无比的兴趣："父亲是一个很厉害的武道家吗？"

感受到我眼睛中的迫切，母亲不忍打消我的念头，因为我很少会对一样事情产生兴趣。母亲露出苦涩的笑容道："是啊，你的父亲是个很厉害的武道家。"

我天真地问："很厉害吗？有多厉害？比里威爷爷还厉害吗？"里威爷爷是村中最厉害的人，听说年轻的时候在地球上最大的武道学校学习过，会很多在我们孩子眼中既好看又威力大的功夫。

母亲听我拿里威爷爷来和武道家的父亲比，眼中闪过一丝笑意，道："你说山鹰和小鸡谁厉害？"

我的脑海里马上出现山鹰展翅翱翔于蓝天之上的雄姿，很显然只会在草丛中找蚱蜢吃的小鸡怎么也不是它的对手。

我心中顿时涌出强烈的自豪感，原来已经去世的父亲竟是这么厉害的一个人，不过我却没有那种长大后也成为一个伟大的武道家的念头，因为我很笨，里威爷爷在教村里孩子武技时，只有我学得最慢，也学得最少。

去世了的父亲有好几个结拜的兄弟，每年都会来看我和母亲，母亲对他们很平淡，一点儿也不像平时那样善良热情。可母亲还是让我称他们为伯伯。

这些陌生的伯伯都很喜欢我，每次来的时候都会教我一些稀奇的功夫。有一次我不小心把伯伯教给我的功夫在里威爷爷面前施展了出来，从他炽热的眼神中我可以看出，这是很厉害的功夫。

在他们教我功夫的时候，我同样学得很慢，也很少，可是意外的，这些陌生的伯伯并没有像里威爷爷那样露出失望的表情。他们的表情仿佛很满意，每个人都会拍拍我的肩膀说我大智若愚，长大一定会有一番作为。

这个时候我都会很纳闷：为什么我这么笨还说我聪明呢？我不知道，我问母亲，母亲却令我意外地没有回答我。所有人都说我笨，为什么只有他们说我聪明呢？得不到可以信任的答案，我告诉自己这一定是他们搞错了。

看得出，母亲是知道答案的，可是为什么不告诉我呢？

父亲有四个结拜兄弟，这四位伯伯来了都会做一件事，就是带来精美的食物喂家里唯一的动物——一只黑狗。平时它都会懒懒地待在我身边晒太阳，我管它叫大黑。里威爷爷说它是一只罕见的三级宠兽，可是看它平时蔫蔫的模样，一点儿也没有三级宠兽应有的雄姿。我很怀疑是不是里威爷爷看错了，毕竟他的年龄已经很大了，这从他下巴上那长长的胡子就可以猜到。

看着伯伯们毫不心痛地将精美的食物喂给大黑，我心想为什么要这么浪费呢，连村长吃的食物都还没有这么好呢，可是大黑仿佛并不领情，面对精美的食物，只是自顾自地打着瞌睡。

这些伯伯个个透着奇怪，让我看不明白。

有一次我突然问母亲："既然父亲是个厉害的武道家，那怎么会死呢？"

母亲叹了口气，眉头拧成一块儿，仿佛极不愿提起此事，强烈的哀伤连幼小的我都感觉到了。

母亲的目光望向空中，好似穿透墙壁射向远方，我知道这将是一个遥远的故事。过了一会儿，母亲收回目光，呼出长长的一口气，爱怜的眼神落在我身上，徐徐道："你父亲虽然是很厉害的武道家，却逆天行事，妄图以人的微薄力量去降伏一条即将出世的龙，所以……"

我惊骇地张大嘴巴，心中的震惊非言语可以形容。原来如此，竟然是屠龙而死。

也就是在这天，母亲给我改了名字——依天！提醒我以后不要走上父亲逆天的路，让我凡事依天意行事。对此我不以为然，但我却不想忤逆母亲的意思。从此我有了新名字——依天。

我知道母亲是很爱父亲的，父亲死后母亲非常伤心，我想如果不是为了将我养育成人，恐怕她早就因为思念和哀伤去寻找父亲了，现在我终于长大了，所以母亲终于放心地随父亲去了。我在心中暗暗祈祷母亲可以找到父亲，并在另一个世界快乐地生活。

想到烦心处，烦躁的情绪把我的心神拖回到现实中来，淡淡的哀愁挥之不去，我蓦地起身。大黑懒洋洋地抬头斜望了我一眼，便又把头枕在自己的前爪上，默默地享受阳光。

大黑是父亲留给我的唯一可以思念他的事物，母亲现在也不在了，顿时，仿佛整个地球我只剩下大黑一个亲人了。大黑从来都是一副有气无力的样子，我怀疑它活不了多久，可能很快就只剩我一个人了吧。

我俯下身拍拍它的脑袋，大黑的毛在阳光下早已吸收了足够的热量，摸到手里只感觉热热的，唉……

目光望向远方，触及流淌不停的小溪，我有投身其中的欲望，冷冷的溪水浸在身上应该很舒服吧？

我脱去衣物，健硕的身躯好似滑溜的鱼儿没入水中，只在水面留下一连串气泡，被我打乱了秩序的残缺冰块很快又恢复了有条不紊的流淌次序，浮在水面流向下一个目的地。

大黑抬头望着我跳入水中的地方，摇摇大脑袋，费劲地爬起，努力地向河边走去。

我刚进入水中，刺骨的寒冷就使我不禁打了个冷战，没想到初春的河水这么冷。我灵活地摆动身躯，游动的身姿像极了一尾鱼，一个猛子扎向河水深处，下面的河水竟然比上面要暖和些。

鱼群仿佛被我这个不速之客给惊吓到，速度极快地蹿到离我较远的地方，我微微一笑不理会这些胆小的鱼儿，双手划动向更深的地方游去。这是一条不深的小溪，但也并不浅。俗话说靠山吃山，靠水吃水，我们村子靠着这条小溪已经存在很多代了。

因此在水边长大的我，水性并不差，甚至比村子里的其他人都好一点儿，这也是我唯一可以拿来安慰自己的本事。所以我比别人更爱这条河流。

冰冷的水面下，是另一个拥有丰富生命形式的世界，长长的水草随着水流微微地舞动着，比鱼儿更胆小的虾蟹便隐藏在这水草的根部，不时地探出脑袋来，看到我这个突然闯入的庞然大物，又立即恐惧地缩了回去。

我在水中直立而起，双脚快速摆动，感受着水流轻轻擦过皮肤的酥麻，向河面游去，头探出水面，深深地吸了一口气又潜向水底。

不深的小溪流在阳光的照射下，水底并非一片漆黑，朦朦胧胧，仍能让我辨清眼前的事物。

胸肺里补足了氧气，我大着胆子贴着河岸徜徉，等到氧气即将耗尽，我便探出水面继续补充。就这样逆流而上，我不时地露出水面吸一口氧气，又回到水里。

水草越发旺盛，仿佛秋天的稻田在微风拂动下掀起的一片金浪。水草多的地方，鱼类也格外丰富，在水草丛中灵活地穿梭着，看到我这个异物竟也不如何怕。

我露出头深呼吸，让肺部补足尽可能多的氧气，抖动身躯游往水草群中。就在我恣意地享受纤嫩水草的爱抚时，忽然发现，在眼前不远处，茂密的水草中竟然现出一个很大的空隙，观其形状好像是一个不规则的圆洞。

意外的发现令我愣了好几秒，年轻人的好奇心使我决定去一探究竟。

身躯若鱼儿般扭动，我向目标快速游去。

来到跟前，我小心地拨开周围的水草，发现河岸壁上确实有一个偌大的洞，小心翼翼地望向里面，黑黝黝的什么也看不见。我伸出手来触摸洞壁，圆滑而坚固，看来这个洞有一段时间了。

我很想游进去看个究竟，但是又不知道会不会有什么危险，怔怔地望着黑洞，待了一会儿最终决定放弃。

不甘心地按原路返回，我暗自忖度，明天带着照明物品再叫上几人一块儿来探个究竟。

正在我有点懊恼的当儿，忽然察觉水流有点不对劲，一股急流从左后方涌来，我反应不及被打个正着，在急流的冲击下强行被推到几米外，正想转身看到底发生了什么事，胸口蓦地有些气闷，知道是体内的氧气已经耗尽了。

心念电转，我顾不得看个究竟，竭力向上方蹿去，与此同时，感到身后又有两股强劲的水流急速地向我涌过来。

虽然不知道自己遇到了什么样的意外，但是却晓得袭击者对我一定没有什么好感。回头、身体绷直、侧身，我避过其中一道水流，但仍不幸地被另一道击中，水的冲击力出乎意料的强，虽然我已经使出了全身的本事躲过正面的冲击，但侧面的打击仍让我有点吃不消。

胸闷得更厉害，再吸不到新鲜的氧气，恐怕我就得活活被溺死在水里了。

善水者溺！

心里感到一阵害怕，急中生智，我顺着这股水流向远处游去。这应该能更快脱离危险。

果然如我所望，顺着水流我很快游到十米开外，轻易脱离了未知危险的纠缠。

"呼！"

我大口大口地呼吸着新鲜的空气，回想刚才的险境，真是危险至极，只差一点儿就死在水里了。

因缺氧而引起的肌肉僵硬由于氧气的快速补充而逐渐恢复柔软，浸在溪水里的皮肤敏感地捕捉着水流最细微的变化，奇怪的是，刚刚还波涛汹涌，暗流肆虐，一眨眼的工夫就踪影全无，水底平静无比。

我不甘心地望着上游方向，涓涓溪流一如往常。

我疑惑地摇了摇头，仍坚持瞪着上游。

从五岁开始习水，至今已十五载，这条河里还从没发生过这种情况，我决定回头搞个明白，心里隐隐觉得刚才的异常和那个黑洞有关系。

我一头扎进水中，柔软的身体模仿各种鱼儿做出溯流而上的高难度动作，显得滑溜无比。

周身三米以内的事物一点儿都不遗漏地清晰地映在眼中，而更远的地方也能模糊地看个大概。

游了二十米左右回到我先前在的位置，四周显得很平静，并无一丝异常，我立在那儿，仔细地倾听周围，看能否让我听到异声。

过了半晌，我始终没有发现什么反常的地方，如春梦般了无痕迹，仿佛刚才发生的危险，从没发生过。

我挠挠头，吐出一个气泡，不知道该怎么办。

忽然灵光一闪,我再次游到藏身于水草丛中的洞边。

望着黑洞,我却拿不定主意是不是要进去,水底不比陆地,遇到了危险根本无处可逃,再说洞里漆黑一片,什么也看不清,如果发生了意外肯定死路一条。

想到这个结果,我有点安慰地在心里想:"虽然我是笨了点儿,但是这点还是能够想到的。"我嘿嘿一声傻笑,却忘记身在水中,顿时溪水在水压的作用下涌入嘴里。

数个气泡在我眼前不断地上升变大,我露出一丝苦笑,本来嘴里含着的氧气全换成了溪水。我感到胸口有点发闷,知道氧气又快被用完了,拧转身摆动双脚向上游去。

一股异流倏地再次出现在身后。

幸好我一直都警惕地注意四周的变化,异变刚发生,我就以最快的速度避往一边,闪过突然出现的攻击,然后马上转过身来。

一只硕大的黑壳龟出现在我视线中,此刻其正轻松地划动四肢,嘴中叼着一根水草,看见我躲过攻击并转身发现了它,绿幽幽的小眼珠直勾勾地望着我,只是嘴中的那根水草在不断地缩短直至被咀嚼殆尽。

看来我的快速反应并没给它造成震撼。

看到它通体黑漆漆的颜色,这才明白为何我刚才怎么也看不出它藏在哪儿,显然,它是一直藏匿在洞里,只是我看不见而已。我不由得开始庆幸自己先前做出的英明决定。

老龟看来并没有停手、和平解决的想法,看似短小无力的四肢正快速地划动着。正面面对它的进攻,同样熟悉水性的我并不感到怎么害怕,不慌不忙地避开正面攻击,偶尔被其擦身而过会有一丝火辣辣的痛。

不知老龟是见我不是那么容易对付,还是终于吃饱了,它驮着看来十分沉重的背壳游到我面前不足五米处。

见识过它先前的作风,又见它现在的认真神态,我猜它大概是不会放过我了。

我身体暗暗聚力,准备好下一轮的挑衅。

神龟的解脱

第二章

诡谲的水流仿若无有穷尽、永不停息地向我袭来。

我在凶险的危境中，小心翼翼地躲闪着，生怕一不小心就落入万劫不复之地。看它气势汹汹、虎视眈眈的样子，肯定是不会有什么善意的，大有可能是把我误认为一个闯入它领地的坏蛋了。

见它一副不将我弄死便誓不罢休的样儿，我不得不打起十二万分的精神应付它的每一次攻击。

氧气在短暂而剧烈的对战中已经消耗得七七八八了，由于缺氧而产生的无力感使我早将"泰山崩于前而色不变"的古训抛至脑后，并开始努力地想从战局中脱身而出。

战胜眼前不知为几级的神龟犹如一件遥不可及的事情，就算是苟延残喘在此刻也变得遥远起来。

我打小练就的水性在危险的时刻终于显示出优势，出乎神龟意料的韧性，令我有机会从危险中脱离出来。我使出浑身解数，以一点儿不是很严重的外伤换取了一个机会，一挣脱开水流的束缚，便拼命往水面外钻去。

我的神经绷得很紧，精神也前所未有地集中，虽然还未到生死的境地，却已经吓得再也没有勇气面对了。

以前我认为那些艰苦的生活，此刻都变得微不足道起来，我甚至可以想象经历此事之后，那些本来艰苦的生活和修炼都可能令我产生幸福的感觉。

水面近在咫尺，我甚至可以很清楚地看到水面外的碧蓝天空，猛地伸头，新鲜的空气立即被大口地吸入。

我顾不得多吸几口氧气，便展开四肢，近似疯狂地向下游游去。刚游出几米，脑中忽然闪过一丝灵光，好像是非常重要的信息，不过可能由于太紧张的缘故，这一丝灵光没有稍作停留就不见了。

我隐隐地有点不安，却想破脑袋也想不出原因。

不敢停留去思索这个事情，我以更快的速度向下游游去，此时此刻没有什么比逃跑更重要了。

四肢并用，水花飞溅，耳朵中只剩下"咚咚"的心跳声。就在我自以为已经逃离危险的当儿，一股强大的吸力生生地阻止了我快速游动的身躯，双臂双腿仿若受到千钧之力，顿时令我力不从心，游动的速度迅速减了下来，直到为零。

吸力越来越大，整个身躯开始下陷，水流被强行隔开，一个具有很大吸力的漩涡在身下形成，我被一点点拽到水下。

我惊恐万分，开始死命挣扎，但是更为恐惧的是无论我怎么用力，一切都是徒劳，仿佛上天注定如此一样。

无力感既使我害怕，又使我绝望，我可以感到心脏好似要爆炸开，在胸腔中快速地跳动，同时耳膜也饱受摧残，好像是与外面世界完全隔离开，什么也听不到。

突然一个重物砸在我的胸口，力量出奇的大，胸肺一阵痉挛，嘴中甜味涌出，我情不自禁地张口想吐出去，但刚张开嘴巴，巨大的水压就无止境地把水压进我的喉咙里。

眼神变得蒙眬，眼前也出现了只有在夏天雨后才会看见的七彩色，脑中"嗡"的一声，世界出现绝对的静止，我再也感受不到什么了，就好像生命已经到了尽头一样。

这时候，我的身体突然发出火一般的赤红，照耀了整条河流，赤红的光芒在明暗相间地闪动着，仿佛在召唤着什么。

神龟好像被吓到，突然停下了所有动作，惊疑地盯着我，绿豆般的小眼睛透露出一丝丝的惊惧。

我身上的赤红光芒亮了没有几秒钟就彻底地不见了，让人怀疑刚才是否是自己眼花了。

神龟试探似的拍出一股水流击在我身上，我软趴趴的四肢被打中后，随着水流摆动了一下，看得出，我现在根本没有什么威胁。

神龟忽然发出"咕噜"的响声，四肢竟长出锋利的指甲，狭窄却长长的嘴巴突然张开，露出尖锐的白森森的牙齿，看了令人头皮发麻，它伸着长长的脖子狠狠地向我咬过来。

任何人看到都可以断定，我柔嫩的脖子在它如同齿轮般有力的牙齿下会很轻易地被咬碎。眼看我就要丧生在龟吻下的刹那，一声低沉的兽鸣由远及近地传来。

如果我没有昏迷，一定听得出这是那只我一直以为命不久矣的大黑发出来的，与往常相似的叫声，此时听来却充满了异常的震撼力，以至于那只凶悍的神龟，在听到声音的同时倏地闭上嘴巴，惊恐地扭头望向声音传来的方向。

大黑奔跑时发出的声音，仿佛鼓点般一声声敲在神龟的心头，它不安地划动着四肢，小脑袋惊疑不定地来回摆动着，望望昏迷的我，又望望远方。

突然神龟下定了决心，再一次露出森森铁齿向我咬来。千钧一发之际，一个黑影电闪而至，如同炮弹一般砸向神龟，溪流顿时被砸成两半，形成断流，水花漫天飞扬，五米内的任何东西都未能幸免于难，被强大的冲击力反弹上半空。

包括我在内，也被一波水流卷到半空。

之前威风八面的神龟，现在竟没有了一点儿刚才的气势，在大黑面前就像是纸做的老虎一戳就破，是那样地不堪一击。

大黑踏在神龟的壳上，而神龟的头却早已龟缩在坚硬的黑壳内。大黑蓦地发出一声厉吼，身体忽然发生异变，开始胀大，肋间长出一对宽大的肉翼，四肢布满了极为坚硬的鳞片，在日光下闪动着一丝丝炫目的流彩，脚趾伸出细长如弯钩状的趾甲，紧紧扣在神龟的背上，"呼"地扇动肉翼，一下把它抓往半空中。

而此时还处在昏迷中的我从半空中正好落在大黑的背上。大黑张开两翼滑翔着向地面飞去。

我顺着大黑宽大的肉翼滚落在鲜嫩的绿草中。所有事情都发生在电光石火之间。大黑将肉翼收在两肋间，蹲坐在我的身边。造成我昏迷的罪魁祸首——那只神龟，此时匍匐在我身边不远处。

直到这一刻，被震至半空的约半吨的水流才"哗啦"一声落了下来，重击在固有的渠道上，发出"砰"的撞击声。再经过一阵混乱，溪水才又源源不断地向下游流去。

日落日出，一直到第二天早上，我才幽幽地醒转过来。

醒来之时，业已日上三竿，太阳出奇的好，阳光明媚，潺潺水流奏出"叮叮咚咚"的清脆悦耳的音乐，野草的香味沁人心脾。

我从蒙眬中逐渐清醒，初春柔和的光线使我很轻易地睁开了双眼，本以为最先映入眼帘的会是一望无际的碧蓝天空，谁知，刚睁开双眼我就看到头顶上方有一片黑乎乎的东西，顿时被吓了一跳，双手撑地挣扎着要站起来，不料胸口却传来意外的疼痛，倏地脑中闪过一些熟悉的画面，我马上想起了之前发生的事情。

想到这儿我更是想挣扎着爬起来，于是手脚并用，忍着胸口的疼痛，终于费力地爬起身来。

望着眼前的一幕，我大吃一惊，一个从没见过的怪物，安稳地端坐在我刚才躺着的位置。我马上出了一身冷汗，暗自忖度自己不是一直躺在它的身下。

我撒腿就想跑，惊慌之中来不及注意脚下，被草梗绊了一个趔趄，身子向前扑下的时候，又牵动了胸部的伤口，我"哎呀"一声痛呼，跌倒在草地上。

我怕怪物乘机追来，连胸部的伤也不顾，快速地翻过身，向身后望去。奇怪的是怪物并没有动，只是眼珠子一直瞪着我。

我一边因为伤痛抽着冷气，一边打量着这只奇怪的怪兽。看着看着，我忽然觉得它有点眼熟，以前应该看到过。黑黑的兽毛披盖全身，日光下油光闪亮，随风拂动，身躯庞大，两肋间竖着一对古怪的肉翼，斜倚在背的两边，威风凛凛，四肢覆盖了一层鳞甲，厚实的肉掌显得格外有力，更为它平添了许多威武。看完全身，最后望向它的脑袋，让我不解的是，如此威风的兽类为何脑袋长得像狗呢？

只是我觉得虽然它的脑袋长得像狗，但仍掩不住它的风采，其双目中射出的精光俨然有睥睨万物之威，望之令人生寒。

可就是这样一只使人感慨万千的神兽，在和我目光相碰时，双眸的神光突然消失，在我惊讶的当儿，它的身躯逐渐变小，一对大大的肉翼也在快速地缩小，直至消失不见。

意外的变化，使我觉得可能是自己眼花，揉揉眼睛，再望向它的头部，原来令人心折的眼神，变成了懒懒的目光，半坐的姿势也已经改为趴卧。

我呆呆地望了它两秒钟，再擦擦眼睛，向它望去，忽然叫出令我自己也感到不可思议的两个字："大黑！"我有些不敢相信地望着它，从头到尾仔细地来回看了两遍，没错，是大黑，它的样子我再熟悉不过了，从懂事的那天起，它便一直待在我身边，我怎么会认错它呢？

我迟疑了一下，仍是跑过去，双手捧住它的脑袋，仔细地端详。大黑并没有反抗，任由我把它的大脑袋摇来晃去。

实在无法想象刚才的那一幕竟会是真实的，每天都精神不振、蔫了吧唧的大黑，也会有那么威风不凡的一面。"难道这才是大黑的真面目？"我在心中揣测。

看惯了大黑平凡的一面，对它刚才的样子真的很不适应，可它又如此的真实可信，毕竟是我亲眼所见，不由得我不相信。

我忽然想起那些每次来都给大黑带来很多精美食物的父亲的结拜兄弟，不由得相信了，而且因此得出大黑一定是一只罕见的宠兽的结论。

听里威爷爷说，大黑是一只三级的宠兽，或许这才是三级宠兽的真正面目。三级宠兽真是厉害呀！

我突然记起自己被一只狰狞老龟给欺负的事，好像我是被打晕过去的，现在全身上下却除了胸部的伤，几乎一点儿事都没有，望着懒洋洋睡在脚边的大黑，心中掠过一丝疑惑，难道是大黑救了我？随后便把猜测定为事实，在这种荒郊野外，又是冬天，除了大黑不可能会是别人救我。

我下意识地向大黑道："是你救了我吧，谢谢你，大黑。"

大黑好像听懂了我的话又好像没有听懂，只是随意地抬起头，慵懒地瞟了我一眼，便又垂了下去，再次恢复成以前的懒样。

脱离了危险，又惊喜地发现了大黑的真面目，我开心地舒展了一下四肢，大大地吸了两口充满野草味的清新空气，目光向远方扫去，突然发现离我几步之遥处，躺着那只令我吃尽苦头的老龟。

老龟虽然躯体很大，此时却没有一点儿威风，四肢扒着地面，小小的脑袋也耷拉着，眼神中透出慌张害怕的神色。

看到它，我的心先是为之一震，接着发现它可怜的神色后，便平静了下来，也想到了原因，同时也醒悟到之前拼命逃跑的时候心中感到不安的原因了，自我解嘲的笑容随即出现在嘴角。龟本就是水中的生物，我的水性再好，也不可能超过它的，所以当我打算从水里逃跑时才会感到有些不妥，只是那时候心里太紧张，已经忘记考虑这个了。

我大概可以推算出来，那个突然出现在身下的漩涡，十有八九是它搞的鬼，只是后来那个把我砸晕的黑乎乎的重物，我便不清楚到底是什么了。

眼睛下意识地望向老实的神龟，余光触及它背上的黑壳，突然想到，它重逾百斤的巨壳大抵便是那凶手吧？

我暗道："今天真是万幸，要不是大黑救了我，可能就要被活活地溺死在水中了。"想到大黑适才展现的雄姿，我心头一阵火热。我一直担心最亲近的大黑生命力随时会消失，现在我不用怕了，我相信它再活个几十年都不会有问题的。

打量着可恶的老龟现在的窘迫样，我心中颇为解气，先前差点被它害死！

微风中，不知是不是错觉，我好像看到它在瑟瑟发抖，待要仔细看个清楚，竟然发现一连串的泪珠从它的小眼睛中落下，我吃惊之下，仿佛也感受到了它的哀伤。

我心里酸酸的有些不忍，先前的不快一扫而空，代之而起的是同情与可怜。我转头对大黑道："大黑，我们放了它吧！"为了怕大黑不同意，我又加了一句，"你看，我也没受伤，就不难为它了吧。"

大黑好像根本没有听到一样，一点儿反应都没有。

看老龟那可怜样，我想走近点安慰它，又怕它突起发难，磨磨蹭蹭地最后还是壮起胆子来到它身边。

老龟的泪水还是止不住地往下掉，豆粒般大小的泪珠把头前的一片干土地都打湿了，可怜兮兮的，看起来不像会是突然暴起发难的样子，我这才稍微放了心来到它面前。

我小心翼翼地伸出手放在它的黑壳上，想试着安慰它几句，却忽然想不出词来，我该怎么安慰它呢？本来就是它的错，我只不过是误入它的领地而已，它就不依不饶的，我的小命差点就没了，何况大黑也没怎么伤害它，全身上下一点儿伤都看不到，真搞不懂它为什么哭成这样子。

我皱着眉头，苦着脸，望着它道："你别哭了，大黑又没有伤着你，我们不会拿你怎么样的，不然……不然……你先走吧。"

我拍着它的巨壳示意让它离开。

父亲的几个结拜兄弟中，其中一个，我管他叫三伯伯，他就曾经告诉我说："天下万事万物都有其独特的灵性，尤其和人类最为亲近的宠兽更是如此，你若是用心跟它说话，它会明白的。"

我说完这番话，瞪着眼看老龟的反应，看是否真如三伯伯所说的，宠兽会有灵性，可以理解我说的话。

等了半天，就在我快要失望的时候，老龟突然抬起它的脖颈，一对小眼睛紧紧地望着我。我不知道它是什么意思，为什么这样盯着我看，忽然想到会不会是它没听懂，以为我要伤害它，所以现在想……

想及此，我心中骇然，情不自禁地后退一步，和它保持距离。

正在我不知所措的时候，老龟的小脑袋忽然凌空向我点了几点，然后转身施施然地走开了。

这一切发生得太突然，我目瞪口呆地望着老龟，直到它庞大的身躯消失在水中，才回过神来。

老龟就这样走了，我心中不免有一些怅惘和失落，转念一想，这不正好证实了三伯伯说的话是正确的吗？万事万物都是有灵性的，只是自大的，或者说粗心的人类不知道罢了。

叹了一口气，我振奋精神，转头对大黑喝道："臭大黑，竟敢瞒着我，不要装死了，我是不会再被你骗到的，咱们走吧。"

大黑在我骂完后，费力地爬起身来，抖抖身上的泥土，晃晃悠悠地跟了上来。我笑骂它一声，沿着河岸领头向前走去。

入耳的清脆水声仿佛洗涤了心头的不舒服，我的心情逐渐好转起来。

突然间"哗啦"一声，突兀的破水声令我吓了一跳，随着声音，一个庞然大物露出水面。我吃了一惊，刚要喊出声，却意外地发现原来是先前那只老龟。

我颇为惊喜地望着它，道："你怎么又回来了？我不是说放你走了吗？"

老龟驮着身上的重壳爬上岸，移到我的身前，望着我忽然张大嘴巴，从它的嘴中吐出两枚大小相同的蛋，一黑一白，上面还沾着老龟的体液，一滴滴顺着蛋壳流下来，丝丝热气袅袅飘向天空。

我愣在当场，猜不透老龟为什么突然吐出两枚古怪的蛋。我吸了一口气，暗自揣测，难道这是龟蛋吗？还是其他的什么蛋？

老龟吐完蛋后，连连向我点头，使我更加莫名其妙了。

两枚龟蛋生事端

第三章

望着眼前两枚古怪的蛋——蛋表面残留的液体还在冒着热气，我有些吃不准身前的这只老龟到底是什么意思，为什么走了之后又忽然回来，还从嘴里吐出两枚模样古怪的蛋？看它的样子是要把它们送给我。我还从来没听说过什么动物产蛋是从嘴里吐出来的，更别说是见过了。

　　我回头瞟了一眼大黑，它还是那副要死不活的样子，好像眼前的事情跟它一点儿关系都没有。

　　从大黑那里得不到什么启示，我又无奈地转过头来，望着老龟，指着蛋道："你是要把它们送给我吗？"

　　不肯定的语气却得到了肯定的回答，老龟还没等我说完，长长的脖子连着的小脑袋便点了起来，颇有欣喜若狂的味道。

　　我迟疑了一下，又问道："这是龟……这是你产的蛋吗？"

　　仰望着我的老龟忽然流下眼泪，晶莹剔透的泪珠"吧嗒吧嗒"地落在地上，老龟的神情看起来很悲伤，好像有什么伤心事。

　　这是我第二次看到宠兽哭，可笑的是，第一次也是它哭。我突然有些不明白了，宠兽也有感情吗？难道感情不是人类所独有的吗？望着老龟，我束手无策，看着它黑黑的眼珠，我真实地感受到了其中包含的情感。

　　倏地，我感觉到一股很大的吸引力，将我的心神牢牢地控制住了，我不知道这是不是错觉，因为从来也没有体验过这种感觉。我仿佛纵身投入一个陌生的空间，稀奇古怪的事物在身边飞快地掠动，以至于我无法将它们分清。

忽然空间恢复正常,我站在风景秀丽的水边,阳光普照,微风轻拂,令我不禁为之心动,心旷神怡。我抬腿向前走去,却意外地发现自己竟不能动,向脚下望去,竟然空无一物,心中骇然,转头四下张望,一切都很正常,唯独不见自己的身躯。

"哗啦"水响,一只巨龟悠悠地爬出水面,看着眼熟,我定睛望去,那不就是老龟吗?怎么也出现在此地?我看见熟物,心里非常高兴,大声向老龟叫喊。

老龟置若罔闻,悠闲地迈着小腿继续向岸上爬去。我心中焦急又大喊了两声,老龟仍没有反应。我心中纳闷:"怎么会听不到呢?"突然脑中灵光一闪,"听不到?"对呀,刚才喊它的时候,我也没有听到自己的声音。

就在我想再试一次的时候,一个令我意想不到的情况发生了:又是"哗啦"一声,一只我从没见过的大龟踏着水波露出水面,紧随着我认识的那只老龟爬上岸来。

我有些惊叹地道:"好漂亮的大龟!"话一出口,我便觉得有些不对,仔细一想,发现两只龟在我眼里都是一个样子,没有什么漂亮与不漂亮之分,那为什么我刚刚会说"好漂亮的大龟"这句话呢?

两只龟交颈磨蹭了一下,便并排向前爬去,我的视线随着两只龟的移动也不断地移动着。我恍然大悟,我这是在老龟的记忆体里,所以才没有实在的身躯,也发不出声音。老龟的记忆向前发展,我的视角也随之发生变化,那我先前说的那句话,便也不足为奇了,那句话自然是老龟所想。

接着我静下心来,安静地以一个旁观者的身份看着发生的一切。

仿佛是过电影一样,对于老龟的一生我有了一个大概的了解,那只后来从水中出来的大龟是老龟的配偶,两只龟一起生活了很多年,恩爱得很,让我这个人类都颇为艳羡。

从老龟的记忆体中,我了解到,野生的宠兽一般很少生育下一代,因为每一次的生育都会消耗上一代近一半的生命力,虽然宠兽在无天敌的情况下可以活很长很长时间,生命力也可以在漫长的时间中渐渐地恢复,但是仍有很多宠兽死于生命力的匮乏,即使侥幸活了下来,没有耗尽生命力,可是在随后的很长时间里,宠兽都会很虚弱,完全没有应付突发事件的能力。

因此,野生宠兽的存活率几乎都是百分之百,这与上一代的自我牺牲有密不可分的关系。所以野生的宠兽在生养下一代的时候,都会尽量产下较少的后代,这样可以尽可能地延长自己的生命。

而那只不幸的老龟的妻子，在生产的时候不小心多产了一枚蛋，这几乎要了它的命，本来龟类产下一枚蛋就已经耗去了一半的生命，而多产下的另一枚蛋差点把它的另一半生命也夺去。

　　幸运的是，老龟的妻子竟然出乎意料地挺了过来，虽然身体仍是非常虚弱，但只要经过长时间的休养就可以恢复。

　　这以后应该是举家团圆的幸福生活，可惜，几个人类破坏了这一切。从老龟的记忆中看，那几人都是很厉害的家伙，即便老龟也很厉害，也只能只身逃出，老龟的妻子没有任何反抗便被捉住并当场死去，那两枚还未来得及孵化的蛋便被老龟含在口中一并带了出来。

　　我暗暗咒骂那些以捕捉野生宠兽为生的家伙。

　　现在我才知道，为什么老龟一看见我，就立即恶狠狠地攻击，这是对破坏它家庭的人类的仇恨。我感受得到，老龟要不是为了那两枚尚未孵化的龟蛋早就死去了。

　　即便龟宠的寿命在宠兽中是最长的，可是"哀莫大于心死"，老龟坚硬的外壳下所包裹的早就是一颗破碎的心了。

　　这样忠贞的爱情便是人类也比不上啊！

　　在感叹声中，我忽然想起自己的母亲，两者竟是如此相似，都是为了后代，强忍失去配偶的痛苦，顿时，我一切都明白了。

　　刹那间时空飞快地后退，我回到现实中，弯腰蹲下，捧起那两枚蛋，望着紧紧凝视着我的老龟，郑重地道："你放心，我会帮你好好照顾你的孩子的，但是我从小就能和宠兽合体，你的孩子和我待在一起，会埋没了三级兽的威名。"顿了顿，我又立即补充道，"不过你放心，我会帮你找一个合格的人托付，你就放心吧。"

　　老龟点了一下头，泪水仍没有停下，可是我分明感觉到那是欣喜的泪，那是放下沉重担子后放心的泪。

　　老龟拖着蹒跚的脚步，一点点挪回溪水中，望着它的背影，我知道，这是最后一次见它了，它的事情终于完成了，它该走了！

　　我万分仔细地将两枚热乎乎的蛋揣在怀里，再望了一眼老龟下水的地方，长长地舒了一口气，抬腿向来时的路走去，心中感叹，老龟终于得到解脱了。

　　可能是我年龄不大的缘故，答应老龟的话的责任感很快就被好奇心与得到两枚三级宠兽蛋的喜悦给冲散了。

　　两枚蛋在我的怀里微微地散发着热量，我仿佛感受到蛋中小生命心脏的跳动，好像马上就要孵化了一样。想到这儿我顿时加快步伐向村里走去，得赶快回去准备一下，要是在路上就孵化了，我可什么准备都没有。

心中越想便越发焦急，我疾步如飞，快速地向村中跑去。

要是在平时我一定会回头看看大黑是否跟得上，现在我不会这样了，看到了大黑的真面目，我在想它会不会嫌我跑得太慢了。

一盏茶的工夫，我终于跑到了村里，虽然跑得上气不接下气，停下来后我却很快就恢复了过来。要在往常，这种情况我要是不休息半个多小时是不会恢复的，今天还真是有很多怪事发生。

我找来一个废弃不用的柜子，在里面放上取暖之物，将两枚蛋小心翼翼地放到里面。

我不知道龟蛋是怎么孵化的，我能做的只有这么多。外面天不知何时已经黑了，时间过得真快啊，还是等到明天，我再去里威爷爷家问问里威爷爷吧，他见多识广，看他知不知道。

"依天大哥，你回来了吗？"一个脆生生的声音在屋外响起。

我心道："爱娃怎么来了？"爱娃是里威爷爷的孙女，是我们村里两朵花之一，人漂亮，心地也好，连外村的小伙子也来追求她。按说她的年龄也可以谈婚论嫁了，求婚者的聘礼都可以将家中的院子给堆满喽，可是无论哪一个求婚者都过不了里威爷爷那一关。

里威爷爷自有一套说辞，他说自己就这么一个乖巧的孙女，还舍不得让她嫁出去。而且，他还想等到明年爱娃把自己的武技学得差不多了，就把她送到地球最大的武道学院去深造。

爱娃虽然是女孩子，却非常聪明，里威爷爷在向大家传授武技的时候，总有两个例子，我就是那反面教材，而爱娃便是里威爷爷用来骄傲的正面教材。

可惜我们的村子实在是太偏僻了，大家都几乎过着与世隔绝的生活，每每从村外来的人向我们说起外面的精彩世界，总叫我们心潮澎湃，热血沸腾，暗暗地发誓长大后一定要出去走一遭。

里威爷爷对此不以为然，常说我们这些毛头小伙子不懂事，外面的世界根本没有什么好，等长大出去以后就会知道现在生活的可贵，并且把我们村子比为桃花源。

由于我们的村子太过偏僻，离最近的城市也要走好多天的路，所以村子里只有少数人才拥有宠兽，即便想去宠兽店买宠兽，钱也不够。因此，到现在为止，虽然爱娃早就应该拥有自己的宠兽了，却一直都还没有。

说着话，爱娃已经推门进来了，见我站在屋中，她先是一笑，接着又露出埋怨的神色，道："依天大哥，你出去两天不回来也不说一声，大家都急死了。"

我一愣道："什么两天？我不是早上才出去的吗？"

爱娃瞅了我一眼，随即从手中的篮子里拿出一碗饭，两碟菜，道："依天大哥，你该不会是病了吧，连自己出去多长时间都不知道了？快过来吃饭，还热着呢，趁热吃，不然就凉了。"

我应了一声，不客气地接过她手中的筷子，坐下开始吃起来，刚刚还不觉得饿，这一吃还真是越吃越饿，最后连盘底都让我舔了个干净。

爱娃见我难看的吃相，掩嘴笑道："依天大哥，怎么好像你两天都没吃饭似的？看你饿的，你慢点儿，要是不够，我再给你添。"

我连连摆手道："够了，够了，不用再麻烦了。"一边吃一边心里也在纳闷自己真的跟两天没吃饭似的，感觉饭比平时香多了。

自我守孝的那天开始，我的三餐都是爱娃给解决的，虽然这是身为一村之长的里威爷爷决定的，但是我仍很感谢爱娃。

爱娃一边收拾我吃完的碗碟，一边笑吟吟地说道："依天大哥，你的食量长了好多，明天我得给你多加一些饭菜，免得你吃不饱。"抬头看了眼仍在一边喝水的我，又道："我先回去了，依天大哥，明天再来看你。"

我道了声谢，目送她袅娜的身姿消失在门外，忽然想起一事，忙起身冲她喊道："爱娃，爱娃！"

爱娃反身掀开门帘，疑惑地看着我道："依天大哥，你还有什么事吗？"

望着她被冻得红扑扑的脸蛋，我笑着道："爱娃，我给你看一样东西，你一定没见过。"

爱娃见我说得神秘，眨了眨大眼睛，道："好玩吗？要是好玩那一定得让爱娃看看。"

我道了声："你等着。"便转身走到里屋把那只盛放着两枚龟蛋的旧柜子给拿了出来。

爱娃扑闪着可爱的大眼睛，好奇地望着两枚蛋，道："依天大哥，这是什么东西，我可以摸摸吗？"

我这时也凑在旁边仔细地看着两枚蛋，回答道："可以，摸吧，但是要小心点儿，可千万不要碰坏了，我答应过别人要好好照看这两枚龟蛋的。"

"哦，我会小心的。原来是两枚龟蛋，真好玩，你怎么得来的？该不会是你出去的这两天就是为了这两枚蛋吧？"

爱娃不舍地摸摸这个又摸摸那个，最后还把那枚白色的蛋给轻轻地捧了起来，温润的红唇在上面印了一下，又把它搂在怀里。那小心翼翼的神情真是可爱极了。

我不知该怎么回答她，只是"嗯"了一声来应付她，好在她心在龟蛋上，便也没有追问下去。我捧起另一枚黑色的龟蛋学着她的样子抱在怀中。

玩着玩着，爱娃忽然"啊"地叫了一声。

我被吓了一跳，道："发生什么事了？"

爱娃不敢看我的脸，哭丧着脸道："我……我好像把……把这枚蛋给弄破了。"

我大吃一惊道："怎么会破的？你确定破了吗？快拿过来。"

爱娃有些不忍心地把头低着，双手把蛋捧过头顶，我心惊肉跳地望着她手上的蛋，蛋壳上有明显湿湿的痕迹，我赶紧往旁边的地方望去，却意外地发现其他地方都是干干的。

心中升起一丝侥幸，顺着湿润的痕迹向上搜索，我突然发现一只嫩小的爪子在空中使力地抓着，一下子愣在那儿说不出话来。

"孵化了！"

爱娃见我半天不说话，抬起头也发现了这个意外，接着就高兴地喊出了刚刚那句话。

我与爱娃的眼神在半空中相遇，都发现了对方眼中的喜色。我和爱娃大气也不敢喘一下，屏住呼吸凝视着即将诞生的小生命。

不多大会儿，一个光溜溜的小脑袋从缺口处钻了出来，发出了诞生后的第一声："嗯唧！"声音虽然细小，却清晰有力，脑袋上还沾有黏糊糊的体液，这使它一时半会儿无法把眼睛睁开。

爱娃忽然发出一声惊呼："是三级的宠兽耶！"

我摸头望了望她道："爱娃你怎么知道它是三级宠兽？"

爱娃眼睛紧紧地盯着还在努力想睁开眼的小家伙，答道："我听爷爷说的，他说三级以下的宠兽按照级别的不同在脑袋的正中间会生有一道、两道、三道横，标志着它们在宠兽界的地位。好棒哦，依天大哥，你怎么得来的？"

我刚要回答，忽然感觉怀中有点不对，这才想起，那枚黑色的蛋还放在我的怀里。我赶紧把那枚蛋从怀里拿出来，却惊喜地发现，一个黑黑的小脑袋正努力地想破壳而出。

我开心地道："爱娃，你看，我这枚蛋也孵化了呢！"

爱娃喜道："真的吗？我看看。哇，真的耶，你那只是黑黑的脑袋，好可爱哦。"见我想帮忙动手助它一臂之力，她赶忙出声制止我，娇呼道，"依天大哥！不可以帮它哦，爷爷说这是宠兽出生时要完成的第一课，只有通过自己的努力爬出来，才能成为一只优秀的宠兽。"

听她这么一说，我赶忙把刚伸出去的手缩回来。

经过漫长的等待，两只小龟分别爬出了蛋壳，黏手的体液也逐渐风干。两只小龟出壳后一点儿也看不出疲劳，精神地在我们手上爬动着，不时发出令人感到好笑的低鸣。

我忽然想到一个严重的问题：小龟出生了，得喂它们吃什么呢？我问爱娃，爱娃也被我问住了，摇摇头说不知道。

就在我着急的当儿，爱娃突然道："依天大哥，快看。"

我忙低头望去，只见那只小黑龟正在卖力地吃着蛋壳碎片，我又向爱娃手中望去，她手上的那只小白龟也在做着同样的事情。

爱娃看了一会儿道："看来，咱们不用为它们食物的事发愁了，至少今晚不用发愁了，明天我再问问爷爷，爷爷见多识广，应该会知道的。"

过了好大一会儿，两只小龟大概都已经吃饱了，一屁股坐了起来，两只小爪子安分地放在自己的胸前，可是那小小的脑袋却不安分地东瞧西看，对世界充满了好奇。

看着正逗着小白龟的爱娃，美丽的娇靥满是笑意，我忽然想出一个主意，开口道："爱娃，你喜欢它吗？"

爱娃头也不抬地逗弄着小龟，闻言嘻嘻笑道："嗯，喜欢。"

"那好，大哥把它送给你了。"

"什么？！你要把这么珍贵的三级龟宠送给我？"

看着她不经意露出的傻乎乎的模样，我笑道："就当你照顾我这么长时间的谢礼了。"

是非高老村

第四章

睡梦中，我感觉到一个湿了吧唧的东西在脸边蠕动。我蓦地睁开眼，不觉哑然失笑，昨晚刚孵化出来的小龟，正撑着自己娇嫩的四肢努力地在我脸边爬着。

它黑乎乎的小脑袋在我下巴处拱着，我笑骂一声："小东西，刚孵出来就这么淘气。"

被它这么一闹，我已经睡意全无，索性穿起衣服，爬起床，将淘气的小家伙捧在手心里。幼嫩的爪子，抓在我的皮肤上，使我感到一点点的疼痛，还有一些痒痒的感觉。

看着它黑黝黝的身体，我在想是不是该给它起个名字了，起个什么名字好呢？它从头到脚都乌溜溜的，和大黑差不多，干脆就叫小黑得了，既得体又省事。

现在的我其实不知道，此时看似弱不禁风的小黑，为我日后"铠甲王"的威名立下了汗马功劳。

早上的小黑看起来精神不错，好像有用不完的精力，不知疲倦地和我嬉戏。小黑虽然刚出生，但是出乎我意料的精力旺盛，而且力气也不小，至少比我想象的要大多了。看来这野生的宠兽就是要比人工培育的优良，怎么说也拥有它母亲一半的生命力呢！

忽然想到它死去的母亲，我的心情变得低落起来。由于刚出生的宠兽十分弱小，很容易死亡，人工培育的还好，可以在人类的呵护下没什么危险地逐渐长大，野生的便不行，它们有很多的天敌，不知什么时候危险就会出现。为了让自己的后代能够安全地长大，那些生长在野外的宠兽不惜消耗自己的生命力，在将后代生出来时，将生命力也转移到它们身上，以使它们可以相对安全地快速生长。

"这种精神实在太伟大了。"我叹了口气，没有了逗弄它的兴致。我走出屋子开始一天的功课。

"抱神守一，气势凝沉，峻严如山，似九天神龙盘踞。"这是家传的功法——"九曲十八弯"。说是家传，其实我自己也不敢确定这个功法究竟在我家传了几代。这个功法并非是母亲传给我的，母亲也并不会这种功法，这是大伯伯教给我的，说是父亲生前所练的神功，现在将之传于我也算是子承父业。母亲没有反对我学，所以我也就安心地将这种功法练了好多年。到现在有七八年之久了吧，记得当时大伯伯传给我功法的时候曾好像说过什么"八年一坎"的话。

这八年对我来说并没有什么感觉，母亲说过，父亲是很厉害的武道家。我想父亲练的功夫应该很厉害才是，可是，我练了这么多年却并没有什么显著的变化，呵呵，可能是我太笨的缘故吧。

同村的其他孩子们学的都是村长教的功法，这是他从号称地球最强的武道学院——北斗武道——学来的。据村长说，这种功法是当时北斗武道学院较为流行的基础武学之——"大海之心"。

经过这么多年的修炼，我虽然并没有正式和别人对打过，但是我很清楚，我不是最强的。可以说，若不是有几个懒孩子，我很有可能就是垫底的，这个事实使我在很长的时间里有点消沉，有点想不开。

不过后来我想开了，不是父亲的功夫不厉害，而是我并非那块练武的料，所以练了这么久也没有什么了不起的成就，想到这我也就坦然了。

"笨蛋，你给我出来！"尖细的声音惊动了树上的栖鸟，扑棱棱振翅飞离枝头。

这个声音我再熟悉不过了，是我的未婚妻凝翠，乃是我们村两朵花中的另一朵。平常她并不怎么来看我，怎么今天一大早便来看我了？听她的口气，好像找我没什么好事。

凝翠的脾气可不大好，我急忙推门走出去。只见一个女孩子顶着明媚的阳光站在门口，十七八岁的模样，个子很高，容貌也很靓丽，丰满的身材和一对勾人心魄的眼睛看起来更像是一个怀春少妇。凝翠是母亲在我十岁的时候给我定下的未婚妻。她是我们村脾气最坏的姑娘，我并不中意她，曾经向母亲抗议过，可是母亲说我以后会明白为什么要她做我的未婚妻的。

"翠儿，你怎么来了？"我傻愣愣地道。

阳光射在脸上，使我感到暖洋洋的舒服。这时，两道目光直直地射进我的眼内，立即将我从春天拉回到寒风凛冽的冬天，犹如身坠冰窖，寒到骨髓。

我讷讷地道："有……有什么事吗，翠儿？"

"哟！"凝翠咬牙切齿地故作娇媚状，不过旋即转为本来面目，如泼妇骂街，动作利索地一个箭步冲上前来，以迅雷不及掩耳之势，一把揪住我的耳朵，骂道，"我来干什么？亏你问得出口！以前我以为你只是笨，现在来看，你何止是笨蛋，你简直就是浑蛋！"

我竭力把身体放低，以适应她拧着我耳朵的那只手，只求可以减轻点痛苦，我低声哀求道："我没做什么呀。"

"还敢跟我装傻充愣，当老娘是傻子呢。"凝翠手上使劲，我顿时痛得龇牙咧嘴，身体前倾迁就着她的手劲。

"凝翠，依天大哥又怎么得罪你了，你这么欺负他？"

凝翠听到来人为我打抱不平，倏地松开手，面色不善地转头向声音的方向望去。

我终于得到了短暂的解脱，捂着耳朵赶紧站到另一边。

来人是爱娃。她关切地走到我身边，轻轻拨开我的手，向我被拧红了的耳朵呵了几口热气，边揉边问："还疼吗，依天大哥？"

"心疼了吧！"凝翠横了爱娃一眼道，"我告诉你，爱娃，他是我未婚夫，我想怎么样就怎么样，你管得着吗你？"

我刚想替爱娃说话，被凝翠瞪了一眼，又吓得咽了回去。凝翠哼了一声道："笨蛋，这是怎么回事，和爱娃这么亲热的，是不是想和我分手，再认一个村长老丈人啊？有了靠山胆子变大了啊你！"

爱娃被她气得半天说不出话来，只是瞪着她。

我轻轻推开爱娃的双手，低声下气地道："没……没这回事。"

"还敢说！看你们郎情妾意的，要不是我亲眼看到，还真不敢相信，平时一本正经的你竟有一肚子花花肠子。"

爱娃怒声道："少以小人之心度君子之腹，不要以为别人都和你一样，依天大哥在我心里就好像我亲大哥一样。"

"哼，谁信哪！"凝翠不屑地道。

看凝翠有些无赖的口吻，爱娃气不过道："爱信不信，只要我和依天大哥行得正，不怕你诬赖。"

"我诬赖？他要不是对你有意思，会把那只珍贵的三级白龟给你？"

凝翠的话一出口，我就明白了，原来她这么闹是因为我送给爱娃的那只白龟。

"我说你胳膊肘怎么往外拐呢？你知不知道三级的宠兽有多宝贵，你竟然送人，你是不是傻了你，还是成心气老娘？到底她是你未婚妻，还是我是你未婚妻？"凝翠骂道。

我赔着笑脸走到她身边低声道："不是这么回事，我本来是想送给你来着。"

"送给我？哼，当老娘是三岁孩童呢，送给我怎么现在到了她手里？"

"这……这……这原本是龟蛋，昨天我回来，爱娃给我送饭，我让她看来着，可是我不知道龟蛋就在那个时候孵化了，后来就送给她了。"

凝翠不依不饶地拧了我一把道："你说得倒轻巧，我到现在还缺一只宠兽呢，我不管，我现在就要。"

"翠儿，那送出去的哪能再要回来呢？再说，我守孝这长时间，她顿顿给我送饭菜，多辛苦，送她白龟也是应当的。"

无论我怎么说，凝翠就是不依不饶地让我去讨回那只白龟。终于我忍不住，皱皱眉头道："你别闹了，谁叫你来迟了，那是爱娃的缘分。"

"哼，我看是你和她的缘分吧，你们俩这段时间眉来眼去的别当我不知道！告诉你，依天，我一天不和你分手你就别想那些花花肠子。"

我不理她的冷嘲热讽，接着道："我和爱娃根本没有你想象的那样，我守孝这么多天，爱娃又是送饭又是洗衣，这只白龟是她应得的。你要是再闹，看我不……"

凝翠尖着嗓子道："收拾我是吧？现在有了新情人，嫌弃老娘了，有本事就来收拾我吧，你有几斤几两，老娘还不知道？你要是带种，就做回男人来收拾我，老娘让你三招。"

见她一副泼妇的样子，泥人也有三分性子，我顿时窝了一肚子火。我知道自己恐怕真的打不过她，就算她让我三招大概我也不是她的对手。唉，想起来真是汗颜，翠儿和爱娃不但是村里的两朵花，功夫也是最好的，村里鲜有小伙子是她们的对手。

我上前一步，脸容一整，斥道："悍妇！"怒目扫过，不自觉地散发出平时拍马也及不上的威严气势，凝翠与我视线相对，竟然不敌地避往一旁。

凝翠忽然觉出不对，扬眉道："好啊，真是有了新人忘旧人，竟然想打老娘。"

气氛紧张至一触即发的当儿，爱娃忽然道："依天大哥，不要为了我伤了你们的和气，不就是一只宠兽吗，我给她好了。"说完立即拿出白龟递了过去。

我来不及阻止，只好眼睁睁地看着凝翠兴奋地接过白龟。

凝翠宝贝似的把白龟捧在手里，瞥了爱娃一眼道："算你识相。"接着又横了我一眼，不屑地道，"没出息的男人。"

"你瞧瞧，纯一色，真是极品，以后就管你叫白玉了。白玉乖，到妈妈这儿来。"凝翠爱不释手地和白龟说话，忽然又自语道，"咦，怎么会一点儿都不听话？难道认主了？不可能啊，这么小还没到认主的年龄呢。"

白龟好像对凝翠一点儿兴趣都没有，在她手掌里只是挣扎着向爱娃的方向爬着。

我下意识地看向爱娃，只见她眼角隐见泪光，从蛋中孵化到现在虽然只有一个晚上，但爱娃和小白龟已经建立了深厚的感情。

我静静地走到她身边道："爱娃，都是大哥不好，我把那只小黑龟送给你吧。"

爱娃连忙掩饰地擦去眼泪，道："不用了，那只小黑龟是大哥的，爱娃不会要的。"

我在这边忙着劝爱娃接受我那只小黑龟的时候，却没有发现凝翠那边的情况越来越奇怪。小白龟仿佛认定了爱娃才是自己的主人，努力地在凝翠手里挣扎着，动作也越发激烈，看凝翠不时地皱眉头，可见小白龟的力道并不轻。

"啊！"

听到尖叫，我和爱娃讶异地转头向凝翠望去，正好看见她柳眉倒竖，银牙紧咬，骂道："该死的东西！"说着话，反手作势欲把小白龟抛出去。

看她气狠狠的样子，这只刚出生的小白龟非得被摔死不可。我一看不好，赶紧抢身过去，想阻止他。爱娃惊叫一声和我同时抢出，虽是同时却快了我半个身子。

我们和凝翠有六七步的距离，我心里晓得十有八九是赶不上的，可是却不能眼睁睁地看着她把小白龟给摔死在当场。

爱娃速度虽然快，却仍没有凝翠扔的动作快，当爱娃离她还有两步之遥的时候，小白龟急速下降的身子已经接近地面了。

爱娃顿时急了眼，怒喝一声，纵身向前扑去，欲在小白龟落下来之前将其接住。

电光石火的一刹那，突然响起一个苍老的声音，如黄钟大吕，底气十足："定！"随着声音落地，小白龟下降着的幼小身体突然停在半空，龟壳向下，四肢朝上，小脑袋歪在一边。

一幕惨剧及时被制止，我放下心，叹了一口气。只听爱娃发出喜极而泣的叫声，慌忙把停在半空的小白龟抱在怀里，生怕一不小心再失去它，连声道："谢谢爷爷，还好爷爷来得及时，不然小白龟差点被她摔死。"

我转头看去，来人可不正是村长里威爷爷吗？只见他一头白发，胡子剃得干干净净，精神矍铄，手里拿着拐杖，正昂首阔步地向我们走过来。

刚才里威爷爷露的那一手，应是他以前提到过的"内气外放"，没想到里威爷爷这么大年龄竟有这么好的本领，真让人羡慕。可是里威爷爷说他这点本领根本算不上什么，在北斗武道学院，连一百名都排不上。真想去看看，高手究竟是什么样的。

里威爷爷目光灼灼地扫过我们几人，最后停在凝翠的身上，正容道："小翠，你是我看着长大的，听爷爷一句话，做人要厚道，对别人心肠太狠，对你自己也不好。"

凝翠道："哼，别跟我假正经，爱娃是你孙女，你当然向着她，我得不到的东西，别人也别想要。"

虽然凝翠出言不逊，里威爷爷却没和她计较，叹了口气道："小翠，你这样的性格迟早会害到自己。那只白龟不认你，其实怪不了别人。"说到这儿他停下看了我们一眼，又道，"这野生的宠兽和家宠不一样，家宠要等到即将成年的时候才会认主，而且认了主以后可能还会再重新认主。这野生宠兽却比较特殊，一生只认一次主人，而且是一出生就认主，除非主人离开人世，否则是不会重新认主的。昨天，小白龟出生时正巧爱娃在身边，便认了爱娃为主。刚才虽然爱娃把小白龟送给了你，它却不听你的话，原因就在这里。"

凝翠气恨地道："怪不得，哼，一只破龟，早该把你摔死，还敢把我的手给抓伤。"

我闻言一愣，向凝翠望去，只见她用右手捧着自己的左手，鲜血曾滴下过的痕迹还可以看见。我刚才心里紧张没有注意到，暗自忖度："小白龟哪有这么大劲儿？我也让小黑龟抓了好多下，也没一点儿事，难道小黑龟没有小白龟力气大吗？"

里威爷爷呵呵笑了一声道："这就是野生的宠兽比人工培育的宠兽珍贵的地方，由于野外环境比较恶劣，而这些宠兽的天敌又多，为了让自己的后代能够安全地成长，故在生小宝宝的时候将自己一半的生命力转到后代身上，这样一来，小宝宝一出生就有了很强的抵抗和防御能力。而且更为珍贵的是，野生的宠兽比人工培育的宠兽要高一到两品，比如同样三级的白龟，野生白龟就比培育出的高两品。"

没想到野生的宠兽还有这么多好处，我听得如痴如醉。我忽然想到一个问题，这些野生宠兽是从哪里来的呢？

里威爷爷听了我的问题，缓了口气，徐徐道："这些野生的宠兽其实也是人工培育出来的，是几个世纪前人们培育出来的，后来星球大战，联合政府垮台，有很多当时研究的宠兽就散落在四个星球的各个地方，繁殖到现在，怕是与人工培育已经没有一丝关系了。"

我为之一愕，没想到野生的宠兽还牵扯到几个世纪前的星球大战。那这些野生的宠兽是受到当时战火波及，才丢了家园的。经历了几个世纪的繁殖演化，它们也真是够可怜的呢。

里威爷爷轻轻地说道："就因为野生宠兽的这点好处，很多人到处寻找并捕捉它们，唉，现在的野生宠兽真的是越来越少了。"

"灭了种更好！"凝翠咒骂一声，眼看得不到好处就转身离开了。

我们三人望着她的背影，都不知该说什么才好。最后还是里威爷爷叹了一口气，转头望着我道："依天你的性子太软了，以后要改一改，不然结了婚要受气的，爷爷可不能帮你一辈子。"

我挠挠头，不好意思地笑了笑。

里威爷爷又笑道："不过，小天，爷爷没看出你还挺大方的，愿意把这么珍贵的白龟送给爱娃。我替爱娃谢谢你了。这野生宠兽长得很快，生长期是人工培育的一半时间，平常只要吃些水草便可以了。要记住，只有等到它成年才可以将其封在武器中。"

知道了怎么喂养小龟，我兴奋地道："谢谢里威爷爷。"

神迹 九幽草

第五章

时间过得很快，转眼就过了一个月，这段时间，我用里威爷爷教给我的法子给小黑弄吃的。小黑长得很快，差不多是一个月前的一倍大了，身上背着的壳越发黑硬。只是爱娃的那只小白龟却长得很慢，同样是一个月现在却只有小黑的三分之二大小。

小龟吃的东西其实很简单，它是杂食性动物，不但吃水草，更吃鱼虾。小黑好像更爱吃水草，但是它不大爱吃我从河中给它捞来的水草。因为小龟的水性很好，我经常带着它下水，不过我都会紧紧地跟在它身边，毕竟它还是太小，遇到天敌没有什么抵抗力。

每逢我带它下水，它都会欢快地在水中游动，仿佛小马驹在碧绿的广阔草原上撒开蹄子自由奔跑，又如山鹰翱翔在美丽的天际。

每每钻进旺盛的水草丛中，虽然茂密的水草如迷宫般使我眼花缭乱，它却总能很容易地找到我，且嘴里通常都会叼着几根嫩绿的水草，晶莹透明，里面的纤维都看得很真切。

我用之拌上鱼虾，小黑吃得很起劲。

我曾经自己到河中找过这种水草。茫茫的水草丛在河中绵延有数里之远，茂盛处犹如森林，幽不可探。万千水草随水流一起摇动身姿，煞是壮观，但也更增加了我寻找小黑吃的那种特殊水草的难度。

我费尽心机，用尽力气，却一无所获，最后只能放弃。每天我都带着小黑到河中戏耍，这个时候我就放心地让它自己去找喜欢吃的水草。这种水草和普通水草模样差不太多，只是更短、更嫩、更细小，茎上的叶子比普通的要多一个杈，闻之有股淡淡的腥味，咬破茎根会有股涩涩的液汁流入嘴中，但是很快就会转为一种醇酒的香味，非常奇特。

这种草其实是很宝贵的东西，如果有专家在此一定会认出来，这种草叫作"九幽草"，对宠兽具有独特的用处，可促进宠兽生长，并具有很强的疗伤功能。

这种草是地球独特的产物，在很久以前，星际联盟还未解散之前，地球很多地方都可以找到这种宝贵的草，虽然不能说俯拾皆是，但也不是什么稀有的东西。

战争结束，地球受到战火的波及最大，简直是满目疮痍，落后其他星球至少有五十年，经过这百多年的发展，才慢慢地恢复元气。可惜的是，如九幽草这样的宝贝都几乎消失殆尽，没有消失的也只剩下极少数生存在隐秘的地方无从寻迹了。

这大概也是战后宠兽数量剧减，直到现在都无法恢复往日的朝气的原因。战争的破坏由此可见一斑。

我懵懂不知每天当作普通小草喂给小黑的九幽草会是这样的宝贝，但是我知道小黑很喜欢吃。只是小黑每次叼出的些微几根根本不够它吃的，以前两天才吃一根，随着身体不断长大，现在两根也仅够它一天吃的。

没办法，我只有再次尝试着去水草丛中寻找。

紧紧跟着小黑在水草中出没，晕头转向，跟的次数多了，终于让我发现了这种水草的生长地。

九幽草大多生长在水草丛的中部，它并非直接扎根在泥中，而是生长在普通水草的根部，紧靠在茎边，靠普通水草提供养分。由于九幽草实在是太细小，而周围水草太多，如果不细心地查看根本无法发现它的存在。

由于无法找到合适的容器存放，我不敢一次采太多，采够小黑一个星期吃的就行。

再过两天就是月中了，算算日子，离上次父亲那几个结拜兄弟来地球看我和母亲已经差不多一年了，他们通常都会在那几天来的。

义父，就是几人中最大的那个，他传给我的父亲的"九曲十八弯"神功，我已经练了八年之久。平常练功运气之时，气机平和如潺潺河水，奔流不息，流淌全身，运完功则气血两旺，神清目明。

这些天，我隐隐地有些不安。因为每次练功都会有些异况发生，平时安详的河水时而如涨潮般起伏不定，时而如泥石流狂奔不息，时而停滞不前，时而又被气旋隔成两截。

想起义父当年说过的话——八年一坎，虽然我不知道其中正确的解释，但是也隐约猜到，这些反常的情况大概和这个有一些关系。

每次运功发生的异状都对我的经脉造成很大的伤害。

小黑很黏我，平时都要待在我身边，因此每日清晨我沐浴在阳光下练功的时候，它也会默默地爬到我怀里。

几次运功出现危机的时候，都会有一丝丝的阴寒气息从我的腹部断断续续地传来，对我暴躁的气机起了一定的缓冲作用，让我好受了不少。我细心地观察了几次，意外地发现传出阴寒气息的部位恰好是小龟趴着的位置。

这样一来，原因几乎可以脱口而出了，这些阴寒气息一定是从小黑身上传来的。

发现了这个好处，每次练功的时候我也就任由它爬到我身上陪我一起练功。

小黑一天天地快速长大，生长速度是那小白龟的很多倍。这天如同往常一般，天边微微地透出红晕，我便来到院子中练我的"九曲十八弯"。闻鸡起舞，是里威爷爷常跟我们说的道理。他经常说外面的世界很大，了不起的武道者数不胜数，想要出去闯出一番天地，就得闻鸡起舞，勤加修炼。

虽然我不敢妄想成为如同父亲般厉害的武道家，但是亦不想一辈子功夫都这么差，何况母亲说我以后会是个伟大的人，一个伟大的人功夫太差怎么行？

我运起家传的心法，调动缩在丹田中的内气，引导它们流经身上的大大小小已经贯通了的经脉，这次很成功地将内息带动着在周身流转了十八圈，再次将内息归引回丹田。

我刚想收功，突然，已经收回到丹田中的内息暴躁不安地跳动起来，剧烈的疼痛立即令我无法保持打坐的姿势，颓然歪身躺倒在地面上。

丹田中的气息仿佛化成了液体，如同沸腾的开水，一滴滴地溅出水面，又落回水中，然后撞开丹田尚未来得及收口的位置，蜂拥而出，带着火热的温度，快速地在体内涌动着。

这些气息一连在体内转动十八圈，却仍没有回归丹田的意思。我已经渐渐地被炽热的气息熏得意识迷糊。

这时从小黑身上传来一股股冰冷的气息，虽是杯水车薪却让我好过了不少，火热的气劲仿佛找到了发泄的出口，齐齐朝小黑涌了过去。

强烈的气劲根本不是尚在幼年期的小黑能够承受的，我拼起最后一股余勇强行驾驭着发了疯的气息，将其驱赶回丹田。

在我强大的意识干预下，炽烈的火一般的气息终于放慢了速度。两相僵持不下，我咬牙承受着腹内一阵阵的绞痛。在即将崩溃的刹那，一股仿佛源源不绝的阴凉之气突然从天而降，使我体内肆虐的火热气劲连反抗也没有，就如同摇曳在狂风暴雨中的点点星火，一下子消失得无影无踪。

与此同时我双手握拳，两眼尽赤，拼尽全力发出一声大喝。时间瞬间停止，无限广大的脑海深处仿佛传来一声经久不息的龙吟，回荡在脑中，声音越来越低，越来越远，但却清楚得像是在你耳边低吟。

小黑被我瞬间爆发出的气劲撞出很远，重重地跌落在地面，发出"吧嗒"的脆响。

我躺在地上，动也不能动，刚才极为强烈的气劲的冲击力以摧枯拉朽之势，在电光石火之间，穿行了我的七经八脉。经脉好像有碎裂之感，令我不敢稍动。

我可以感觉到，一向湿润的经脉，现在如同烟熏火燎，火辣辣地痛，又像久经曝晒的稻田，水已干涸，龟裂成一块块的，使种田人心痛不已。

虽然我很担心小黑的死活，但是仍只能勉强地把头微微偏向小黑跌落的地方观看着。令我惊异的是，很快烟尘中一个熟悉的影子爬了出来，正是小黑。我差点惊喜地叫出声来，真不愧是野宠之命，生命力相当旺盛，受了这么强的冲击仍能安然无恙。

我奇怪地看着小黑直奔屋中爬去，不大会儿，就看见它摇摇晃晃地往我这儿爬来，嘴中还叼着什么东西。等到走近，我这才发现，小黑嘴中的东西根本就是它平常最爱吃的那种水草。

我好笑地望着它，却牵动了伤处，顿时变为苦笑，道："小黑啊，你不是让我吃水草吧？我现在是受伤啊。"说完忽然看见小黑背着的龟壳有一道明显的裂缝。

我这才知道，原来小黑并没有我想象中的那么耐打，在大力的冲击下也受了不轻的伤。

小黑好像明白我不想吃它叼来的九幽草，用脑袋在我的脸边顶了顶，湿湿凉凉的，接着伸长小脑袋把一棵九幽草搁在我朝天的那半边脸上。

小黑可爱的小眼睛与我对视，骨碌碌地转了几圈，好像安慰我心一样，它当着我的面把嘴中的另一棵水草一口口地吃了下去，然后就那样趴着一动不动，仿佛人类练气的姿势。

我惊喜地发现原本小黑身上那道很深的裂缝，竟然变浅了不少。小黑睁开眼睛，一对小小的黑眼珠精神了不少，把脑袋伸到我脸庞下不断地蹭着我。

原来这种东西是可以治伤的。我不再犹豫，张开嘴，水草便掉到嘴中。我不敢太大力，轻轻地咀嚼着，水草比我想象中要容易咀嚼多了，一股清淡的醇酒香味很快弥漫口腔，沁人心脾。

小黑瞪着眼睛望着我，天真的表情让我忍俊不禁。

龟裂的经脉如同久旱逢甘霖，舒服得让我忍不住呻吟出来。

我费力地爬起身盘腿运气疗伤。意识刚把内息引出丹田，我突然记起刚才受伤就是因为自己的内息作怪，怎么能重蹈覆辙，于是赶紧引导着才出丹田不远的内息重归本体。

我大大地喘了口气，还好没有再出差错。我忽然回味到，刚才引导内息时非常顺利，气机温和，没有一点儿暴躁的迹象，不同往日的是，原来凉凉的内息变得温温的。

睁开眼睛无意识地望着远方，我心中回忆着头脑里浅薄的武学常识，内息凉呈阴属性，内息热呈阳属性，怎么会原本阴属性的内息变得如此温和呢？难道是被改变了属性？

想来想去没有头绪，我决定再体验一下自己全新的内息。为了保险起见，我又拿来一棵九幽草，细细地咀嚼吃进肚中。我开始冥想，等到思虑纯净，身无外物，意识才慢慢地沉进丹田中。

我小心翼翼地将内息引出来。陌生的内息像是一个乖宝宝，循规蹈矩地守着原有的经脉循环着，十八圈之后，经脉受的伤已让温热的内息再加上九幽草治得七七八八了。

平常十八圈之后，我就有了力尽的感觉，不得不把内息导入丹田，如果强行为之，醒来之后，意识会很累。

这次十八圈之后，我只是感到有些微微的疲劳，离平常的情况还差很远。用意识驾驭内息在体内活动，尤其是疗伤或者打通新的经脉，这可不是轻松的活儿。

比如驾驭飞马狂奔的骑手，一段路程下来，不但飞马很累，骑手也同样不轻松。

所以现在修炼武学不但重视自身功力的增长，同样很注重意识的提高，平常都会用冥想来提高自身的意识。

不过，光靠打坐冥想来提高自身的意识是远远不够的，这种单一的方法只能令意识缓慢地增长。另外一种方法就是和宠兽合体，长时间的合体能够极快地提高人类的意识力量，但是也更累。

然而，不是任何人都可以和高级的宠兽合体的，毕竟护体宠不是奴隶宠所能比的，它们有很强大的攻击力和耐击打能力。

更别说七级以上的高级神兽了，没有极强的意识力，根本无法合体，想要如臂使指地熟练指挥宠兽更是想也不要想。

冥想与合体二者相辅相成，究竟哪一个更为重要，倒显得无足轻重了。

我驾驭着内息一口气在体内转动了六十四圈才停下来，这时候我已经有点疲倦了。意识不再驾驭它，将其慢慢归引回丹田储存起来。

温热的内息浓度很高，以前的那股内息真是拍马都不及，不过虽然浓度很高，运转的速度却仍可以与以前并驾齐驱。

意识扫过以前那些贯通的经脉，个个圆润，弹性十足，一点儿也不像受伤的样儿，受到冲击的经脉都比以前扩大了不少，同时很多以前没有贯通的经脉，现在也豁然开朗。

想来应是受到波及，被强行打开的，我应该是因祸得福了，省了不少事，要知道贯通一条全新的经脉是很累的，往往十天半个月都无法打通一条很短的经脉。

现在可好，一下子打通了这么多，令我开心不已。

待我从入定中醒来，已经是晚上了，外面凉风徐徐，夜空下月华如水，星罗棋布，湿润的空气令人精神一振。

没想到，这一入定就是一个白天。奇怪的是坐了一天竟没有饿的感觉。怀中有个东西在蠕动，我哑然失笑，将赖在怀中的小黑拿到手中，就着月光，将目光放在它受伤的背壳上。

不知何时，那道裂缝现在只剩下一条发白的痕迹了，除此再也不见受伤的迹象。我凑到小黑脑袋前，低声道："你也会打坐疗伤吗？谢谢你的水草了，不然主人现在可能仍躺着不能动弹呢。"

想起水草的神效，我起身往屋中走去，我要给小黑弄个水草大餐，及早把它受的伤全部治好，不要留下什么隐患。

走回屋中才发现，几天前采的水草剩下的最后两棵被我和小黑一人一棵给分吃了。

感受着美丽的夜空，我突然兴起夜晚水中采草的念头。

带着照明设备，脱光身上的羁绊，我就那么光溜溜地一头扎进河中。水中很暗，就着照明设施射出的光，周围一尺的景物我仍能尽收眼底。

小黑四肢轮流摆动，姿势优美至极，时而滑翔，时而摆动，调皮时脸朝上，背朝下四肢滑动，像是在浴缸中的婴儿般可爱。

看它自娱自乐似的演绎着华尔兹般的动人舞蹈，我好笑地紧随着它逐渐深入水草丛中。

沉睡中的鱼儿们仿佛被不请自入的我俩给吓到了，纷纷从藏身之所跑出来，在我们身边倏地逃向远处。

我感到有些可笑，忽然莫名地又有点不安，记得以前来的时候，这些安详游动的鱼儿就好像是自家后花园的蜜蜂，对我的出现理也不理。

前面的小黑也突然停了下来，悬浮在水中，警惕地望着幽黑的前方。我小心地将灯光加强在前方水草中来回地梭巡着。

一个异物，以极快的速度从暗处突然闪动出现在灯光的范围中。

一条白蛇，体形不大，一米左右，尾部曲横在身边，使我想到，它刚才出现时的惊人速度大概就是靠尾部的弹动力量，如离弦的箭，行动时定是快得迅雷不及掩耳。

小黑显得既害怕又兴奋，四肢划水的速度越来越快，黑黑的眼珠眨也不眨地望着眼前的白蛇。

看着白蛇面对两个敌人，仍是动也不动地沉着，我在心里暗暗嘀咕着这肯定也是一条野宠，只是不知道会是几级几品的宠兽。

看它的样子大概不会低于我的小黑龟。它身长不长，应该不会是成年的野生宠兽。

里威爷爷曾经说过，三级以上的野生宠物有很强大的攻击力，比之四级低品的培育宠兽也毫不逊色。

以我现在的能力大概是打不过的，想到这儿我心中有些打鼓。不过我还是庆幸自己只是遇到一条未成年的三级宠兽，我们这边有两个，应该可以打得过的。

其实我猜的大概不差，这是一条三级蛇类宠兽，只不过它是一条成了年的三级上品野宠，这可以从它的纯白皮色看出来。四级以下的蛇类宠兽由于天生的限制，身长无法增长到一米以上。

功到自然成

第六章

灯光中，白蛇的眼睛显露出妖异的神色，珍珠般的皮色真的可爱至极，尾巴尖的部位，不停地抽打着。

小黑好像忍不住了，四肢突然飞快地拨动水流，我大吃一惊，小黑还是太嫩了，不是白蛇的对手，只看白蛇蓄势以待的样子，就知道它比小黑技高一筹。小黑这一招我见过，它父亲就在我身上用过。

小黑属于防御性的宠兽，而白蛇才是攻击性的宠兽，现在本末倒置，形势不容乐观。

一个水流漩涡很快形成，浮游生物纷纷被卷进去，然后被强劲的水流绞得什么也没有了。水流漩涡徐徐地向白蛇移动过去。

这个漩涡的杀伤力还是非常大的，可缺憾也是显而易见的，只要在它到来之前避开它，逃出杀伤力范围就可令漩涡无功而返。小黑还太小，力量有限，能发出这个漩涡已经很厉害了。

想当初，它老爸就是突然在我的身下变了个漩涡出来。

白蛇望着慢慢移过来的漩涡，突然甩动尾巴，"嗖"地把身体拉得笔直，冲着漩涡飙射而来，就在我惊讶为何它要自投罗网的时候，白蛇毫无阻碍地一下子就从漩涡中横穿过来，丝毫不受漩涡的影响。

我大吃一惊，白蛇来势极快，根本令我无法施出援手。小黑眼望着冲过来的白蛇倒显得镇定了，就在满口白森森的牙齿出现在眼前的瞬间，它突然张口吐出一个气泡，气泡一出来就迅速涨大，一下就把白蛇给包裹在其中。

白蛇为之一顿，前冲的身体马上慢了下来，慢慢向上漂浮。它甩起尾巴狠狠抽在气泡上，气泡却没有如它所愿被轻易击破，仍是慢慢上浮。

气泡破裂只是早晚之事，我不再迟疑，运气于掌，抖手甩了出去，水流发出"砰"的闷响，冲天而起，再洒落回来，无数气泡涌满四周。

我没想到，自己没怎么用力的一掌会有这种气势，困着白蛇的气泡已破，白蛇也软趴趴地浮在水中，不知道是被我的掌气震晕了，还是已经死了。

小黑欢叫一声，飞快地游了过去。

白蛇被小黑咬着拖到了岸上。白蛇的身体入手冰凉，刚才在河中没发现，白蛇已经被我普普通通的一掌给震死了。它身体的柔韧度极佳，鳞片坚硬，在光照下反射着蒙蒙的光晕。

小黑神情显得很着急，张开嘴在白蛇的颈下咬着，可是任它怎么努力地咬，蛇皮仍是不动分毫。我奇怪地看着它，心中猜想可能是小黑想吃蛇肉吧。

我搓指成刀，运力在小黑撕咬的部位划动，没想到，这张蛇皮可真够硬的，任我怎么努力也休想动它一丝一毫。辛苦了半天，我和小黑累得躺在地上呼呼地喘着气。

小黑不甘心地胡乱在白蛇身上又咬了几口。望着静静躺在地上的蛇尸，我回忆刚才击出那一掌的样子，看了看自己的手，不知道什么时候自己有了这么大的进步，竟然一掌就可以把这么厉害的三级野宠给震死。可是为什么现在我运足了力气，却割不开它的皮呢？

自己进步这么大，可能和小黑吃的那种水草有关。

小黑突然快速地向河中爬去，"扑通"一声没入河中。我纳闷地紧跟在后面，也跃入水中。

再次入水，我心中格外小心。上一次是小黑的老爸那只成年大龟差点让我挂了，还莫名其妙地让我晕了好几天。今天却突然出现一条白蛇，要不是功力暴涨，恐怕也得挂在河里。

这条古老的河流究竟还隐藏着什么危险尚未可知，不小心点怎么行？

小黑快速地在齐人高的水草群中穿梭着，不时地停下来，小脑袋往四周点点，这让我想起大黑在嗅气味的时候就是这个动作，难道小黑也是在嗅什么东西吗？

功力暴涨了这么多后，我感觉连自己在水下憋气的时间也长了很多，不需要频繁地到水面换气。我轻轻跟着小黑，不时眼尖地发现了不少九幽草，顺手采了起来。

小黑突然停下来嗅了嗅，飞快地向右前方游过去，东拐西弯地转了两道弯，眼前赫然出现一个空出来的水草叠成的窝，两枚蛋躺在窝中，四周的水草特别茂盛，在窝的周围形成天然屏障。这里水流平缓，流动缓慢，可保水流不会把蛋给冲走。

　　还在我愣神的当儿，小黑"吱"地冲了下去，爬到窝中，一口吞下其中一枚蛋，我看着蛋在小黑的喉咙里慢慢地往下滑。小黑的猴急样真是好笑。

　　这该是刚才那条白蛇的蛋才是。这里是白蛇的势力范围，大概是发现了我们，尤其是小黑这个天敌，以为我们要对它的蛋不利，才冲了出来，只是没想到，会意外地被我给干掉。

　　在小黑再次下口之前，我抢先一步，把剩下的那枚蛋抢在手中。这种蛋很珍贵的，让小黑吃了真是可惜了。

　　小黑吃了口中的蛋后，眼看我把那枚蛋拿在怀里，愣了一下，不知道我为什么要把蛋拿走不让它吃，接着迅速游到我面前，眼巴巴地望着我，用它那滑腻腻的小脑袋在我鼻子上蹭。

　　我好笑地把它捧在怀中，游上岸，看着它道："小黑乖，你知道吗，这可是很珍贵的哟，你已经吃了一枚，这枚不准吃了。"

　　其实我心里是想把这枚蛋送给凝翠的。她从我这儿没有得到小黑，肯定不会甘心的，我很清楚她的个性，虽然她这一个月都没有来找我麻烦，但是我确定她不会这么轻易放弃的。这下可好，把这枚珍贵的蛇蛋送给她，她应该就没有什么话说了吧。

　　小黑看在我这儿得不到想要的东西，却看见了我采摘的大量新鲜的九幽草，顿时来了精神，歪着头吃了两根，然后突然不动地趴在那儿。

　　我感觉有些不对劲，月光明亮如雪，照在小黑的背上，我惊奇地发现它竟然又开始长了，身体缓慢地膨胀着，黑油油的颜色越发黑亮，细细地看去，背壳上的纹路随着体形的长大也越来越细密。

　　我上前一步，才发现原来那些并不是纹路，而是类似鳞片的东西，看起来细小，很柔软，短小的四肢竟然伸出锋锐的刀甲。

　　事实上，这个时候是小黑正由三级向更高阶进化。很多事现在我都不明白，几个月后，才真正地明白今天发生的事。

　　理论上一只宠兽向上一阶进化是可能的，但是在现实中却很困难，小黑在短短的月余时间就能够进化，其原因和我有着很大关系。

　　先是九幽草让它能够快速发育；其次每次练功的时候把它抱在怀中，令它从我这儿得到不少好处，为它的进化打下了坚实基础；最关键的还是那枚白蛇的蛋。

本来白蛇颌下的那枚经年累月形成的血精也可以令它快速进化，可惜白蛇那身皮鳞委实坚不可摧，所以小黑只能退而求其次。白蛇一旦生命消逝，身上的鳞皮就会变得更加柔韧、坚硬、牢不可破，这是最上等的护甲的材料，千金难求。

进化后的小黑突然吐出一个弹丸大小的东西，莹黄可爱，放着一圈圈的淡淡黄芒，它吞吐了几下又吸回了腹中。

回到家中，望着如磨盘大小的小黑，我挠了挠头想，以后不能再称它是小黑了，没想到吃了一枚蛋就长大成这个样。我突然想到一件事，拍着它的脑袋道："你太大了，以后不准再爬到我身上了。"

小黑似懂非懂地冲我点点头，看来小黑虽然身体长大了，心理上可没有跟着成熟。

已经是深夜，可能快要天亮了，我渐渐有点疲乏，把蛇蛋放好，躺在床上不大会儿就熟睡了过去。

拂晓的时候，我耳边突然传来窸窸窣窣的声音，好像是破蛋声，想到这儿，本来还不太清醒的头脑一下子清醒了。

原来放龟蛋的那个盒子里，蛇蛋顶部已经裂了个口子，一条蛇的脑袋钻了出来，只是就那么卡在那儿，却不再往外钻了，好像很害怕的样子。我往旁边望去，却见小黑竟然瞪大了眼睛望着它。

我不禁为之莞尔，怪不得小蛇不敢动呢，蛇龟天生便是宿敌，有小黑注视着，小蛇当然是动也不敢动。

我笑骂了小黑一声，小黑无辜地瞅着我不知道为什么我要骂它。我伸手把蛋拿到手中，小蛇眼见脱离了危险，滑溜的身躯陡然从蛋壳中钻出，顺着手臂爬到我身上，居高临下地望着令它感到恐惧的小黑。

我爱怜地摸了摸小蛇的脑袋，心中叹了口气："唉，真是没办法，谁想到这么快小蛇就孵了出来，这下子可好，都认了主，还怎么送出去？"

心中惴惴地又过了数天，天色渐暖，河边一派欣欣向荣，草木旺盛地生长起来，各色昆虫也逐渐多了起来。

那天过后，小黑的胃口越来越大，现在我已经任由它下水自己找东西吃了。奇怪的是，小白蛇跟小黑吃的东西差不多，平常没事的时候总是缠在我的手腕上。

"九曲十八弯"的功法我也比往日修炼得更勤了。那天见识过自己增长的实力后，我更是对这个家传功法倍增信心。我还不知道，凭我现在的功力就是和村长里威爷爷相比也差不了多少，同辈中更没人是我的敌手。

这天刚练功结束，我就听到一个粗豪的声音："天儿，伯伯来看你来了。"

我一听这个声音马上就知道这是三伯伯来了。三伯伯生活在方舟星，离地球最远，却是第一个到的。

忽然又一个声音传来："老三，你也到了，让你抢先一步。"

三伯伯听见声音高兴地道："原来是二哥，怎么一个人，四弟呢？四弟不是一向和你同来同往的吗？"

二伯伯笑了一声道："老四那边有些事脱不开身，我就一个人来了。"

三伯伯听了有些不高兴，沉声道："什么事比来这儿看五弟的孩子重要，难道他不知道今年是'九曲十八弯'功法第一劫的时间？"

我抬头望着天空，却看不到一个人影，每次他们都是从天而降，而且并没有使用宠兽来御空飞行，全凭个人修为，真是惊世骇俗。现在只听声音见不到人，恐怕也是在使用什么我不知道的功法吧。

这时候突然一个威严的声音伴随着破空声而至："天儿，一年不见长高了不少。"

"义父！"看清来人，我叫了一声迎上去。义父的修为在几人中是最高的，后发而先至。义父面相威严，仙风道骨，一袭丹青色的长衣，在微风中飘飘欲仙。

义父笑着拍拍我的肩膀，然后转头冲着空中道："老三，你不要怪老四，这事我知道，并非是他不来，确实有事脱不开身。再说，虽说这'九曲十八弯'了得，但是我们几人为天儿护航已经够了，老四来不了也无妨大碍。"

三伯伯见义父也为四伯伯说话，顿时不吱声了。二伯伯开口道："来的时候老四托我带来了鱼皮蛇纹刀，说是送给天儿作为他成人的礼物。"

三伯伯听他这么一说，哼了一声便不再说话。

过了半晌，义父道："你两位伯伯到了。"

我睁大眼睛望着天边，过了一会儿，远远地看见一个虚影破云穿空而来，速度之快只比义父稍差，眨眼的工夫，听到两声刺耳的响声，二伯伯和三伯伯不分先后地分别从两个方向凌空虚渡而至。

三人功力之高，真可谓旷古烁今，无人可比。

三伯伯脚尖点地，轻巧地落在我面前，动作自然，却自有一股子霸气；二伯伯姿态潇洒，动作轻盈不带一丝火气，眼睛炯炯有神，一看就知道是睿智之人。

我开心地迎上去道："二伯伯、三伯伯你们又来看天儿了。"父亲、母亲先后过世，父亲这帮子结拜兄弟现在可以说是我最亲的亲人了，看到他们接踵而至，我心中满是喜悦。

二伯伯首先开口道："天儿，这次你四伯伯有事来不了，你可不要怪你四伯伯，你四伯伯说这次事情一了，让你去他那儿玩。"说着递出一把弯刀，精巧细致，巴掌大小，装在一个古朴的刀鞘中。他接着道，"天儿，这是你四伯伯送你的礼物——鱼皮蛇纹刀。"

我连忙伸手接了过来。刀柄入手，一股子阴冷的气息顺着手臂直蹿了上来，我"啊"地叫了一声，这把刀还真是邪门儿，差点让我把它给抛出去。

冷气源源不绝，沁透我的七经八脉，全身犹如浸入万年冰河，直入骨髓。几秒钟后，我的手已经握不住它了，血液有冻僵的趋势。我哆嗦了一下，正想把刀还给二伯伯，丹田中那股温热的内息，呼地全体出动，虽然没有意识，却仿佛有了灵性般穿越全身经脉。

冷气由外及内，热气由内及外，冷热交汇却化为一股子凉凉的气息游走在各大经脉中，身体有种说不出的舒坦。

二伯伯发出"咦"的一声，状甚惊讶。

我沉浸在舒服中，没有注意到二伯伯他们惊讶的表情。

二伯伯这时忽然道："这把刀是你四伯伯的宝贝，采用百年寒铁，混合千年雪魄，整整锻炼了一年的时间，才基本成型，又用了两年的时间采集了百种异草和百斤白金，其中更添加了一只五级中品的野宠绿蛇修炼的精魄，混合一只四级上品的龙纹鱼精血，再用本身的真火焚烧了一个月，这才真正地完成。这把刀可大可小，大可至数米，小可至巴掌般，由于其中有寒铁与雪魄，功力低一点儿的人拿都拿不稳，可用来封印自己的宠兽，更可以让宠兽得到意想不到的好处。刀本身由白金为体，可说是无坚不摧，功力高深者一刀在手可催发无形刀罡，端的是万夫莫敌。"

我一边听二伯伯说刀的来历，一边徐徐地抽出刀身。刀身出鞘的刹那，我脑中突然响起若有似无的蜂鸣。

刀身在阳光的照耀下，放射着刺眼的五彩毫光。刀刃薄如纸张，雪白无瑕，刀身犹若活物，荧光流转仿佛水在流动。

在我惊讶天下竟然还会有这种宝物的时候，一直匍匐在我身上的小蛇，尾巴凝动，快若闪电，直奔刀身，皎洁的身躯在刀身上扭动，状甚欢愉，久久不肯离去。

三伯伯脱口道："野生宠兽，还是阴性白蛇，真是好东西。"

义父轻轻拂了下颌下的美髯，哈哈笑了声道："真是没想到，今天天儿给咱们的惊喜还真多啊。"

　　二伯伯也看着我微微地笑道："是啊，没料到，天儿不但已经过了'九曲十八弯'的第一劫，功力飞升，而且龙丹也在逐渐苏醒，更是得到了珍贵的野生白蛇宠兽。"

　　三伯伯拍拍我的脑袋道："好小子，还有什么让我们惊讶的，一并都拿出来吧。"

　　被几人一说，我顿时有点不好意思，羞赧地道："三伯伯，天儿哪有什么隐瞒您的。"说着就把这几天发生的事一一地说给几位长辈听。

　　义父听完哈哈笑道："怪不得，你知道吗，义父传你的这套功法，是你家祖传的，可以说是天下最神奇的功法，练到尽头可夺天地之造化，移山倒海，上天入地无所不能。此功法初练时，并无任何威力，原因在于这个神奇的功法有十八劫，每过一劫，功力便会暴增数倍。就因为如此霸道，所以前八年你每年的勤修苦练都用来改造你的经脉，这样每次功力暴增你才能承受而不至于经脉爆裂。

　　"这'九曲十八弯'，每一曲有两劫，第一曲得要八年，此后每一曲逐年递减，练此功法初时无法和宠兽合体，因为合体后，宠兽需要你体内的精气供应，而你自己改造经脉都还嫌不够，哪有剩余分给宠兽？当你度过改造期，便可以了。"

　　原来如此，听义父说了半天，我总算是明白了，以前不解的地方，现在终于豁然开朗。前两天差点死了的那次，就是我渡过的第一劫，所以之后功力暴涨。

神兵利器

第七章

按照义父所说，"九曲十八弯"的功法夺天地之造化。一般人修炼，按照本身的属性修炼或阴性或者火属性的功法，只有等到炉火纯青，再有巧合的机缘，才能阴阳互转。

再或者一直等到功参造化之时，才能由阴转阳，阴阳同体。而我练的这个功法，第一曲之前，按照本身的属性修炼内息，等到安然渡过第一曲就会强行逆转本身的属性，将本身固有的属性内息转化为相反的属性内息。

这样一来，我就可以比别人更早、更容易修炼到阴阳同体的无上境界，而且不需要任何机缘，只要按部就班地修炼就可以达到。无怪义父给"九曲十八弯"这么高的评价。

要知道阴阳同体，很多人练到老死仍只能望洋兴叹。

忽然，三伯伯双手放出柔和的白光，笼罩住盘绕在刀身上的小白蛇，白光过后小白蛇也随之消失不见了。

我愣了一愣，望着三伯伯道："三伯伯，我的小白蛇呢？"

二伯伯笑骂道："三弟，你还是这么急性子，武道修炼到你这种程度竟然急性子的毛病还没变，真是难能可贵了。"顿了顿，转头向我道："别担心，你三伯伯把你的白蛇给封到刀中了。"

我大骇道："三伯伯，小白蛇是今天早上才孵化的，还没到能够封印的年龄。"

三伯伯尴尬地一笑道："你还不相信你三伯伯吗？这把刀可不是一般的刀，其中含有绿蛇一生的精华，对你的小白蛇有无上的好处，不过还是太小了，所以不能长时间待在里面，每过几天要把它放出来吃点东西，就喂你那个九幽草，这样能更快地促进它的进化。"

二伯伯悠然地对义父道："咱们的天儿还真是个福星，野宠、九幽草，都是不可多得之物，世人寻觅一世尚不可得，他却一股脑地都弄到手了。"

义父平静地道："天儿乃是有缘之人，五弟在天之灵该安慰了。"

三伯伯见义父提到了父亲，顿时眼睛湿润起来，我看得出，三伯伯是性情中人。三伯伯声音有些沙哑，道："唉，五弟要是在就好了，当年一起屠龙，数五弟修为最高，要不是为了我们几人，五弟怎么会被毒龙给……唉！"

二伯伯也叹了口气道："往事不堪回首，都怪我们当时太自信了，否则五弟也不会为了救我们白白赔了性命。"

义父怅然若失，清癯的脸庞满是淡淡的哀伤，半晌始道："这些过去的事就不要提了，现在最重要的是把天儿这个可怜的孩子好好培养成人，弟妹一死，现在我们就是天儿唯一的亲人了。"

三伯伯虎泪斑斑，道："弟妹人好，不计较我们，临死之前的唯一愿望就是让我们照顾天儿，我就是拼了这条命也要帮天儿成为天下最伟大的武道家。我决定了，我要把一身的炼器本领全部传给天儿。"

就连义父那么处变不惊的人都被震惊了，瞪着他道："三弟，你可想好了，炼器之学是你独门绝学，一脉相承，你不要意气用事。"

三伯伯这时收拾情怀，神色平静地道："我家那个臭小子，成天不务正业，对我这炼器的本领一点儿兴趣都没有，我看我要是再不找个传人，迟早这门绝学会丧在我手里。你们说要找传人还有比天儿更合适的吗？"

二伯伯神色有点尴尬地拿出一只漂亮的锦囊，伸手在锦囊中掏出几粒药丸，药丸丝毫不起眼，只是气味清香诱人，不知为何物。

三伯伯看见二伯伯拿出来的药丸，惊道："造化清丹！这可是很难提炼的。"

二伯伯道："本来我炼了几味药正好供天儿此次渡第一道劫用的，现在用不上了，劫都渡了，这药丸还有什么用处？"

我忙上前从二伯伯手中接过那几粒药丸，谢道："多谢二伯伯，这几粒药丸天儿收下了，天儿还有很多次劫要渡的，下次用好了。"

二伯伯看我这样更是不好意思，道："傻孩子，每段时期所要用的药丸都不同，这几粒可以说对你毫无益处了。"

听他这么说，倒轮到我尴尬了，真是不懂装懂。二伯伯咬牙道："罢了，你三伯伯这么大方，如果二伯伯不拿点东西出来，一辈子在你三伯伯面前都抬不起头来。我就将我毕生的炼丹心得传给你吧。"

虽然不知道这些东西对我有什么用处，但是看二伯伯和三伯伯慎重的样子，我就晓得它们一定非常珍贵。

义父看起来非常开心，道："你们可真是够大方的，一个把自己祖传绝学不传给儿子都传给小天，另一个门下弟子千人，竟也把镇派的绝学传给小天，小天福分可真够大的，可是这样一来，你们让我这个做大哥的，拿什么送人？"

我道："义父，天儿不要您的东西，二伯伯和三伯伯已经送了这么多珍贵的东西，孩儿学都学不过来，哪还有时间学义父的东西？"

义父拂着胡须道："你不要义父也要送给你，这次再和你分开，我要抛却尘世，专一武道最高境界，何时再见真的是遥遥无期了。"

二伯伯和三伯伯大概也是第一次听到义父宣布这个消息，齐齐动容道："大哥，你要闭关吗？我们五兄弟现在只剩四人，你再闭关就只剩下我们兄弟三人了。"

义父先是慈爱地看了我一眼，接着望着二伯伯和三伯伯道："这事我已经决定了，你们不用劝我。天道虽不难寻，却非不可寻，近些年我静心参悟，已经有所收获。我唯一割舍不下的就是天儿，天儿安然渡过第一曲的第一劫，我就放心了，虽然是神功刚有小乘境界，但天下亦可去得了。世上无不散之筵席，你们也应该放下手中俗事了，我们兄弟哪一个不是活了一百多年，哪一个不是一方霸主，称雄天下多年，权利、金钱、美女也早应该参透了，该是时候放下了。潜心修炼或许我们几兄弟在几百年后尚能相聚，否则真的就是遥遥无期了。"

二伯伯和三伯伯被义父一番话镇呆在当场，半晌说不出一句话来。只是这个时候我还不能完全明白义父话中的意思，不过不久后，四大星球相继声明，当世四大圣者——方舟星的"化天王"，梦幻星的"虎王"，后羿星的"鹰王"和"力王"——相继宣布归隐。

刚平静了百年多的四大星球，由于四大最强者的归隐，没有实力相当的强者的牵制，再次陷入动荡。

世上没有几人知道，四大星球最强的四大圣者原本是结拜兄弟，更没有人知道，未来的混乱只是因为今天化天王有感而发的几句话。

本来四大圣者中没有一个人在地球上，所以他们宣布归隐并从此消失以后，地球基本上没有受到什么影响。而最受影响的就是后羿星了，一下就丧失了两个最强的人，而且随着鹰王一块儿消失的还有他一手创建的"洗武堂"。所以后羿星在四大星球中实力大减，幸好有力王的"昆仑武道"这个四大星球最知名的武道最高学府撑着场面。

义父看了看若有所悟的两个兄弟，和蔼的笑脸转向我道："天儿，我们到河边走走，让你两个伯伯在这儿静静吧。"

我点点头默默地跟在义父身后，来到河边。灵洁清澄的溪水激荡乱石，传出喧闹水声，两旁植物越发旺盛，显出一片生机勃勃。

义父双目透出神光，望着无边的天际，悠然的声音似小桥流水从他嘴边缓缓流淌出："天儿，义父此次本来打算合你三伯伯和二伯伯之力帮你渡过第一曲的第一劫和第二劫，不过看到你后，我却改变了主意，你可知为什么？"

望着有点出神的义父，我感到有些莫名其妙，愣愣地摇了摇头，不知道该说什么。

义父道："九曲神功乃是天下第一神功，自然也不会那么容易就能练成功，这最难的就是第一曲的第一劫属性逆转，一旦失败，就等于是废人一个，此生再也无法修炼了。所以我和你的几个伯伯才非常紧张。只是出乎我们的意料，你竟然独自一人安然渡过了，实在让我们吃惊，但更令我们几人欣慰。以后每一曲的两劫仍然危险异常，只是就算失败了本人也能安然无恙，只不过，你的神功再也不会有一点儿提升，直到死的那一天也只能停留在当时的程度，难有寸进。"

义父叹了口气，好像是感叹神功的奇特，顿了顿又道："你是五弟唯一的血脉，我们几个一定要负责到底，虽然我们几个老不死的没有五弟的通天本领，但保护你长大也只是举手之劳。不过这样一来，却掩盖了你自身的光芒。有句古话说得好，儿孙自有儿孙福，既然你有能力渡过最艰难的第一劫，便也可以渡过第二劫。"

我有点明白地点了点头。

义父虽然没有回头看我，但仍感应到我点头的动作，欣慰地道："你明白就好。义父此次回去恐怕很难再出现在俗世之中。你的路还很长，义父不能再帮你了，你几个伯伯恐怕不久也会跟着义父一块儿追求武道的最高境界，不再问世事了。"

和几个伯伯虽然相处时间不长，我却很清晰地感觉到他们对我的爱护和关怀，现在听到不久后他们几人就都再也见不着了，心里一酸，眼眶不禁有些湿润，哽咽道："真的以后再也见不到义父了吗？"

义父哈哈笑道："傻孩子，不是真的见不到了，只是会在很长一段时间见不到了。如果有一天你把'九曲十八弯'神功练到大乘境界，或许我们还能相见。"

我呜咽道："义父放心，天儿一定会努力的。"

义父摸摸我的头，忽然道："你看，光顾说话，倒把正经事给忘了，这枚乌金戒指送给你了。"

我伸手接过来，一股火热的气劲"轰"地冲进身体，和体内的阳属性内息相得益彰，令我一阵舒服。

义父看我享受的样儿，呵呵笑道："这是义父归隐前送给你最后的礼物了。这枚不起眼的戒指，是当今最高科技研发出来的，可装百物，与另一个空间相通，这个空间完全属于你，大可装江河，小可装芥子。此物给人金银之感，实则非金非银，乃是一种奇怪的玉质，经过你三叔的锻炼，取火之精魄，以我的三昧之火为引，地心之火为心，锻炼百天，才形成这枚戒指。坚逾金刚，刚好你的属性转化为火属性，这枚戒指对你有很大的裨益。"

听到有这么大好处，我期期艾艾地想收下来，又有点不好意思，已经收了三伯伯和二伯伯这么多好东西，我本不想收义父的东西的，只是听义父说得这么好，突然起了一些贪心。

义父看我的样子，大笑两声道："男子汉大丈夫，何必扭扭捏捏！义父只有你这么一个义子，有什么不好意思的，只管收下！再说这种东西对义父已经无甚大用，收下吧。"

被义父说得脸色微红，我将戒指套在手上，老实地站在旁边。

义父道："天儿，你什么都好，就是这个性格实在有点柔弱，大丈夫处世，当任性而为，只要不愧本心又有何不可呢？"

义父脸上忽而现出淡淡的哀伤，道："你知道你母亲为什么很早就给你定了一门并不适合你的亲事吗？"

我大为讶异，原来这其中还有蹊跷，摇摇头望着义父等他说出答案。

"弟妹就是太担心你阴柔的性格，怕你过不了第一曲第一劫的属性转变，所以定了这门亲事。"说到这儿义父语气中充满了笑意，"听说你那个未过门的媳妇是个悍妇啊。"

我尴尬地应了声。

义父接着道："弟妹想用她来刺激你，转变你柔弱的性格，好帮助你渡过第一曲第一劫，当真是用心良苦啊。"

我大为惊讶，不知道一门亲事背后竟然还有这么多潜藏的秘密。

义父道："弟妹本也没想到为你定了一门你不喜欢的亲事，既然你已渡了第一劫，明天义父做主，到你媳妇家把这门亲事给取消了。我的天儿乃是好男儿，以后还要做一番惊天伟业出来，怎能让这种事给拖累了？何况她如何配得上我的天儿？"

我没料到义父会说出这样一番话来，深刻体会到义父他老人家对我的宠爱和寄予的希望。

我学义父般望向天边，只感觉热血沸腾，暗暗发誓要做出一点儿样子来，不要给几位老人家丢脸。

义父道："天儿，我们走后，你去后羿星一下，到你四伯伯那儿，你四伯伯会安排你进入昆仑武道学院系统掌握一些基本武道知识。到了你四伯伯那儿，就跟在家一样，有什么事只管跟你四伯伯说，他会帮你的。"

我应了声，接着问道："义父，这个昆仑武道和地球上的北斗武道，哪一个更厉害？"

义父开心地大笑道："北斗武道只是地球最厉害的武道学府，但是昆仑武道是四大星球最厉害的武道学府，你说哪一个更厉害？"

没想到北斗武道比昆仑武道差了这么多，我暗骂自己眼界太浅，真的应该出去见识一番，而且很久没看到四伯伯了，趁四伯伯没和义父一样归隐之前看看他，不然就可能再也见不到了。

等我和义父回到家，二伯伯和三伯伯早就做好了中饭，香喷喷的饭香，惹得我垂涎欲滴。

二伯伯招呼我道："天儿，坐过来，吃饭吧。"

我有点羞赧地道："应该天儿做饭的，倒让两位伯伯给天儿做饭了。"

三伯伯端上最后一道菜道："这也是我和你二伯伯在尘世中做的最后一次饭了。"边说边捡了一条鱼放到我的碗中，"来，尝尝三伯伯的手艺。大哥，我和二哥也想开了，此番回去，交代一番，就随大哥一起闭关追求武道最高境界，这个世界应该是年轻人的了，我们这几个老不死的占着位置太长时间了，早该让出来了，想来我们几人退出后，世界会变得热闹起来的，哈哈。"

二伯伯也跟着笑道："天道便是这么回事，否极泰来，盛极必衰，世界安静太长时间了，也该热闹热闹了。"

杯来盏去，一顿饭吃完已经是傍晚时分。我看得出义父几人今天心情特别好。

饭后，二伯伯开始传我他的炼丹之术。炼丹之术博大精深，牵扯范围极广，很多东西我都无法理解。还好二伯伯只是先传我炼丹的基础，不过虽然是基础仍让我头疼不已，光是记忆那些成千上万的草药的名称和形状就已经让我叫苦不迭，更别说草药的药性了。

一个晚上下来，我记得头昏脑涨，等到第二天竟然忘了个精光。义父几人看着我的苦瓜脸，出乎意料地没有责骂我，而是同时哈哈大笑，开心不已。

二伯伯笑着道："天儿，炼丹虽然很好玩，记这些药名和药性却最是繁琐要命，想当年我也是这么过来的，只要记得多看得多，自然就会记得了。"说着拿出一个芯片递给我道，"我毕生的经验都在这个芯片中，以后你需要什么都可以在这里查到。现在你只需记住一些炼丹的基础和原理，再来就是我会告诉你一些对你有用的丹药的制作之法，以后只需找到炼制丹药的材料就可以自己动手炼制了。"

我点头称是，接过芯片放进乌金戒指中，心道，这还差不多，不然光是那些药名就够记一年的。

三伯伯在二伯伯传我炼丹术的时候用我得到的那条已经死了的白蛇的皮给我炼制了一副护臂，套在小臂上。

白色护臂的柔软度极佳，一点儿也不影响手臂的活动，蛇皮上的鳞甲如丝般柔软。三伯伯告诉我，这副护臂只要加入自己的内息就会自动把手包裹在内，形成一个灵活的双手武器，这时候鳞甲就会伸出有两厘米左右，锋利坚硬，可碎金断玉。

可攻可防，端的是了不得。

百鸟朝凤图

第八章

俗话说，山水相连。离我们村不远的地方也有一个村落，我们靠水吃水，他们则靠着大山的养育也传了很多代。

平时两个村子很少往来，但是每年总有那么几次较大的聚会，人们也就利用这种时候来交换货物，而年轻人则趁此良机寻找自己中意的配偶。

二伯伯给我讲炼丹术也有七八天的样子了，今天突然要带我上山实地观察一些植物，说是只有在实践中，才能有更深的体会，记忆也才会更牢靠，于是今天很早我和二伯伯就出发了。

二伯伯没有如同往常那般御气而行。御气术纵横天地间，千里之路，也不过数息之间即可到达。二伯伯传了我一套轻身功夫，因为我虽然功力大进，但是也只限于内息的增加，外在的一些运用技巧尚差很多。

我边走边学，百里路程竟也走了许久。

二伯伯传我的这套功夫并无名称，乃是他自己在很久以前功力未能达到御气飞行时总结经验创出来的一套功法，比之在民间流传已久的"八步赶蝉""踏雪无痕"要快上许多。

其实这套功法着实有投机之嫌，它是驾驭流动的空气来达到飞行的效果，如果遇上逆风便不灵光了。不过虽说有取巧的嫌疑，如果本身对外界没有很灵敏的触觉和较深厚的功力，也是没办法使用的。

我从小在深山中长大，心志淳朴，接近大自然，心灵最是灵动，六识也非常灵敏，所以在二伯伯谆谆教诲下，不多久竟也学上手了，只是尚不是很熟练，御风之时，时高时低，摇晃不定，在捕捉到风的微妙变化时，不能及时随着改变。

不过这样，二伯伯也很开心了，看到自己一手创造的功夫有了传人当然会很欣慰。

我们所要去的地方，只是整个山脉群的一部分，由三座山峰组成。远远看去，三座山仿佛三只寿龟头背交接，其中最中间的那座山较其他两座要高，两三千米的高度，一道山泉从上笔直流下。所以这里的人又管这三座山叫作三龟戏水。

其上山峰连绵，云凝碧汉，青松苍郁，枝虬刚毅挺拔，千姿百态；烟云翻飞虚无缥缈，波澜起伏，浩瀚似海；巧石星罗棋布，竞相崛起。站在山脚，一条似有若无的山路，蜿蜒盘旋直达山顶。两旁树林郁郁葱葱，更有存活几十年的树木，遮天蔽日，直插云霄。

可能这里很少有人来，走了不到三分之一的路程，狭窄的山路已经完全被草木藤蔓给掩盖，地面铺满了树叶松针，厚厚的一层，不时有松鼠灵巧地在上面闪跳。

再往上，大概山腰的位置，豁然开朗，一大片桃林出现在眼前，桃花朵朵绽放争艳，处处鸟语花香，数十种不知名的艳丽彩蝶满天纷飞，一群大小猕猴活蹦乱跳，还有不少温驯的食草动物安详地吃着嫩草，见到我们突然出现也不为所动，等到我们接近时，才忽然一下子跑开，警戒地望着我们。

二伯伯道："这里的药草太稀松平常，没有什么出奇的地方，更炼不出什么珍贵的丹丸。不过你认识一下也好。"

其实，这只是二伯伯的眼界太高，一路走来，二伯伯给我指出了近百种药草，形状千奇百怪，味道也是独特怪异，或是隐藏在草丛中，或是攀爬在藤蔓上，或是寄居在朽木中，或是一枝独秀亭亭玉立于鸟窝。而它们的药性更是让我匪夷所思，有补血的，有养气的，或强身，或润喉，更有见血封喉的毒药草。其中有七十种我都是闻所未闻，端的是让我长了不少见识。

在二伯伯的指点下，我倒是收获颇丰，收集了近百株药草，心中已有所打算，准备回去亲自动手炼几炉丹药出来。二伯伯说这些药对我渡劫已经没有用处了，其实我是打算炼些治疗伤势的药丸，那天渡第一劫时的惨相我还历历在目，要不是小黑帮我，我还不知道是死是活呢。

要是有些这样的药丸，可以暂时压制伤势，我也不用那么惨了。

况且二伯伯传给我的炼丹心得里面有说一些特殊丹药的炼制方法，这种丹药不是给人吃的，而是给宠兽吃的，能在一定程度上提高它们的级别。但是也只限于在一定程度上，到了一定的级别就不可能再提升了。

刚才收集到的几味药刚好可以和九幽草配合炼制一炉黑兽丸，可以在百天之内将宠兽提高一个级别，而且对宠兽有很强的疗伤功能，珍贵异常。

时间已经接近正午，太阳透过浓密的枝叶射入一道道光束，斑驳的光点在大片的树荫中煞是好看。

二伯伯功力通神，可以几日不吃不喝，我却饿得不行，从早上到现在消耗了很大的体力和内息，二伯伯很体谅我，找了一片空旷干燥的地方休息，顺便就地取材，挖了一些草药、摘了一些鲜嫩的不知名野果递给我吃。

我早已饿得不行，先谢过二伯伯便狼吞虎咽地吃得不亦乐乎。

在吃的当中，二伯伯还不忘向我灌输药理知识。通过一早上的身体力行，我对这些药的生长地，以及形状样貌有了更深刻的体会，不会犯把毒药当良药的低级错误。

野果、草药吃入嘴中，清爽可口，汁液多而香甜，虽偶有草药腥涩淡苦，但是吞入腹中竟有股清香传出，萦绕在口舌间，真是口齿留香，余韵不绝，别具独特的诱惑，使我对丹药之术更添兴趣。

吃完一堆，我腹中已有饱意，但是脑中有股贪念，仍让我恋恋不舍，使我感觉如果不再吃上一些实在乃一大憾事。

二伯伯在一边看得很真切，含笑道："你可看到，我刚才从哪些地方获得这些东西的？"

我脸色一红摇了摇头，刚才只顾着吃了，倒是真的没有注意。

二伯伯道："野果乃是大自然赐给万物生灵的，是令它们活命生长的根本，所以这些东西都长在一些很显眼的地方，以便动物采摘，像这般大的森林，可以说俯拾皆是。可是如草药之类的东西，是大自然的额外恩赐，那就要花一些气力，有一定的经验才能够找到它们生长的地方，不过通常这些地方也并非很难找到。"

说着话，二伯伯突然伸手插入土中及臂的位置，等到把手缩回的时候，手中已经多了一样东西，赫然是我刚才吃的那堆草药中的一种。

我瞠目结舌地望着二伯伯，心中佩服得五体投地。

二伯伯哈哈一笑道："些微本事，不值一提，这些都是你二伯伯我刚走出师门时所积累的经验，只要你将我留给你的那个芯片中的东西学得二成，这些东西你便看不上眼了。"

我敬佩地道："二伯伯，这么珍贵的东西，你送给天儿，天儿实在是有些承受不起。"

二伯伯道："傻孩子，你是二伯伯最亲近的人，二伯伯无子无女，不把好东西留给你，难道让二伯伯带到棺材里吗？只要天儿能够好好参悟二伯伯留给你的《百草经》，我就很开心了。"

我点了点头，道："原来是叫《百草经》，嗯，这个名字蛮好听的。"

学着二伯伯的经验，不多会儿，我也找了不少草药回来，坐在地上，大口地咀嚼，吃得津津有味。

二伯伯慈爱地望着我道："天儿，这些东西虽然宝贵，对人的身体亦有很大的好处，但是过犹不及，如果一次吃很多，同样会对身体造成伤害，所以切记不可贪吃。"

我正大口大口地吃得兴奋呢，忽然听到二伯伯说出这么一句话，马上尴尬地停住，不敢再吃。

二伯伯看着我想吃又不敢吃的模样，不禁莞尔道："二伯伯不是不让你吃，而是给你忠告。你现在的情况不同，所以二伯伯没有阻止你，本来以你的情况来说要再经过一段时间的积累才能够渡第一劫，但是你却由于意外的情况吸收了小黑身上的内息，提前引起体内龙丹力量的苏醒，虽然当年一整颗龙丹被你父亲的宠兽大黑狗吞了一半，但是在你体内的另一半龙丹的力量亦是非同小可，在龙丹的力量下，逆转属性改造经脉被强行施展，没有达到水到渠成的功效。现在你虽然安全渡过了，但亦留下了后遗症，经脉受创，枯燥缺乏弹性，无法再经受很快就要到来的第二劫的冲击。"

竟然这么可怕，我大骇道："那怎么办？那这样讲，我很难渡过喽？"

二伯伯微微摇头道："有二伯伯在这儿，哪有这么容易死的。由于你现在属性转阳，对恢复经脉并无多大益处，所以这个时候经脉就要吸收更多外来的营养来弥补自身的不足，也因此，你现在吃得越多，对恢复经脉就越有好处。"

"哦，原来是这样，我说自从那天渡了第一劫以后，怎么老感觉吃不饱，总是觉得很饿的样子，现在总算知道原因了。"说完，我抱起堆在地上的果子，狠狠地吃了起来，恨不得一下子把它们都吃光。

二伯伯欣然道："唉，还是年轻好，从来不把忧愁放在心里，这种感觉只有在百年前时才有啊。"

嘴中嚼着东西，我含混不清地问道："二伯伯，你和义父还有三伯和四伯伯都有一百多岁了吧，不过你们看起来都很年轻。"

二伯伯有些感慨地道："你义父年龄最大，大概有两百岁了，而我和你三伯伯、四伯伯也都活了一百八十多年了，真的是老了。"

"哇！"我惊叹地道，"竟然这么长了，真的看不出来哩。"其实现在一个普通人没有什么意外的话都能活到一百五十岁左右，最高的能活到两百岁。

但是像义父和二伯伯他们这样，活了这么大，仍看起来像三十岁的人真的非常非常少见。

和二伯伯聊了这么久，我心中更加坚定了对武道的修炼，而且也增加了自身对炼丹术的很大兴趣。

三龟山被我和二伯伯转了个遍，此时已接近傍晚时分，天边丹红如血，如一抹红绸飘挂在天际。

在夕阳的映照下，二伯伯准备结束我今天的实践课程。春风拂面，薄雾缭绕，我和二伯伯绕过山头，从山的另一面往回走。

走不多远我忽然看到一间凉亭建在空地上，一条清澈的泉流汩汩而出，紧紧依傍着凉亭，水中是乱石杂处，泉水在乱石间钻流，旋起朵朵的小花，与晚霞相映衬，一片潋滟，十分怡人。

二伯伯忽然有感而发吟唱道："水光潋滟晴方好，山色空蒙雨亦奇。"接着发出一声朗笑，"没想到，山中还有这么一个好去处。"说着一马当先向那边走去。

走入凉亭才发现，凉亭并未如我想象般那样简陋，四面挂着卷起的帘布，帘布如指厚，放下来可挡风避雨。凉亭内石桌木凳、茶壶茶碗竟是一应俱全。

二伯伯端坐亭边，亭外泉水叮当，水花溅射，遥望天边，一抹夕阳洒照，疑幻似真，还真的以为身在梦中。

我站在亭内四下打量一下，转头望着二伯伯道："二伯伯，这间凉亭应该是有主人的。"

二伯伯道："咱伯侄就在这儿耽搁片刻，看是否有缘遇到此间主人。能依山傍水建造此间凉亭当非普通之人。"

我点点头，也静静地坐在一边，欣赏这不可多得的景色，大概一盏茶的时间，仍不见有人的踪影，二伯伯"霍"地长身而起，遗憾地道："看来我们和此间主人乃是无缘，咱们走吧。"

我随着二伯伯一同走出亭外，就在此时突然传来一声嘹亮悠远的鸟鸣，在幽旷的山谷中回声激荡，撩人心魄。

二伯伯听见鸟声，忽然惊喜地道："呵呵，天儿，你可真是有福之人，这次咱们的山中之行，真是来对了。你可知刚刚发出鸟鸣的是何物？"

看见二伯伯突然变得激动的脸庞，我一头雾水地道："是什么鸟？"

"此乃有'百鸟之首'称号的凤凰，正要浴火重生，凤凰所在必有宝物，踏破铁鞋无觅处，得来全不费功夫。"

二伯伯身形微一晃动，人已经在百米开外。我从来没见过二伯伯这么激动，见状赶紧施展出御气之术紧随其后，同时大声喊道："二伯伯，这凤凰也是宠兽吗？"

"当然是宠兽，而且是八级神兽，四星球大战之前，这种上古神物就已经很少见了，没想到我们今日会有缘见到这种快要绝种的神兽，眼福匪浅啊。"

二伯伯在一棵巨树前停下，只见一棵参天古木的顶端，正有一只漂亮的大鸟欲破壳而出，上半身已经身在壳外，火红的身体流光溢彩，火焰似的光芒仿佛水银在周身流动着。不大会儿，它整个身体便已暴露在空气中，昂首挺立，顿显鸟王的神采。

那双翅一展开，至少有八九尺长，凤羽如焰，头上火冠如拳，长喙若钢，利爪似钩，威武骇人！一声长鸣，惊天动地。

随着凤凰的啸声，无数大小灵禽争相前来朝拜，排着整齐的队伍，里三层外三层围着凤凰绕圈。整个天空霎时变得黑压压的一片，若乌云翻滚，被无数只珍禽给遮挡住。

二伯伯动容道："好一幅百鸟朝凤图。"

我目瞪口呆地看着这幅奇景，竟久久不能自拔，实在是太震人心魄了。神鸟凤凰顾盼间神采飞扬，若一团熊熊火焰，无人能掩盖其风采。

二伯伯将手搭在我肩上将我从梦幻般的奇景中惊醒。二伯伯道："凤凰乃是鸟中之王，在宠兽中也是神兽级别的人物，不过比起宠兽之王的龙来说还差了两个级别，你体内的龙丹乃是一巨蟒所化，但是即将飞升为龙的时候，被我们所破，所以只停留在第九级，比起这只小凤凰来说却仍高了一级。"

我咽了口唾液，不晓得该说什么，这个消息实在太惊人了。

二伯伯道："凤凰的寿命无有尽头，但是每隔五百年就要化作蛋状，历经十年方可浴火重生。"

二伯伯转头见我仍傻愣愣地看着凤凰，笑道："傻小子别看了，快随二叔去捡宝贝。"

我醒悟过来，二伯伯说凤凰所在的地方必有宝物的，自己可千万别错过这种千载难逢的好机会。

二伯伯道："刚重生的凤凰最是脆弱，但这也是相对而言。只看它重生的气势，

百鸟朝凤图　　　071　　　驭兽斋

就知道想趁这个时间对它不利是十分不明智的。你看它进行重生的这株千年铁树，本来千年铁树已经很宝贵了，现在又吸收了这么多年的凤凰灵气，它的珍贵实在是……啧啧。"

我仰头望了一眼那株快要冲破霄汉的铁树，支吾道："二伯伯，你看这铁树也太高了点，我上不去。"

二伯伯心情非常好，闻言哈哈大笑道："难道你二伯伯是白给叫的吗？待二伯伯助你一臂之力送你上去。咱们快上去，不然好东西可就一点儿都剩不下了。"

我愕了一愕，疑惑地向上望去，凤凰此时已经轻轻地拍打翅膀飞在空中，来适应自己的新身体。很多鸟争先恐后地飞在凤凰原来落脚的位置，好像在争抢着什么。

这时我也明白过来，这些鸟在抢凤凰留下的好东西，忙道："二伯伯，咱们快上去，不然来不及了。"

二伯伯道："来得及！"然后一声大喝，身体平地拔起。

看着二伯伯冉冉上升状若飘仙，我急道："二伯伯，你把我忘了。"二伯伯闻言大笑，道："凝气，轻身，施展御风术。"

我闻言赶忙施展御风术，突然感到一股气流从脚底往上冒，顿时知道二伯伯催动真气鼓动我脚底的空气流动，将我托了上来。我心系树顶的宝物，实在来不及惊叹二伯伯的盖世奇功。

突然耳边传来二伯伯的声音："收摄心神，不要掉下去。"接着二伯伯发出一声暴喝，"临！"音波如魔音般穿透脑髓，我差点收不住心神，给震得跌落下去。

在上面争抢的灵禽们大多被震得跌落下来，落到一半的距离，又醒了过来，拍打翅膀，盘旋着不敢再落下来。

二伯伯倏地甩动衣袖，姿态潇洒，动作优美，一股绝大的气流涌了上来，上升的速度陡然增快，眨眼工夫树顶已经近在咫尺。

不是冤家不聚头

第九章

真是奇怪得很，这千年铁树下半部分，光秃秃的没有一根枝丫和一片叶子，反而到了树顶竟是枝繁叶茂，形成一个反方向的伞状，其中间的部分是个窝，上面还凌乱地散着大块和小块的蛋壳。

我四下寻找二伯伯口中的所谓宝物。看了一遍发现除了树叶树枝便只剩一些蛋壳了，难道这些蛋壳是宝贝吗？

二伯伯将我疑惑的表情尽收眼底，乐呵呵地道："傻瓜，还不赶快把那些蛋壳给捡起来收到你的乌金戒指中？这可是难得的炼丹的好宝贝，虽然对人没用，可是对你的宠兽那可就是灵丹妙药了。你没看这些鸟儿一个个地抢着吃吗？"

我恍然大悟，赶忙去捡，几只大小不一的鸟儿，大着胆子落到我身边，见我对它们视而不见，便如小鸡啄米般啄食巢中小片的蛋壳。

看它们啄得不亦乐乎，我疑虑尽去，手脚并用地把大块大块的蛋壳放到乌金戒指中，没料到凤凰的蛋壳还真是大，我恐怕捡了有几十斤。身边的鸟儿渐渐多起来，我也不管它们，让它们吃好了，反正那些太小块，散落在巢中，我也不好捡。

等到把最后一个大块的蛋壳收起来，我忽然看见蛋壳的下面竟有一根短小的铁木枝，与其他树枝相比竟是颇有不同，手臂粗细，不足一米，呈紫红色，仿若檀木，只是没有檀木的香味，入手微温，给我金属质地的感觉。

二伯伯这时候忽然道："这才是我们这次要找的真正宝贝，此乃吸收了大部分凤凰灵气而生长出来的铁木，用此可为神器，劈金断银，比起你四伯伯赠你的鱼皮蛇纹刀尤胜几分，而且此物性温，并且没有重量，以之为剑可胜剑气，以之为刀可破刀罡。"

我讷讷地望着眼前的铁木，实在不敢相信天下还有这样的宝贝，愣了半晌，有点口吃地道："难……难道没有任何缺陷吗？"

二伯伯朗笑道："孺子可教，这个问题问得好，要想炼出真正属于自己的神兵利器就得掌握炼器材料的所有特点。此物唯独怕火！"

二伯伯见我露出失望的神色，正容道："万万不要小看了这神铁木，虽然它怕火，但亦只是如你三叔般那种三昧真火，其他凡火皆不足道哉。铁木本就可耐高温，更何况经过炼制后就更增添其耐火性。"

铁木坚不可摧，我全力发出的几道掌刃都无法在上面留下丝毫的痕迹。我道："二伯伯，这铁木坚硬异常，我怎么能把它给弄下来呢？"

二伯伯道："你的鱼皮蛇纹刀足可担此重任。"

我边从乌金戒指中拿出刀，边问道："二伯伯，你不是说它比这鱼皮蛇纹刀更利吗，鱼皮蛇纹刀能砍断它吗？"

"只管放心，全力催出刀罡必可破之。"

刀柄甫入手，寒冷的气劲立即传了过来，顿时让我精神为之一振，全力推动丹田中的内息。神刀受到我内息之助，刀身放出恍若实质的耀眼光晕，刀罡近半米长短，在刀身上吞吐不定。

见自己竟真能催发出刀罡，我顿时大喜，要知道，能够催发出剑气刀罡便足以证明身手已入一级高手的行列。虽然是借神刀之力而发出的，但也足可令我自慰了。

在根结处全力吐出刀罡，我大力地劈了下去，刀身毫无阻碍地将神木整根截了下来。

二伯伯伸手一招，铁木从跌落处飞到他手中，他仔细地审查着，最后道："不愧是神物，与鱼皮蛇纹刀这种用俗物精炼而成勉强可为神兵的家伙相比实在是强太多了。你三伯伯要是在这儿一定非常高兴。"

我接过神木开心地看着，梦想着自己有一天可以亲自把它炼成自己喜欢的东西。

二伯伯接着道："赶快收一些铁木吧，以后你学习你三伯伯的炼器术，这些都是不可多得的顶级炼器材料。而且这顶上的其他铁木也或多或少地吸收了一些凤凰的灵气，不要给浪费了。"

我手持鱼皮蛇纹刀，催发刀罡，大开大合所向披靡，令我产生了自己也变成二伯伯这种级数的绝顶高手的错觉。刀罡纵横，冷意扑面，虽是快意无比，但是催发刀罡却极耗力，几下工夫我已经内息匮乏，刀罡不及厘米。我仗着鱼皮蛇纹刀的锋利又砍了几根，最后实在无力，只得作罢。我边手忙脚乱地捡拾着铁木，边开心地喃喃道："没想到，捡宝贝也能捡到手软。真是开心。"

二伯伯道："看看你的刀，有没有一团浅色绿芒在刀身？"

我如言将刀身横起，果然看到一团不大的绿芒竟好像在缓缓游动。

二伯伯又道："那是你的小白蛇吸食了一些刀中绿蛇的精魄，产生了进化。你现在可以把它放出来，这里正好还有一些没被鸟儿吃完的碎壳，对它的进化大有裨益。"

我依言释放出小白蛇，小白蛇闪电般蹿了出来，环着我的脖子转了两圈，然后顺着我的身体游了下去，贪婪地吃着剩余的蛋渣。

忽然肩膀一紧，我愕然地转头看去，竟是一只美丽的鸟儿，身着五彩凤羽，爪似金钩，落在我身上，如若不是体形很小还真以为是凤凰呢。

它竟然不怕我。我伸出手捋了捋它的羽毛，它很享受地闭着眼睛，头一点一点的非常好玩。

我轻轻推了推，它竟不肯离去，二伯伯见状，呵呵笑道："天儿，这种鸟因为外形很像凤凰所以被人叫作'似凤'，它也是一种宠兽，位属三级，虽然级别低，却是稀罕之物，没有任何攻击力，也不能和人合体，但最拿手的便是声音，可发百音，发出的声音犹若天籁，余音绕梁三日不绝。这种鸟很聪明，但有一个坏习惯就是贪吃，尤其是那些难得的珍贵药材对它们有莫大的诱惑，可能它刚刚看见你收了很多的凤凰蛋壳，所以赖定你了，呵呵。"

我好奇地望着它，心道这鸟还真是有趣。我逗它道："小鸟给我唱个歌，我给你好东西吃。"

小鸟好像听懂了我的话，昂起头，往旁边移了两步，仿佛对我不屑一顾，却不肯离去。

我心中一动，伸手从戒指中掏出一片蛋壳在它面前晃了晃，它马上忍不住追逐着我的手。我笑道："快唱歌啊，唱歌就给你吃。"

似凤眼见吃不着，着急地又落回到我肩上，张开嘴巴唱了起来，一个个音符从它的喙中蹦出，如泉水叮咚，又若春风吹动万物，音韵悠扬环绕大地，美妙自然，犹若天籁。

二伯伯微笑道："真不愧'似凤'之名，这等声音说是天籁却也是名副其实。"

就在我要把手中的凤凰蛋壳给似凤做奖赏时，忽地眼前掠过一道青光，接着便闻到一股腥臭的气味，肩膀上的似凤发出"哇"的一声尖叫，扑棱棱地迅速飞到半空中。

脖上一阵冷意传来，我待要做出反应之时却忽然发现缠绕在我脖子上的竟是我的小白蛇，只是现在已经不复初生时通体莹白如玉，而是换上了一身青装，淡淡的青色仿佛新柳色。

我垂下已经挥起的鱼皮蛇纹刀，惊讶地道："二伯伯，是不是小白蛇已经进化了？"我着实没想到，它会进化得这么快，由此可见凤凰蛋壳对宠兽们来说确实珍贵。

二伯伯道："没错，你的小白蛇已由原来的三级兽变成现在的四级下品了，而且有了很强的毒性。不过这只是暂时的，必须等到它蓄储足够的能量进行一次蜕皮，才能真正地脱离奴隶兽进入护体兽的行列。仔细看着吧，贪吃的似凤不会这么容易就被你的小白蛇打跑的。"

我闻言，定睛望去，果然如此，似凤盘旋飞舞着久久不肯离去，只是碍于我的小白蛇（以后要称为小青蛇了），才不敢落下来。

小青蛇好像也知道它的不好惹，早已从我身上滑落下来，盘成一个蛇阵，蛇芯不断地吞吐着。

似凤忽然发出凄厉的"嘎嘎"声，好像在为自己打抱不平。蓦地，它后腿伸直宛若炮弹一样，直直地冲向小青蛇。

看它的架势，是不会善罢甘休的，一定会报刚才小青蛇抢自己食物的仇。我仔细地望着小青蛇，看它怎么应付。

小青蛇不慌不忙，陡地从口中吐出一口毒烟，似凤落入毒烟中，一头栽了下来。

我不由得大感好笑，这只鸟还真是够贪吃的，明知不敌，为了吃的，却仍然敢来拼命，好吃成性！

二伯伯忽然道："收了你的小青蛇，有人正往这里赶来，应该是冲着重生的凤凰来的。可能是凉亭的主人。"

我忙把蠢蠢欲动的小青蛇给封回刀中，那只中了蛇毒的似凤竟也摇摇晃晃地站了起来，出乎意料的它竟然不怕蛇毒。

听二伯伯所言，我旋即明白过来，不禁对二伯伯的智慧大为佩服。如二伯伯所言，来人假如是凉亭的主人，那么说明他早就发现了选择在此地重生的凤凰，所以我们先前才会在凉亭中发现很多用具，由此可知，凉亭的主人已经在此等待多时了。

现在我抢先一步拿到宝贝，那人定然不会罢休。想到这儿，我不由得着急起来，毕竟这是人家先发现的，难不成要把神铁木还给他们？扪心自问，我还真是舍不得，不过我已经意外收获了很多凤凰蛋壳和次一级的铁木，也算是对我的补偿了。

还是以和为贵把神铁木还给他们好了，怎么说我们都有些理亏。

我道："二伯伯，我还是把神铁木还给他们吧，怎么说都是别人先发现的。"

二伯伯微微笑道："天下神物皆是无主之物，有缘者得之，他们虽先发现在此诞生的凤凰，但是恰恰在凤凰重生的关键时刻离开了此地，可见他们并非有缘之人。不过他们在此看了这么久也非常辛苦，该有所补偿。"

听二伯伯的意思是，神铁木并非是我们从他们手里抢来的，乃是他们无缘，怪不得别人，不过还是要给他们一些东西作为补偿。

这时，奔跑的声音逐渐变得清晰起来。

"什么人敢站在神木之上，还不给我滚下来！"声音嚣张跋扈，出言不逊。

二伯伯听到来人的声音，有些不悦地皱了皱眉头，转头看着我道："天儿，来人好像不是十分客气，等一会儿你只要跟着二伯伯就是，神铁木的事如果二伯伯不提，你也不要说出来。"

我闻言点了点头，跟在二伯伯身后施展御风术，飘飘忽忽地从高高的树顶飘落下来。

我们刚落地，一群人就把我们围了起来。为首的是个年轻人，三十岁上下，其余大部分人都差不多有五十岁，刚进入壮年。个个手持刀枪棍棒，面色不善地盯着我们。

我一看他们的穿着，就知道这群人就是我们邻村——高山村的人。我低声在二伯伯耳边告诉他这群人的身份。二伯伯点了点头，没有说话。

为首的年轻人是村长的儿子——刘一勇，平时就很傲气，脾气暴烈，武功也算不错，在年轻一辈中稳居前三，相貌英俊，骨骼粗壮，力若蛮牛，再加上老爸是村长，养成了他目空一切的缺点。

虽说他从来没有欺男霸女，但是为人傲慢，一言不合就向人挑战，大打出手，到最后十个人倒有九个人被打得头破血流。上次我们两村举办聚会的时候，他死皮赖脸地追求爱娃，结果爱娃放言只要他能够胜过自己，就陪他一夜，结果最后竟只打了个平手，被引为平生大耻。

刘一勇喝道:"你们是什么人?难道不知道这是我村的宝树吗?外人不得靠近!你们竟大胆攀上铁树,要是不给我交代出个子丑寅卯来,今天休想离开我们高山村。"

对他盛气凌人的语气,我倒是无所谓,只是二伯伯这种绝代高手,自从百年前就没有人敢以这种语气跟他说过话了,如今没想到竟被一个不知天高地厚的小子呼来喝去。

二伯伯哈哈一笑道:"真是奇怪了,你说铁树是你的,那这座山是不是也是你家的啊?这千年铁树乃是秉承日月精华生长至今,是无主之物,今天竟被无知的黄口小儿占为己有,实在可笑得紧。"

刘一勇被二伯伯的一番话说红了脸,兀自嘴硬道:"我们村落在这里扎根好几代了,也有几百年之久,前辈先人在铁树前盖有凉亭嘱咐后代看养此树,历经这么多年自然属于我们村所有。"

二伯伯斥道:"当真可笑,如你所说,那你们也在地球传宗接代几百年,是不是地球也是你们的?哈哈!"

刘一勇脸色发青,羞怒道:"我不与你做这口舌之争,我只问你,你来此做甚?"

二伯伯瞥了他一眼,淡淡地说道:"游山玩水。"

刘一勇恶声道:"你们刚刚从铁树顶端下来,是不是你们在凤凰重生后,拿走了先天至宝?要是不给我交出来,今天让你们好看。"

说着,他一挥手,那群手持兵器的壮汉在刘一勇的号令下,慢慢地向我们逼近。

虽说我以前没见过这种阵势,心中颇有些惧怕,但是我相信有二伯伯这种高手在,他们不可能伤及我们一根毛发。

二伯伯不屑地摇了摇头,悠然道:"你可知天下至宝乃是有缘之人方可得,你得不到说明你不是有缘之人,仗着人多,难道想明抢不成?"

刘一勇见我们在一群人包围中仍是一副平静的样子,尤其是二伯伯的样子使他有高深莫测的感觉,心中微微打鼓,但仍觉得自己人多,就算对方比自己厉害也打不过这么多人,硬着头皮道:"这么说,你是承认你得到宝贝了,把东西交出来,我就让你们安然离开。"言下颇有威胁的意味。

二伯伯本来打算拿些次一级的铁木给他们略作补偿,谁知道,这群人不知好歹,一上来就咄咄逼人,一副不知天高地厚的模样,使自己心里不舒服。想他打出名那日起,谁不看自己的脸色做人?今天竟有不知死活的黄口小儿对自己指手画脚，遂理也不理他道："看在凉亭主人的分儿上，我不跟你计较，让你家大人出来说话。"

刘一勇见他一点儿也不把自己放在眼里，气怒道："小爷一个人就能招呼你了，你们都给我上，把宝贝给我抢回来。"

这帮人在刘一勇的带领下，齐齐大喝一声，挥舞着手中的兵器，向我俩杀过来。二伯伯冷哼一声道："不知死活。"

他大袖挥舞，顿时狂风大作，尘土飞扬，声势骇人至极。我屏住呼吸，运力努力地站稳身形才没被狂风给刮出去。

再看其他人更是不济，周围躺了一圈，手中的兵器早已脱手飞了出去，人倒在地上，哀叫连连。他们互相搀扶着爬了起来，惊惧地望着二伯伯。刘一勇也好不到哪去，手中拿着一支兵器拄在地面，努力地支撑着才没被狂风吹走。

二伯伯的功夫实在太厉害了，只是挥挥衣袖竟能发出这般鬼神难避的骇人力量，真不知道自己何年何月才能达到这种程度，想到自己的功夫与二伯伯相比不啻萤虫与皓月，不禁颇为沮丧。

刘一勇恐惧地望着二伯伯，色厉内荏地道："你是什么人？有胆的留下名字，不要以为胜过我就有多厉害，我父亲比我厉害十倍。"

二伯伯叹了口气道："现在的年轻人难道都是这样的吗，输了就要搬出自己家大人的名头，你要是真的有种就再练十年来找我，不过我看你再练一百年也没机会了。像你这般口气，在百年前我早就把你给斩了，还容你站在我面前啰唆？"

一群人听二伯伯的口气颇为不善，立即紧张起来，不安地望着他。刘一勇见识过二伯伯的功夫，知道两人实在相差太远，虽然说的话一点儿面子都没给他留，令他觉得很不爽，但还是忍住了，毕竟还是自己的命最重要。

二伯伯悠悠地道："这样吧，你要是能战胜我这个小侄子，我就放过你们，你们冒犯我的罪也一并饶过，要是胜不了，哼！"

我闻言一愕，望着二伯伯道："让我和他打？"

二叔道："不用怕，你一定可以胜过他的。你功力大进，正好可以拿他练习一下，了解自己的实力。全力而为！"

听二伯伯这么一说，我也觉得自己应该能行的，望着刘一勇，热血禁不住澎湃起来。我第一次有这种冲动的感觉。

刘一勇喝道："我认识你，你不是邻村高老村的吗？原来是你们村的人想来偷我们的宝物，看我怎么修理你。"

惊人悟性

第十章

刘一勇排众而出，手中拿着刚才拄在地面的兵器，那是一根金质的短棍，一米长短。他两手持住棍底，棍头遥遥地指着我。他虽然满脸怒色，却气势沉凝，比起上次和爱娃的一战竟有了极大的提高。
　　我朝二伯伯点了点头，然后大步走到他面前。
　　我热血沸腾，有一种奇怪的情绪在身体中迅速地滋长。那是我以前从没有体验过的感觉，令我恨不得马上放手一搏，杀得对手遍体鳞伤才好。
　　其实我还不清楚，在渡过第一劫之后，我体内的阴柔内息转化为阳刚，这在一定程度上亦影响了我的性格，但是这个时候还不是很明显，等到我渡过第一曲的第二劫之后，性格的转变才会很明显地显现出来。
　　热血在体内不断地膨胀着，仿若从山顶滚下的雪球，越滚越大。我的斗志飞速地往上飙升，整个人斗志昂扬，颇有飘飘欲仙的感觉，使我很享受这种情绪。
　　我倏地向前跨出一步，左手撮掌为刀立在眼前，右手化拳掩至肋下。此为前虚后实，但亦可化虚为实，化实为虚，其中的变化要看个人临敌时的经验而定。
　　斗志亦随着我摆出的架势，向周围扩散开去。
　　刘一勇看到我摆出虚实不定的架势，又受到我强大斗志的影响，眼中露出惊讶的神色，立即收了轻视之心，双眼紧紧地望着我，寻找我身上可能出现的破绽。
　　二伯伯眼见比起一年前，我的功夫有了质的飞跃，对敌时也显得比较老练，微微点了一下头，对我的进步十分满意。
　　如同沸腾的开水，我的斗志已经升到了临界点，不吐不快。我右手猛地使劲，发出噼里啪啦的响声，口中大喝一声"霍"，提起全身气劲，就待掠过去。

就在这个时候，忽然耳边响起几声清脆悦耳的鸟叫，接着肩上一紧，我蓄势待发的气劲霎时泄了一半，转头却发现是那只贪吃的似凤，我心中暗叹一声，这只该死的小鸟来得真不是时候，同时也十分惊讶它竟然无视我强大的斗志直接落在我肩上。

刘一勇本来被我的强大斗志所迫，虽未真正交手却已经落在了下风。主动权在我手中，我想攻便攻，想走便走，现在突然被似凤泄了气，再也不能随心所欲，攻守由心。

那种境界也是我第一次体验，现在泄了气想再找回那种感觉却不是那么容易了。

正所谓一鼓作气，再而衰，这倒让刘一勇捡了个便宜，从我的强大斗志中解脱出来。刘一勇顾不上擦去额头渗出的丝丝汗水，更不会顾忌什么道义，手中一紧，快奔几步，腾身跃起，金棍凌空砸了下来。

其气势万千，颇有一去不回之势，实在不愧是高山村年轻一辈中前三的高手，实力不可小觑。

眼见刘一勇的金棍已如泰山压顶之势，我即便自己一人也不好应付，何况身上的这只蠢鸟胆子奇大，呼啸的劲风逼近，竟然不知害怕，仍是左顾右盼。

虽然这些念头都产生在电光石火间，却已经耽误了应对的最佳时机。我暗叹一声，只有硬拼了，希望他没有我内息深厚。当然我知道这是最蠢的应对方法，他由上而下，速度又快，再加上自身的重力，怕是攻击力度会增加两倍以上，这时候以硬碰硬，实在不是明智的选择。

我暗叹一声，百忙中来不及将内息全部灌注到迎击的双手上，虽然只有七成功力，但也只能硬着头皮，双手化掌迎上刘一勇力逾千斤的一棍。

刘一勇虽身在空中，仍将我的情形全部收于眼底，眼见我采用最笨的打法，心中十分得意，手中更是用力。一瞬间，竟将留下的两成内力全都用上，希望借此机会扳回刚才丢的脸面。

身在不远处的二伯伯将我和刘一勇的情形一毫不差地收入眼底。二伯伯是什么样的人，心如明镜似的，我和刘一勇的那点心思，哪能逃过他老人家的法眼？

他对我临敌的变化深不以为然，大敌当前怎么能够如此轻易地就被外界给影响呢？其后更是优柔寡断，为了一只鸟儿将自己陷入危险的境地，这种做法实不可取。

而那刘一勇更是糟糕，气量狭窄，为了一点儿面子竟欲取人性命，端的是心狠手辣。

二伯伯感觉到我的危险，仍是站在原处，冷眼旁观。他在心中暗自忖度："如果天儿不能独自解决这点危险，救与不救实在没什么区别了，做事不够果断，又缺乏应变之法，以后进入大千世界如何自救？还不如生活在这种偏僻的地方来得安全。"

我还不知道，自己未来的命运已经与这场比试挂了钩，胜负直接影响到我一生的命运。

劲风迫体而来，沉重的压力无形之间将我锁定。我咬紧牙关，双掌一错迎了上去。

就在这关键时刻，异变陡然产生。"咣咣"的闷声突然响起，一波波地传出去，听在耳中响在心里，如战鼓雷鸣，催人发劲，鲜血在体内激荡不休，令我有冲上去厮杀的欲望，丹田中的内息蠢蠢欲动，倾巢而出。

同样的响声听在刘一勇的耳朵里却是另一番滋味，战鼓喧嚣、杀声震天并没有给他带来勇气，反是"嗵嗵"的鼓声割断了他内息的正常运行，气血翻腾下无法保持刚才的状态，身子在空中倏地一滞，下劈而来的动作出现了空隙。

眼见出现了转机，又受到鼓点声的激化，情绪变得十分激昂，我哪还迟疑，口中一声厉喝，右脚踩地而起，飞身迎上力量大减的金棍。我双掌运足了内息，手掌在内息的催动下竟现出熠熠金光。

掌棍交击发出金属碰击的声音。"当"的一声中，刘一勇被我击退，倒飞着落往地面。我全身热血翻滚，一声喝叫，跟着他下落之势如影随形地追了过去。

刘一勇跟跄地边挥棍边退，看起来凌厉的棍影在眼前精彩纷呈，实际上却是外强中干，徒具其形罢了。

和他硬碰了二十来招，我招招都击实在他的金棍上。最后一击，刘一勇"啊"的一声，连续退后几步，"哇"的一声吐出鲜血，筋疲力尽地大口大口喘着气，一头金色长发早已凌乱地披在脑后。虽然如此，他仍不服地恶狠狠地盯着我。

出乎意料的，胜利竟是这般容易就到手了，原以为要经过一番恶战才能战胜刘一勇的，没想到……

我摇了摇头，体内翻腾的热血尚未平复，这才几下的工夫就打赢了，实在是没过瘾。

那帮高山村的人，眼见刘一勇落败，担心他的伤势都聚到他的身后。他们看到少主只是脱力而已，放下心的时候突然想起刚才的赌约，少主如果赢了，我们就答应放过他们，现在被打败了可如何是好？记起方才我们所展现出的威势，他们现在仍是心有余悸。

我望着惴惴不安的高山村的人，心有不忍，求二伯伯道："二伯伯，您老人家还是饶过他们吧，毕竟他们也没对我们怎么样。"

二伯伯望着那群人，心道，本来就没打算对他们怎么样，饶过他们也不是什么大不了的事，何况高山村和高老村临近，相处几百年之久，不看僧面看佛面，就饶过他们一次。想到这儿，二伯伯淡淡地道："看在我侄儿的面上，你们走吧，下次不要这般嚣张。"

本来还胆战心惊的高山村的人，见我们这么好说话，怕我们反悔，马上扶起少主，迅速地离开这里。

看着立了大功，停在肩膀上的似凤若无其事地啄理着身上的羽毛，我笑着摸着它身上的羽毛道："谢谢你，小家伙。"

二伯伯也看着我身上的似凤，有点感慨地道："天儿，你真是天生的福星，这个古怪的家伙竟然可以发出类似我练了几十年的魔音，扰乱敌人的心智。"

天色渐渐黑了起来，我和二伯伯也施展轻功下山而去。

我全力运起御风术，在二伯伯的帮助下向家中飞掠而去。待到家中，身上已布满大汗，虽然气喘吁吁，却感到酣畅淋漓。

回到家中，二伯伯马上督促我立即运功补充已经用得丝毫不剩的内息。我练功练了这么多年，高深的道理不明白，但是这点知识还是有的：在内息消耗得差不多，精神又十分疲乏的情况下，努力运功补充真气会极大地提高自己在内息与精神上的修炼。

月光下，我盘腿打坐，意识沉到虚无中，观察着体内的玄妙情况，带领着丹田内所剩不多的一股涓涓细流顺着经脉徐徐地流动着。白天所吃的那些野果和药材发挥了作用，混合着内息在体内流动，所过之处，经脉竟相吸收。

运行了几圈后，经脉变得比以前更细腻、柔滑，一收一扩间充盈着生命力。真气绕体内运行还未足九九之数，内息竟已恢复得差不多了。我知道自己又有进步了，努力地压抑住心头的喜悦，平静地继续催动着内息在体内运转。

我发现，经脉在吸收野果和药材的效用时，也在缓慢地释放着一股清凉之气，甫一释放出来，便被经过的内息给卷了进来，随后立即被同化，一同向前运转。

虽然经脉不断地释放着清凉之气，但令我奇怪的是，我本身温热的真气不但没

惊人悟性　　085　　驭兽斋

有变凉，却越来越热，火热火热的，仿佛置身火炉内。可是使我不能理解的是，我不但没有那种汗如雨下、口干舌燥等的感觉，反而感到十分自在，希望更热一点儿才好。

真气渐渐地将丹田填满，我慢慢地将其归回丹田，但是停止运动的内息，仍是火热炽人。

经脉也仿佛不甘示弱，连续不断地吐出清凉之气，但是随着内息的停止运行，经脉的行为变为无本之木，吐出的气体越来越稀薄，逐渐地停了下来。

两种截然相反的真气属性同时产生，不但互不排斥，而且连我也很受用，不论是热的还是冷的，进入身体内都让我感到很舒坦。

行满九九之数，我慢慢放松身体，将意识收回，长呼一口气吐出胸中浊气，蓦地睁开双眼，一道似有若无的金光陡然从眼中射出，直透苍穹，消失在无边的虚空中。

我虽然看不到自己的变化，却在睁开眼的刹那，感觉到了一些和平时的不同之处，收回目光，淡淡地望着无尽的璀璨星空，不凡的变化在悄无声息地改变着我。

痴痴地望着明亮如洗的月光，我有种想抓它下来的念头。右手不由自主地抓向天空，收手的时候忽然发现抓了个空，我莞尔一笑，待要把停在半空的手给收回来，不经意地一瞥，意外地发现今天的手和往常的手大有不同。

皮肤如皎洁的月光般白皙，五指如女子的手指般纤细，柔嫩得连我自己都不敢相信，难道这么洁白无瑕、这么完美的一双手竟然是我的吗？这双手毫无瑕疵，以前练功留下来的伤痕都消失无踪，甚至连手掌上的老茧都不见了。

我深深地望着这双手，此刻我更加相信自己在武道上的修炼有了质的改变，这双手便是最好的证明。

徐徐微风从身边飘过，我敏锐地捕捉到其中包含的青草混合着泥土的气味，心中难以抑制的喜悦弥漫全身，白天和那个刘一勇一战的画面接连不断地在脑海中闪过。

自己竟然可以轻松击败那个一向高傲的家伙，我真的强大起来了，这不再只是一个念头，而是一个无比真实的事实。

我情不自禁地一跃而起，身在空中，倏地觉察到围绕在身边无处不在的微风，心中一动，二伯伯传我的御风术已然施展开来。我双手张开拥抱着虚无，闭上眼睛，感受着微风最细微的变化。

正面吹来的春风，本来是依照着本身的方向运动的，想不到在快要到我身边时却由于我这个障碍物的影响，陡然改变了方向，本来一致的方向，这时却朝四面八方逸散开去，难以捕捉。

本来以为很容易的事情，这会儿竟忽然变得棘手起来，刚才还只是用意识捕捉正面而来的风向，如果再加上从侧面和后面而来的风……我不敢想了。

原以为很容易的功法，一时间变得全无头绪。我睁开双眼望着漆黑的夜晚，想不出一点儿办法。只是我没有发觉，此时我虽然没有施展御风术，却仍然飘浮在半空。

迷茫之间，耳边忽然响起威严慈爱的声音："河流虽多，仍将流进大海，万变不离其宗，天儿，你舍本逐末了。"

声音一响起，我就听出来是义父的声音。还没来得及转过头来向他老人家问好，就被话中的内容给震撼了。虽然只有两句话，但是我总感到其中的含义不止于此，反复咀嚼下，恍然大悟！

义父说得对，是我舍本逐末了，不管江河湖海有多少支流，最终仍是流入大海之中。一条河流不管中途遇到什么阻碍，碰到多少礁石，霎时的水花飞溅后，不还是要归回大流中吗？

同样，不管风在撞到我后发生什么样的变化，我都不用管它，因为这些微小变化实在是微不足道，我只要顺着之前的方向就可以了。

悟通之后，我大喜地一声长啸，内息瞬间在体内运转起来，我驾驭着微风在半空中飘荡。

这个时候，旁边也响起义父和两位伯伯的笑声。原来刚才的一切都被他们看到眼里了，眼看着我的变化，他们心中的喜悦竟不下于我。

三伯伯爽朗的笑声最大，开心地搓着手道："不错，不错，五弟的悟性那么好，天儿又会差到哪儿去？我家那个死小子还自以为悟性最好，比起天儿还是差了一截，哪天也要让他见识一下才好，不要整天以为自己是天下第一呢。"

我的变化二伯伯最为清楚，白天才传给我，到了晚上就已经炉火纯青，端的是不可思议。他心中也替我高兴，刚想开口赞我两句，却突然发现我身在空中的姿势陡然发生了奇妙的变化，禁不住发出"咦"的一声。

义父和三伯伯见二伯伯发出讶异的声音，马上定睛向我望来，一看之下，两人也同时发出惊讶的声音，三伯伯苦笑道："我真该让家里那个臭小子来看看，这才叫悟性！"

义父呵呵一笑道："咱们都小看了天儿，二弟这门功法虽是早年所创，登不上武道的大雅之堂，但是另辟蹊径，自成一家，其中自有不凡的奥妙之处。天儿这么短时间就能了悟于心，我等不如也。"

二伯伯露出感慨的神情，道："这难道就是'九曲十八弯'功法真正的奥妙所在吗？虽说以前未渡第一劫之前天儿若未经雕琢的美玉，仍令我想不到现在竟会具有如此高的悟性，放眼世界，除了五弟我想不出第二个人了。"

义父和三伯伯两人也露出深思的表情，如果"九曲十八弯"的功法真的可以改变一个人对武道的悟性，那就实在太可怕了，那代表再笨的人练过这种功法后都会变得悟性奇高。但是事实证明这是不可能的，据五弟说，这套祖传的功法，鲜有人完全练成。

我并没有看到义父及两位伯伯的变化，只是沉浸在自身突破的喜悦中，在我想通了如何真正施展御风术后，我突然想起，难不成这种功法只能用来跑路用吗？如果在对敌的时候也能够施展不是更好吗？

但是就刚才所悟来的，我只能顺着风的大方向运动。

我脑中重复着万流奔腾的模样：气势磅礴，声势浩大，水声震天，可惜和我所想的却无法联系上，思绪蔓延到自己熟知的溪流上，水流湍湍而下，偶遇矗在河中的岩石，水流被一分为二，水花四下溅散，然后又重归水中。

瞬间，我心中产生一种明悟，微风撞在身上四下逸散的时候，我不就可以有选择地驾驭其中一股，做出转动了吗？如果再由这股跳到另一股……想到这，我不禁露出笑意。

炉鼎之制

第十一章

我尽情地在半空中试验自己大胆想出来的理论。皎洁的月光下，我如同在月下独舞的精灵，挥洒飘逸，动作轻盈灵动，虽然流转间仍有稍许停顿，却不影响整体的美观。

　　动作越来越纯熟，仿佛踏风而行，我在风中做出种种不可能的姿态，在别人的眼中，即便是脚踏实地，也无法做出这些几近无懈可击的动作吧。

　　除了不能逆风飘行，无论怎样的动作我都可以熟练地做出来，要快就快，要慢就慢，想进便进，想退便退，闪避转动无不随心而发。必要时我会放出自己的真气，改变风的方向，让自己随心所欲地在空中任意活动。

　　也难怪几个长辈如此惊奇，即便是此功的创始人——二伯伯，也是经过很长时间的摸索才达到我这种"任意妄为"的程度的。就如同在水中游泳，在熟知水性之前，随心所欲地做出各种动作，会让你有溺水的危险，而在熟悉风性之前，做出这些高难度动作则会有从空中跌下来的危险。

　　动作越来越快，仿佛黑夜中的鬼魅，划过的轨迹尚未消失便被另一道轨迹给覆盖，月光下我尽情地演绎着肢体语言。似凤不知何时出现的，在我头顶盘旋飞舞着，口中发出缥缈的声音，仿佛在为我伴奏，声音低沉好似来自无边的远方，清晰处又好像是自己心内的悸动，音符与舞姿合二为一，发挥着难以想象的威力。

　　所幸此时的三个观看者是四大星球最顶尖的四大圣者，心志极为坚定，否则换作一个普通人早就感动得热泪盈眶了。

　　突然似凤吐出一声尖啸，声音经久不歇，波荡在空气中，渐渐消失在没有尽头的暗夜里。伴随着这声吟叫，我徐徐地从空中降回到地面，不带丝毫火气，动作自然。

看到三个长辈都似笑非笑地盯着我，我脸上突然发红，羞赧地道："多谢义父刚才的指点。"

三伯伯接过话头，道："这哪是大哥的功劳，这分明就是你自己悟性很高，才会有此成就。天儿，三伯伯现在和你说好了，你从你四伯伯那儿回来后就去我那儿，你要好好帮我修理一下我家那个小子，让他知道一山尚有一山高。"

我是知道三伯伯尚有一子的，而且据说在武道上也是不可多得的天才，只是不喜家传武功，更是对三伯伯妙绝天下的炼器之法缺乏兴趣，所以三伯伯很烦恼。

现在三伯伯让我去修理他，实则是见我和他同为年轻人，看会否把他给同化，让他对自家的功法产生兴趣。我本身受了三伯伯这么多好处，这个任务自是不能推辞的。

三伯伯见我点头答应，顿时非常高兴，从身上拿出一块铁牌递给我道："这是我的信物，到了梦幻星，拿着这块铁牌到任何一家兵器店铺都可以找到我。"

我接过铁牌，马上发觉了这块铁牌的不同之处。跟三伯伯学了这些天的炼器术，对炼器的材料还是有一定见识的。不大的一块铁牌竟是重得异常，是普通金属的好几倍。

铁牌的正面刻着一只吊睛白额大虎，张牙舞爪，气势非凡，双眼圆瞪，睥睨天下。背面简简单单地刻着一个"宗"字，这应该是宗主的意思，是家族中掌权者的至高信物。

我收下铁牌放进乌金戒指中。我现在发现乌金戒指真的非常好用，什么东西，不论大小，不论轻重，都可以放进去。

三伯伯道："这块铁牌乃是用陨铁所制，别人是无法假冒的，所以只要你拿出这块铁牌，我家族中的人就会认出你。"

义父忽然道："天儿，让义父来检验一下你的进展。"

我愕然道："怎么检验？"没想到义父突然要检验我的修炼成果，心中一阵紧张。

义父淡淡一笑道："不要紧张，你只要全力向义父打一掌，让义父感受一下你体内的真气到哪种水平就可以了。"

"好。"我应了一声，暗自放下了心，原来只是要检验我的内息。我运起丹田中的内息，滚烫的内息如同出闸猛虎，势不可当，令我产生一种非搏杀一番才痛快的冲动。

我情不自禁地喊了一声："义父，我来了！"双掌发出火焰般的金芒，远远看来就好像双掌被火焰笼罩，气势竟十分惊人。

义父望着我迅速逼近的一掌，不慌不忙地用左手印上我的右手，我手上的高温气劲如同灵蛇般迅捷地扭动着身躯钻进了义父的手心中。

两位伯伯看我手掌包裹着的火焰化为无数条燃烧着的火蛇飞舞着进入义父的体内，不禁暗暗点头。事实上我这招虽然看起来声势非常骇人，但没有人会以为我能够伤到义父分毫。

当然我自己也非常清楚，全身的内息仿佛泥牛入海，连一个浪花也没激起就陷了进去。

突然从义父掌内传来一股内息，我身子一震就已经被义父的气劲震开。我站在原地惊骇地望着义父，没想到我全力的一击就这么轻易地被破了。

义父捋着胡子笑道："天儿，你又给我们惊喜了，你的内息进步很快，已经达到第二劫的临界点，从今天开始，你可以停止修炼内息了，因为你的经脉还需要再进一步地休养，否则它将不能承受第二劫带来的伤害。"

本来内息发生变化，我就隐约感觉到可能是第二劫快要到了，现在由义父口中说出来，更加确定了我的想法。

二叔接着道："最长在两个月的时间内，你就得面对第二劫，这些天，你尽量多吃些白天我给你介绍的对你经脉有益的东西，使你的经脉能够更快地成长起来。"

义父又道："我已经和你二伯伯、三伯伯商量过了，为了让你自己面对第二劫，我们会在几天后离开，在这几天，你跟着三弟学习炼器之法。"

似凤这只可爱的贪吃小鸟，停在我肩膀，我伸手逗弄着它，道："义父，这只小鸟是今天我和二伯伯白天在山上得来的。"

义父道："嗯，你二伯伯已经都告诉我了，你福气不浅，这只鸟也不是那么简单的。"说这话时，他右手虚空画了一个圆。我完全没有感到能量的波动，肩上的似凤就被一个能量圈给套住，往义父手中飘去。

义父仔细检查了一番，放开似凤，哈哈笑道："我果然没有猜错，这次你可捡到宝了，这种鸟可以说和凤凰是同宗的，虽然体形相差很大，却非常相像。如果培养得好，这只鸟将会进化成凤凰。但是，据我所知，这种鸟从来都是三级，很难进化。不过天儿是天生的福星，说不定有一天会让这只鸟进化到凤凰的神兽级别。"

二伯伯和三伯伯也含笑看着我，看样子他们对义父的话也非常赞同。我有些不好意思地挠挠头，忽然想到白天得到的那些神铁木，我知道三伯伯对这个一定很感兴趣。

从戒指中拿出那一米长的神铁木，三伯伯一招手，神铁木就从我手中离开向他飞去。三伯伯将神铁木拿在手中，看了看，陡然无端端地从手心冒出几缕火苗出来，蓝莹莹的煞是好看，我却知道这是三伯伯炼就的三昧真火，温度奇高。想要炼出好的东西，非得三昧真火不可。

也因此，三伯伯已经将如何修炼这种三昧真火的法门教给了我，好让我完全继承他的衣钵。

我瞪大眼睛望着三伯伯用三昧真火锻炼神铁木，大约有一刻钟，三伯伯撤去了手心中的火，而神铁木仍安然无恙地躺在那儿。

三伯伯两眼放光，脱口道："不愧是神铁木，果然非凡俗之物可比。"顿了顿，好像突然有了主意，"天儿，在剩下的几天内，你跟着我锻炼这根神铁木，我会给你制造一个胚胎，等到你掌握了锻炼之术后，自己再进行锻炼，把它炼成你喜欢的兵器。"

我知道三伯伯是想在走之前给我上最后一次课，在我面前演示一下真正的炼器术，只要能够记住其中的环节，以后自己再慢慢地摸索，总有一天会成功的。

我点点头，答应下来。三伯伯又让我给他描绘一下想把这根神铁木修炼成什么样的武器，再帮我将其修炼成胚胎。

时间过得很快，眨眼间就一个月了，义父和二伯伯、三伯伯业已离开地球四五天。这段时间我获益匪浅，从几位长辈身上学到了很多几乎一辈子都学不到的东西。

那段神铁木，因为我一时半会儿也拿不准究竟把它炼成什么兵器，三伯伯也没有强求，只是暂时炼为一把粗糙的短剑，身长不及普通剑身的一半。剩下的工夫，究竟最后把它炼成什么样，三伯伯便放心地教给了我。

小青蛇和小黑由于凤凰蛋壳的功效分别又进化了一品，现在都处于四级中品的级别。虽然四级的宠兽很常见，但是四级中品的野宠就很稀罕了，别人想拥有一只都不可得，我却一下子拥有了两只。

小黑升了一品后体积变得更大了，并且它早就已经到了可以封印的级别，所以我把它和小青蛇一起给封印到鱼皮蛇纹刀中，刀中的雪魄对它们都有很大的益处，也许不久它们还会因此再升一品。

似凤这个贪吃的家伙，每天自己出去找东西吃，吃完又飞回来，每天缠着我要凤凰的蛋壳，只是吃了这么多一直不见它有什么变化，我便不舍得给它吃了。

被它缠得烦了，我就拿出几棵九幽草应付它，没想到这倒对了它的胃口，因为这九幽草毕竟是生长在水中之物，它的本事再大，也没办法自己到水中找来吃。

所以，吃上九幽草之后，似凤也就把凤凰蛋壳给忘到脑后了，一天必吃两棵九幽草，好在它虽然吃得多，但是河中还多得是，足够它吃的。

爱娃前些天来看我，她的那只小白龟还在幼年期，差不多还得半年的时间才能进入成年期，看见我的小黑龟已经长得这么大，而且都可以和主人合体了，十分艳羡，追问我有什么方法可以让宠兽快速成长。我本想告诉她关于九幽草的事，可是之前义父跟我说，九幽草乃是稀罕之物，如果说出去，人人都来采，九幽草势必有灭绝的危险，所以这种宝物还是有缘人得之，总之为后代留下一些珍贵的东西总是好的。

爱娃诚挚地问我，我却支吾以对，实在有点不好意思。我告诉她，我二伯伯精通丹药的炼制之法，是二伯伯炼的一些丹药促进了宠兽生长。

爱娃见我这么一说，自然不好意思向我讨所谓的丹药，况且她也知道我二伯伯已经走了。只是爱娃失望的表情令我觉得自己骗她实在有失磊落。

何况这条河是属于大家的，我不应该不告诉她的。最后我决定自己炼制一炉丹药，让她过几天来拿。

看她十分开心的样子，我虽然没有太大的把握也只有尽力而为了。为了配合九幽草的药性，我上山采了很多种药材，想炼一炉送给爱娃。

再过几天村子会举办今年的迎春聚会，这个聚会是两个村子互相交流的好日子。这个聚会一完我就准备动身去后羿星看四伯伯去。

当然我得多带些九幽草上路，可是我发现九幽草离开水之后无法保存太长时间，所以就打算趁这个机会多炼一些带着上路。漫山遍野跑了两天，竟让我搜集了近千斤的各种药材，其中还不乏一些珍贵稀少的种类。

能让我在短短两天内采集这么多，大部分功劳是似凤的。这个家伙虽然贪吃，却也有贪吃的本事，小家伙把几座山当作自己家的后花园般，熟悉异常，哪里有什么好东西，它都摸得一清二楚，让我省了不少事。

等到终于采集齐了，我却忽然傻了，虽然自己知道如何炼制，但是没有器皿来让我炼制，我还得先用炼器术炼制一个丹炉。天哪，我快哭了，我到哪里寻找炼器的材料啊！

身上有很多铁木，可惜，这种东西虽然是很好的炼器材料，却无法炼制鼎炉。

三伯伯功力绝高，已至化境，无须任何炼器的辅助用具，就可以自己用至纯功力营造出一个适合炼器的环境，我虽知道方法，却没有能力办到。

望着在太阳下面晾晒的药材，我苦叹一声，这可如何是好？似凤好像并不在意自己主人的心情，在院子空地上飞动着，不时开口欢快地叫一声，然后俯身啄吃地面的药材，玩得不亦乐乎。

我挥挥手想把眼前飞闹的影子给赶开，却知道这个贪吃的小家伙根本不会甩我。突然，我灵机一动，望着空中欢快的身影，心中有了一个念头。

本来还在空中玩得很开心的似凤，忽然感觉到了什么，一股冷意竟然让它打了个寒战。

我堆起满面笑容，吹了一记口哨，见它停下来望着我，我赶忙拿出早已准备好的两棵新鲜的九幽草，招呼它过来。

我本以为拿住它的弱点，对它是手到擒来，没想却意外地吃了个瘪，似凤的小黑眼珠转了两圈竟然没飞过来。

看着它犹豫的样子，我暗自忖度，难道它发觉我的企图了吗？旋即我就否决了这个想法，似凤虽然是通灵之物，却还不可能看透我心中的念头。

一计不成，又生一计。我收起九幽草，又拿出了凤凰蛋壳，嘿嘿，这种好东西，我想它是无论如何都不能抵住诱惑的。果然，我刚拿出两片小块蛋壳，它便如箭一样倏地飞掠过来。

见它动作这么快，我赶紧将蛋壳攥在手中。自从我用九幽草代替凤凰蛋壳后，它已很久没有吃到这种美味了，这时候眼看就要到嘴了，竟还吃不到，哪还忍得住？它飞快地绕着我的脑袋一圈圈地飞，直到把我给绕晕，才停在我肩膀上，伸开翅膀磨蹭我的脸颊来讨好我。

我伸出手在它面前一晃，又迅速收起来，不紧不慢地道："小家伙，东西可不能白吃哦，要帮我办事，才能给你吃。"

看它点头的猴急样，我心中暗笑，道："主人现在想找一些炼器的材料，你要帮我在方圆千里的范围内找找看才行。炼器的材料呢，一些金属材质的东西就可以了。"

它一听说是方圆千里，马上飞到我眼前叽叽喳喳地叫着，还用翅膀打我，显然是嫌范围太大。

我暗自忖度：竟然还敢跟主人讨价还价，我才不信你个贪吃鬼会忍得住。我装作很可惜的样子慢悠悠地将手中的蛋壳作势收回戒指中，它果然不能忍受吃的欲

炉鼎之制　　　　驭兽斋

望，赶忙点头答应。

我嘿嘿一笑道："这才乖嘛，这是一半先给你吃，等你完成任务后，主人再给你另一半。"

似凤不满意地吃下了其中一份，"叽"的一声，闪电般飞了出去。

望着它远去的身影，我呵呵笑出声来，没想到，这么容易就让它屈服了。平常我叫它带我去找些好的药材都推三阻四的，这次这么爽快就帮我去找炼制鼎炉的材料，实在是凤凰蛋壳的诱惑力太大。

这两天，爱娃又来了一次，我告诉她再等两天，我还在采集药材。她见一个院子中晒的都是各种各样的药材，也就相信了。药材中绝大部分她都不认识，不禁对我能够认识这么多草药佩服不已。

又过了一天，似凤终于飞了回来，在我眼前叽叽喳喳地叫着，好像要告诉我什么。它叫了半天，我只是大致弄明白它已经找到了我需要的东西，位置正是太阳升起的方向。

被它烦得实在不行了，我抛出答应它的那块蛋壳，它马上用嘴叼着，飞到一旁慢慢享受起来。

耳边总算暂时安生了，我就纳闷了，似凤天生可模仿百声，可为何独独不能发出人声，真是令人不解。

似凤找了这么长时间，会给我找到什么？会不会是另一个惊喜呢？

灵龟
地铁鼎

第十二章

第二天一早，我就随着似凤向着它发现炼器材料的方位进发了。它在前面带路，我在后面施展御风术紧跟着。

　　似凤虽然体形很小，但令我想不到的是，它不但速度飞快，而且有很强的持久力，一直抵达目的地，都没有歇过，当然我也没有歇过。只是到了地头，在它东蹦西跳的时候，我不得不打坐来恢复自己的内息，消耗得实在很多。

　　等到真气完全恢复，我长身站起打量着四周。刚刚一路飞掠而来，我只是紧张地盯着快捷如风的似凤，生怕一不小心跟丢了，哪还来得及仔细观察四周情况，现在停下来才发现自己身处很大一块地方，而其竟是不毛之地。

　　我沿着山脊向上望，视线内也是寸草不生，奇怪的情况令我十分不解，到底是什么原因造成群山环绕之中还会出现这种情况呢？我踩着奇形怪状的碎石块向山顶走去。

　　感受着脚底的凹凸，突然脑中出现一个念头，我马上捡起一块碎石，仔细观察，果然发现很多和普通石块不一样的地方，为了证实自己的想法，我施展出半生不熟的三昧真火，累得我满头大汗，体内的真气也被我耗掉了一半。

　　不过我看着手心中那块脱去外层石屑露出黑黝黝皮肤的地铁，感觉这一切辛苦都是值得的，呵呵，似凤确实为通灵之物，竟让它找到了这不可多得的地铁。

　　以前我曾听村长说过，百多年前这里曾经发生过火山爆发，只是离村子很远，村子才没有受到岩浆的毁灭，躲过灭顶之灾繁衍至今。

　　怪不得这里什么植物都没有呢，望着满地的地铁矿，我满心欢喜地开始捡拾起来。三伯伯临走前给我的那块芯片中的大量记载里就有提到这种铁矿，说它是岩浆从地底带出来的，因为经过地心之火的淬炼，所以最适合做炼丹之用的鼎炉。

很快我就收集了近百斤的地铁矿，炼制丹炉鼎，因为是大型的东西，所以不要求很细致，当然细致点会更好，这样对炼制丹药也有好处。只是我现在水平还只是初级，只能按部就班照着芯片所说，逐一地来炼制。

好在材料很多，不怕浪费。我来到火山顶，虽然火山已经成了死火山，但是只要由我的三昧真火为引，仍能从地底导出炽烈的火气，再辅以我的火热气劲，差不多也该可以了。

说做就做，我就地盘腿打坐使自己进入最佳的状态，然后全力开始我的处女之作。

等我从入定中完全醒来已是傍晚，四周静谧无声。二伯伯的芯片中的入门篇曾警告过说：当炼丹药的时候，也是最危险的时刻，方圆百里之内有灵气的生物，不论是好是坏，都会闻风而至。

所以，炼丹之前要首先保证自己的安全。当然像二伯伯这般已经如半个神仙一样，自然有自己的一套办法，在炼丹之前，首先用真气制造出一个结界，将自己和丹药都裹在其中，这样无论鬼神都无法得知了。

现在虽然不是炼丹，但是为了安全起见，我还是放出封印在鱼皮蛇纹刀中的小青蛇和小黑。

小黑现在已如磨盘大小，四肢强健，身上的龟壳长满了尖刺，不复一个月前的可爱模样。小青蛇也长大了不少，最明显的就是口中的獠牙，吞吐蛇芯的时刻，在空中闪着骇人寒光。

这两个四级宠兽应该可以保护我了，似凤也好像感觉到了什么，"嘎嘎"地叫着，好像是在叫我放心。

我深吸一口气，平静起伏不定的心情，端坐在火山口，默运三昧真火，向火山深不见底的底端探去。不大会儿，地心的炽热火气和我的三昧真火遥相呼应，顺着我遗留的轨迹，冉冉升上来。

我将双手凌空虚抱在胸，一个硕大的真气形成的气囊瞬间形成，再将一部分铁矿石放进去——一次全放进去我恐怕承受不了，所以打算一点点地慢慢炼制。

从地心传来的火气，盘旋着一圈圈缠绕在气囊上，更有一部分从我的手部向我的体内侵袭过来。我大吃一惊，正要有所反应，却意外地发现，火气进入我体内后竟然和本身的火热内息混为一体，随着经脉的运转，渐渐被同化，不分彼此。

我不禁喜上眉梢，没想到竟还有这种好事。本来我还在担心炼了一半体内的真气耗尽该怎么办，现在看来应该不会出现这种情况了，而且我想等我炼制完成后，体内的真气可能会增加很多同化地心火气的部分。

温度飞速上升，铁矿石开始渐渐地熔化成铁液，我闭上六识，全神贯注地炼制地铁，脑中快速描绘出一副副鼎炉的形状，最终选定其中一副，三脚两耳，呈觥状。

真气在体内循环不息，维持着气囊和三昧真火。我本身的内息早已用完，现在只是不断地利用地心火气撑着场面。

虽然真气暂时不虞匮乏，但是我的体力却难以支持，双手已经承受不了鼎炉的重量有了发抖的前兆。我身上也已是汗流浃背，如同水洗。

肉体折磨的痛苦和体内真气进步的喜悦，矛盾地充斥着身心。火越来越旺，温度特别高，就连我体内火属性的真气都快受不住了。这段时间天天吃的大量药果，现在总算是做出了贡献，不断补充阴凉之气来滋润受到熏烧的经脉。

很快，我体内的内息已经积聚到饱和的程度，充塞在经脉中，不断地往两边挤压、扩展，我仿佛听到经脉撕裂的声音。

地心的火气仍在不知疲倦地、源源不断地涌进经脉中，我隐约感到，可能第一曲的第二劫要提前到来了。这时候鼎炉的炼制也正在关键时刻，即将成型。我不敢放手，唯恐功亏一篑，只好分一半心神到经脉里的真气中，看是否可以慢慢地将其疏导出去。

火气越积越多，到最后根本来不及被同化，就直接随着其他火气往体内的其他经脉涌去，在很多经脉已经被塞满的情况下，无路可走的火气开始主动地拓展一些未开发的经脉。

这完全是乱来，一条经脉的拓展要经过很多天，一点点地、温和地被打开，强行开发定会伤害到经脉的柔韧度，甚至有可能这条经脉从此以后再也不能使用，在武道的修行上留下永远不可恢复的伤害。

如果不是早已闭住六识，我恐怕早已痛苦地呻吟出来。这是非人的折磨，却偏偏不可逃避，更使我备受煎熬。

气囊中的鼎炉终于成型，但是还要再经过一段时间的炼化才能算真正的成功。

这时，一条条经脉在经过痛苦的经历后被强行打开，然后被火气占据，我全身大大小小的经脉此时竟被强行打通了个七七八八，神经性的、无法形容的疼痛遍布全身。

眼看鼎炉已经形成，我迅速撤去双手的三昧真火。地火没有三昧真火的导引，地心火气无法从地底涌上来，不过这时候稍显迟了些，体内的内息终于达到了临界点。

全身经脉统统被打通，而身体中原有的内息现在全换为不熟悉的火气，占据了所有的经脉。火气尚不满足，拼命地往四周扩展，我守着最后一丝灵光不被疼痛湮灭，努力地驱动这些火气向体外逸散。

体内的火气实在太多，我无法忍受，一点点地把它们全部驱赶出去。我脑子十分混乱，不可抵御的压力令我五官纷纷地向外溢出一丝丝鲜血。

我拼着最后一丝清明，强行将其驱赶出去。说也奇怪，逸出体外的火气没有反噬我，而是顺着气囊和锻炼鼎炉剩下的火气融合在一起共同锻炼鼎炉。

我狂喝一声，体内的火气在我最后一次驱赶下，争先恐后地往外挤，经脉意外地遭受最大的考验。我再也无力了，那一点点的清明渐渐沉入脑海深处。

就在这即将被毁灭的刹那，一股凉润的内息纷纷抢入，经脉如同久旱逢甘霖，暂时恢复一部分活力勉强抵御着火气的强大压力。

世界瞬间静止，仿佛就从来没有过声音。接着深沉的闷雷声从遥远的天边传来，"轰隆"声愈来愈近，突然一声惊天动地的炸响，我体内的火气分为两个方向涌出体内。

一支涌向鼎炉，另一支却涌向刚才那股凉润内息的方向。

经脉豁然开朗，我昏过去前最后一个念头是，这次又是小黑龟救了我，刚才那股凉润内息我很熟悉，是属于小黑龟的。

过了很长时间，我才幽幽地醒过来。

刚一醒来，我便立即察觉到自身的变化，身体中内息激荡，如长江大河源源不断，经脉也充满异常的生命力，全身的细胞都显得格外活跃，好像获得了新生一样。

我心念微动，一簇蓝幽幽的三昧真火立刻出现在手心中，跳动着、闪耀着。体内的真气比之地底的火气不遑多让，温度高得吓人，而我的身体却奇怪地非常享受这种酷热的高温。

我愣了一下，马上醒悟过来，自己安全地渡过第二劫，终于真正地迈入第二曲的阶段，体内原本阴属性的内息在经过第一劫的时候部分变为阳属性，现在才是真正至刚的纯阳。我的六识也变得更为敏锐。

小青蛇在我身边盘绕成蛇阵保护着我，这时见我醒来，吐着蛇芯把脑袋转向我，似凤也落在我身上轻轻地啄着我的脸颊。

目光扫过四周，独不见小黑在哪儿，我回忆当时的情景：自己忍受不了高温，快要崩溃的当儿，一股凉润的内息分走了很多火气，我现在才能安然无恙。凭我的感觉，那个应该是小黑的气息。

左右都没有小黑的踪迹，正在纳闷的时候，忽然视线落在眼前我的处女作——鼎炉上。

鼎炉比我想象的要炼得好，但这并不是让我无法移开视线的原因，真正令我奇怪的是，这只鼎炉多了一些本来不应该有的东西。

在鼎炉的底端，本来应该是三只脚的，现在却变成一只硕大的乌龟，背上驮着一人高的鼎炉，乌龟栩栩如生，竟和小黑非常相像。鼎炉流光溢彩，一团温和的白芒游走于鼎身。

我暗自揣测，莫非是小黑在最后鼎炉炼成的刹那，被我不小心给封印到鼎炉上了，这才让鼎炉变成现在这个模样？

我探手抚摩鼎身，炽热的感觉从手上传来，小黑是阴属性的，怎么能够封印到鼎中呢？一般来说属性相克是无法共存的。

为了证实我的想法，我默念解封真言："咄！"

一道黑光闪过，小黑果然从鼎中出现在我面前，只是以前它的那种冷寒的气息现在已经变得火热，仿佛是一团炽热的火焰。它身体周围的空气在高温下，仿佛在扭动，变得有些不真实。

望着小黑明显的改变，我为之愕然，旋即又明白过来，肯定是它在帮我的时候，体内原本的气劲使用完后被火气强行占据了身体，属性被改变，还好关键时刻被封印到刚炼成的鼎炉中躲过死劫。但是这样也有一个缺陷，小黑和鼎炉合为一体，如果鼎炉被人毁了，小黑也就不存在了。

不过既然没有损失，我开始安心地打量眼前的作品。

我欣喜地在鼎身上一寸寸抚摩着，只看成型之后散发出的条条瑞气，放出的耀眼光晕，就知道此物已经有了很好的模型，只待我以后炼器的功夫更上一层楼，便可以再对它进行二次炼化。

"不错，不错。"我啧啧地称赞自己的杰作。虽然过程非常危险，差点就玩掉我的小命，但是还好结局是喜人的，鼎炉成功炼制，我和小黑也因祸得福。我成功渡劫，从此眼前一片光明，而且义父曾说过，只要安全进入第二曲，我就可以和宠兽合体；小黑换了体内气劲的属性，成功再升一品，是为四级上品。

我唯一觉得不好的地方就是鼎炉的体积实在太大了点，如果可以再小一些便好了。越小的鼎炉炼制出来的丹药越是极品，现在鼎炉虽大，可炼制出来的都不会很稀罕。

不过呢，鼎炉大也有好处，可以一次炼制很多药丸出来，药性差点也无所谓，不然给爱娃的丹药太好，也会给我带来麻烦。

天色太晚，第一次炼制丹药还是在白天会好点。我决定先回去，明天再来，何况还有很多药材在家中晾晒呢，正好明天一并带来。

我伸手抓住鼎炉，想举起来，手中一沉，却感到鼎炉意外地重。想想刚才炼制的过程中差不多陆续放入了好几百斤的地铁，这个鼎炉这么重就不足为奇了。

我将双手灌注内息，鼎炉应手而起，抓起来想往乌金戒指中放，却怎么也放不进去，不知道是太重的缘故还是体积过于庞大的原因。

下意识地往四周看了看，这里人迹罕至，鲜有人来，鼎炉放在这儿应该还算安全的吧。

将小黑给封回到鼎炉中，我驾起御风术往来路飞去。

到了家中，没想到爱娃正在家中等我，闲极无聊在院子中翻弄着药材，自得其乐，小白龟比出生时长大了不少，可是若与同胞的小黑比仍是很小。

我没有注意到院子中有人在，直接驾着风飞进院子中。

爱娃看见一个黑影突然从天而降，顿时吓了一跳，等到看清是我，露出笑脸迎了过来，道："依天大哥，你回来了。"

我比爱娃要大些，一直把她当作小妹妹看，她也把我当作哥哥般敬爱，所以我看到她娇俏的模样，情不自禁地伸手摸摸她的脑袋道："是不是等了我半天啊？"

她显然对我亲密的举动有些不适应，愣在那儿，过了会儿才显露出小女孩家的可爱动作，认真瞅了我两眼，嗔道："依天大哥，你最近变化真大，以前你都不会摸人家脑袋的，嘻嘻，一点儿都不像人家哥哥，倒像是个弟弟。"

我忍着笑，板起脸孔道："放肆，竟然开哥哥的玩笑，非把你拉下去在你的小屁股上打上十大板不可。"

爱娃像刚认识我般，道："依天大哥，你竟然会开玩笑了，真是奇怪，真的比以前变了很多。而且你的功夫也比以前强了很多，刚刚竟然是从空中飞回来的。"

看她一脸艳羡的样子，我正容道："哥哥那不是真正的飞行术，而是与之相类似的另外一种功夫，比起飞行术要容易很多，你也可以学的，你要是想学，我可以教给你。"

爱娃惊喜地道:"真的吗,我可以学吗?依天大哥,那你快教给我,我很早就想试着自己飞上天,感受一下无拘无束,徜徉在天空的自由感觉,蓝天白云,一定感觉很好。"

看她投入的样儿,我道:"现在就要学吗?太晚了吧,再说我还没吃晚饭呢。"

爱娃有些迫不及待地道:"依天大哥,我去给你弄吃的,你现在先休息一下,等会儿吃完了一定要教我怎么飞。"

小丫头天赋很好,又很好武,看来今晚我不能睡好了。不过想到爱娃的手艺,呵呵,我有点流口水了。

在现今这个年代,飞行实在不是什么新鲜事,现在的空中交通和以前的陆地交通一样发达,这都是科技进步带来的。由于现在武风昌盛,更多的人愿意用自己的内息作为动力来飞翔。

有了市场的需要,新的交通工具也就随之诞生,各类空中飞行物大多辅以使用者的内息来进行运作,满足消费者的需求嘛,不然练武来干吗?都已一百多年的和平了,习武的好处只能在衣食住行上打主意。

另外一类人,靠着和宠兽合体,在天空飞行,不过这样缺乏美观,所以这类人也比较少。

还有一类人,饲养可以飞行的宠兽,等到其长大,自然可以载着主人在天空飞翔。

剩下最后一类人,也是最少的一类人,他们都是武道中的翘楚,功法高深,凭借本身深厚的内息做后盾,在天空穿梭飞翔。但是真正意义上的飞行术,需要很多的条件,所以由此诞生了很多借助工具类飞行的功法。

神丹引祸

第十三章

真正的飞行术，好处也是显而易见的，速度快，动作灵活，而且能够飞行到很高的高度，比之普通的飞行器有过之而无不及。

唯一的缺点就是，长时间飞行会耗费大量的真气，所以现在很多人即便是很强的人，都放弃了飞行术，而采用驾驭宠兽的方法在天空飞行。这种方法几乎不消耗本身的内息，而且飞行速度也不慢。越是高阶的宠兽飞行速度也越快，虽然赶不上飞行术的速度，但是比起飞行器来说绝对高出其一筹。

当然，也还是有一些武功高绝的人自恃身份，仍采用飞行术。如同四大圣者，个个功参造化，除了进行星球间的飞行，一般飞行耗费的真气对他们来说，只是九牛一毛。

而由飞行术衍生出来的各种飞行的功法可谓多如牛毛，其中也确实产生了不少绝妙的功法，二伯伯传我的御风术就是里面的佼佼者。

爱娃见猎心喜，我自当是倾囊相授，谁叫我们情同手足呢？何况，二伯伯也曾说过，以后我如果遇到合适的人，自然可以传出去，好的功法不能够敝帚自珍，越多人学会，对人类社会越是有利。

义父说师傅领进门，修行在个人。任何功法不同的人学就有不同的效果，而且武学一道重在领悟，生搬硬套，一味模仿，始终落在了下乘。

如义父、二伯伯等人身为四大圣者，受万人景仰，功利之心早就淡了，他们根本不在乎自己的功法是否被人偷学，或者失传，而是着眼在是否对人类社会有利，否则四人也不会合力创造这一百多年的和平。

当晚，我就把御风术的基础部分教给了爱娃。我睡了一个好觉，第二天清晨就又出发了。本来爱娃想跟着我去看看怎么炼药的，被我以路程太远给拒绝了。

只是走的时候，大黑突然深深地看了我一眼，幽绿的眼神好像是在向我传达什么意思，可惜我当时着急赶去炼丹，没有放在心上。

因为这是第二次去，轻车熟路，我不是那么紧张，心中自然就空下来，回想刚才大黑的眼神，一阵悸动。自从那次我巧得龟蛋，而且目睹了大黑的真身后，大黑便不再像以前那样随时随地跟着我了，整天懒懒地躺着。

义父说过，当年他们和父亲总共五人去屠龙，获得一枚龙丹，我和大黑一人获得一半，因此我们有种超乎寻常的感应，不然那次在河中遇险，大黑也不会及时赶到救了我。

在某种意义上，大黑和我合在一起才是一个完整体。

义父曾告诉过我，龙丹是极为稀罕珍贵的宝贝，但是使用不当会反噬本体，造成极大的危害。

因为龙丹在我很小的时候就植入我的体内，又经过义父四人的联手压制，基本上是属于沉睡状态，经过这么多年已经成为我身体的一部分了，直到上次的遇险才开始慢慢地苏醒，随着我的成长而释放出它无以匹敌的力量。

而大黑则不一样，它本身就是七级的高级宠兽，且有自己炼制的精魄，和龙丹之间有微妙的联系，两者力量互相牵制，谁也无法炼化对方为自己所用。

所以上一次变身，它借用了龙丹的力量，使其对身体造成了一定的伤害，因此到现在一直显得萎靡不振。

义父告诫我少用大黑的力量，一是随意动用龙丹这股强绝的力量会对大黑造成伤害，二是不利于我成长。而且，以大黑现在变身后的本领，即便以义父他们的力量也不敢轻言能制服它。

三伯伯给我出了一个主意，让我炼制一个神器，将大黑封在里面，不到危险的时候绝不解封。龙丹由于在大黑体内肯定会被一块儿封印，这样也足以使大黑不受龙丹力量的反噬。

心念转动，我想到乌金戒指中的那段粗具剑坯的神铁木，应该是个绝佳的封印容器。毕竟凤凰乃是仅次于龙的极高阶的神兽，而这千年铁木本身就是非凡物，再者吸收了凤凰的灵气，把此物造成神兵利器，用来封印大黑实在再好也不过了。

自小大黑就陪着我，是我最亲的朋友，怎么也不能让它出事，等这边事一完，我要好好学习一下三伯伯传我的炼器之术。我的"九曲十八弯"刚进入第二曲，以后是积累内息时期，离第三劫还远得很，暂时不着急修炼。

炼器是当务之急，应放在首位。

思绪飘荡间，我已经来到了地头，灵龟地铁鼎矗立山巅，晨曦中，五彩光芒环绕全身，使人一眼看去便知此物非同小可。

三伯伯告诉过我，真正的神器是不会随意显露它的光芒的，那是同大道至简、大巧若拙同一境界的，已化耀眼为朴实。

灵龟地铁鼎是我按照三伯伯给我的芯片中所说的炼器步骤，而且是精简至最简单的步骤按部就班地炼制而成，我能够一次成型，而且炼制出不错的宝物，实在有很大侥幸成分在里面。

虽然是宝物，我仍是不太满意，这东西实在太大，无法放进乌金戒指中，难不成我要把灵龟地铁鼎永久放在这儿吗？我是万万舍不得的，且不说该鼎是我第一个作品，就说它和小黑形神相结，它已经不只是一个鼎那么简单了。某种程度上来说，鼎已有了生命，小黑便是鼎灵，我又怎么会舍得把小黑丢在这儿日晒雨淋呢？

望着大鼎，我暗暗自语，如果能够小一些就好了。我忽然想起四伯伯送我的那把刀，便是可大可小。三伯伯在四人中的炼器本领是最强的，他赠我的那个芯片里应该会有这种技术。

不过倒也急不得，先拿灵龟地铁鼎试试手再说。

我将药材一股脑地从乌金戒指中取出放进鼎中，然后再取出一些九幽草放到里面，最后犹豫再三，又放进一些少量的凤凰蛋壳好增加功效。

我本来就只有不多的凤凰蛋壳，所以为了以后着想，我只取出少许，即便只是一点儿，已经足以使那个贪吃的家伙闻风而动了。

似凤闻香而来，我赶紧把鼎盖封上，防止这个小贼给偷吃了去。

二伯伯给我的芯片上记载的《百草经》，其中根本没有炼制这种丹药的方法，只有一种叫作"黑兽丸"的东西，可以治疗宠兽的伤势，我是按照这个配方然后又私自加入了九幽草和凤凰蛋壳。

在晨晖中，我开始了炼丹大计。

我的双掌迸发出灿灿火光，两大团三昧真火出现在鼎底，山风"呼呼"刮过，火苗随其欢快跃动，如同火的精灵在风中戏耍。

《百草经》中记载黑兽丸需要十八小时才能够炼出，色泽黝黑，味涩而苦，却是宠兽的疗伤圣药，这确是符合"良药苦口"的箴言。

一般宠兽只要受的伤不重，都可以被主人召回，再次封印到兵器中。在封印中，宠兽会很快地不药而愈，但若是受的伤太重便没法再回到兵器中，也没法自己复原，所以像黑兽丸这类东西实在是抢手得很。

本来我不知道还有这么回事，在二伯伯给我的《百草经》中，"黑兽丸"这一栏，我看到了用小字写下的这么一段话。

黑兽丸需要十八小时才能炼好，不知道经过我改了材料的这种药丸得要多长时间。我想应该时间不会低于十八小时的。

我源源不断地催发着三昧真火，闭上双眼，将心神沉下去。这么长时间可千万不要浪费了。

我先是检查了一遍身体，所有机能一切良好，经过几次大伤，我的身体倒越发地呈现出盎然生机，澎湃的生命力环绕周身。

心脏有力而缓慢地跳动着，在我的意识下，一部分内息在经脉中有条不紊地运转着，仿佛是老板在严格审查自己的工厂生产线一样，把身体所有器官都检查了一遍。

结果令我很满意，身体各部位的器官，仿佛是新生儿一样，一点儿使用了十几年的痕迹都看不出。

我将意识从体内拉出来，移到鼎下。

鼎虽大，小小的两簇三昧真火却已经够用了。忽然我看到鼎好像与昨天不大一样了，昨天小黑明明是在鼎底的，今天却好像和鼎已经合为一体了。

整个鼎就是小黑，短小的四只龟脚成了鼎脚稳稳当当地扎根在地面，鼎身是小黑的身体，鼎盖是小黑的龟盖，小黑的脑袋赫然就在鼎身的一面，昂首望向远方，搭配在一起倒真的像一件不错的艺术品。

由此我推知，小黑真的已经成为鼎灵了。

"唉！"我叹了口气，不知道这样对它是好是坏。心情不由得变坏，我将意识收回体内，沉进黑暗的角落。

时间不知过了多久，突然我心中一动，意识从沉睡中醒来。我感觉有些不对劲，原来是真气快要耗尽了，丹田中只剩下不多的内息盘桓着。

我惊讶地暗自忖度：究竟过了多长时间？在沉睡之前，我曾计算过，以我现今的内息维持两团三昧真火至少可以撑二十四小时以上。

"难道已经过了一天一夜？"我不由得抬头望向天空，刚好看到一轮红日正从东方的地平线上冉冉升起。

没想到，一睡就睡了这么长时间。

视线扫向两手之间的灵龟地铁鼎，却意外地发现根本没有什么变化，看不到热气，嗅不到气味，更听不到什么东西，怎么也看不出药是否已经炼制成功。

这让我不禁头疼起来。忽然灵光一闪，我将意识探入鼎中，看看是否能够看到什么。

眼观鼻，鼻观心，我抽离出一丝意识，徐徐地游到鼎边，试图向内部探去，突然一股很强的灵力倏地出现，猛烈地向我涌过来。

我大骇，如果让它给撞上，这小股意识定然不堪一击，一旦被击散，对我精神方面的修炼将是巨大的打击。

我急忙向意识发出命令，导引它逃回本体。那股灵力来势极快，眼看不及逃脱，要受到灭顶之灾的紧张时刻，灵力突然停了下来，探头探脑地碰了"我"一下。

我不知所以然，怎么情况急转直下，出现这么奇怪的局面？那一下触碰令我生出熟悉的感觉，好像在向我传达信息，只是我一时半会儿无法领会。

见"我"没有反应，那股灵力又碰了"我"一下，这下子更让我奇怪了，好像小狗在向主人撒娇。我恍然大悟，原来是小黑的灵力，我试探地发出安慰的信号。

那股灵力收到后，果然很受用，在"我"周围环绕。

我吁出一口气，原来是虚惊一场。没想到小黑的灵力竟然可以自主地守卫灵龟地铁鼎，真是奇妙。

随着小黑的灵力，我的意识轻易地伸入鼎的内部，鼎中雾气浓厚，占据了所有空间，意识无法透过雾气看到鼎底的情况。

迟疑了半天，我还是收回了意识，睁开双眸，瞧着眼前的家伙，一时间拿不定主意是不是该开鼎取药。这时候天已放亮，不时有早起的飞鸟从头顶飞过。

正在犹豫的当儿，忽然，灵龟地铁鼎的顶端凭空出现两个孔，热气从孔中纷纷涌出。令我奇怪的是，竟有一股异香萦绕其中，淡淡的，若不是我六识经过两劫的进化，变得灵敏无比，肯定是无法发现的。

望着喷涌而出的烫手的热气，我猜想可能是丹药已经炼制好了，所以才会有此异象。

可是据《百草经》记载，炼制成功的黑兽丸味涩而苦，如果真的是这样，不可能会有这种奇异的香味的。

我转而一想，那是黑兽丸炼制成功散发出来的气味，可能经过我多加的两味主药后，味道就发生变化了。

想到这里，我心中已拿定主意，这药八成是到火候了，口中大喝一声："开！"就待伸手运足气力将鼎盖打开时，没料到，我刚喊出声音，鼎盖便应声而开。

我马上想到这是小黑听到我的声音，按照我的意愿打开了鼎盖。鼎盖打开的刹那，云蒸霞蔚，一朵巨大的蘑菇云在鼎口处形成，徐徐上升，逐渐变小。我感受到一股比刚才强千百倍的奇香，伴随着蘑菇云一同冲了出来，不断地向四周扩散。

奇香从身边飘过，我顿时感到一阵舒坦，一种醉人的感觉令我好像飘浮在云端。我大感惊讶，究竟炼出了什么东西，竟然出现了这种从没听说过的异状。

我正疑惑着呢，眼前一花，只见一道红光闪过，似闪电般快速，陡然钻向鼎中。不用想也知道，除了那个贪吃的似凤，谁有它这么快的速度？

"唉……"我象征性地叹了口气，好歹也是和凤凰同宗的，怎么没有一点儿身为高级神宠的自觉呢？

我正在叹息的时候，一道红光以比刚才更快的速度倏地飞了出来，我纳闷地看着狼狈逃窜的似凤，还在想没得到好处它怎么会轻易放弃，耳边突然传来"嘎"的一声。

似凤肯定是刚才在鼎内吃了亏，所以逃得比谁都快，也因此声音的速度才没赶上它逃跑的速度。

我也想知道，鼎内到底炼出来的是什么，于是探头向鼎内看去。刚到鼎边，一阵滚滚热浪迎面袭来。我伸手试了试鼎的温度，丝毫不亚于三昧真火的热量。

看来这鼎的温度一时半会儿还散不去。

似凤是生活在林中的宠兽，再怎么和凤凰是亲戚，也忍受不了这么高的温度，难怪它竟吃了个瘪空手而归。

望着它不甘心地在鼎边转悠，我不禁莞尔，骂道："这下没辙了吧，心急吃不了热豆腐。"

似凤瞪了我一眼，好像很恼怒我在一旁幸灾乐祸，抗议地发出"叽叽"的清脆叫声。

我不理它，再次将头探进鼎中。鼎虽热，对我却无妨，我的纯阳之体，在越热的温度中越感到通体舒泰。

我运足一口气，从口中吹出，想要把鼎中弥漫的热气给吹散，好看清鼎内情况。但热气源源不绝地产生，怎么吹也吹不完，望着厚重的雾气，我愣在那儿，不知道这些吹不完的雾气是从哪儿产生的。

没辙，我只好把头伸出来，视线刚巧碰到似凤。似凤也是一愣，随即发出"叽叽"的叫声，拍打着翅膀，好像在嘲笑我。

正所谓风水轮流转，刚才还是我笑它，现在却变成我被它笑。我骂道："死鸟，还敢笑你主人，等会儿拿出来不给你吃。"

我不甘心地将内息运往手部，护住皮肤以防被烫伤，把手伸向鼎中，我就不信用手捞我还捞不出来。

鼎太深，我不得不欠着身子，把手伸到底部。估摸快要到底了，我小心翼翼地凭感觉找着炼制的药丸。忽然我的手好像被东西给粘住了，使了很大力气才拔出来。

开始我以为这是炼制过程中剩下来的药汁什么的，谁知道，刚闪过这个念头，就发现手所触及的地方均是这种东西。

我停在那儿，有些尴尬地自语道："难道我炼制出来的就是这些东西吗？"

我不甘心地探手向更底部摸去，大概有一只手那么高的距离，已经到了底部。我不得不得出这样一个结论：此次炼药失败！根本没有形成药丸，全部都还是液体的形态。

"唉，可惜浪费了这么多辛苦采来的药。"我把还带着少许药汁的手拿出鼎外。怎么说这也是我费了很大力气才炼制出来的，虽以失败告终，我也想看看，自己炼制出的究竟是什么东西。

其实我是存有一些侥幸心理的，据《百草经》记载，有一物叫作"龙涎香"，将其点燃，释放出来的异香如酒般醇厚，沁人心脾，闻之醉人，百兽趋之若鹜。

其中对于气味的描写和这鼎里冒出来的气味十分相似，所以我带着一丝的侥幸心理，把药汁蘸了一点儿上来。

我仔细端详着食指上的药汁，黏稠状，呈黄绿色，剔透如水晶，异香不断从上面蔓延到空气中。我深深地吸了一口，真是醉人啊！

灵刃除兽

第十四章

陶醉在不知名的异香中,我几乎可以肯定,自己胡乱炼制出来的东西,一定非同凡响,至于怎么出现的,答案就在九幽草和凤凰蛋壳两种东西上。

这两种东西都是极为稀罕之物,配合其他药材,才炼制出这闻所未闻的药汁来,要是二伯伯在,他可能会知道。

似凤早就按捺不住,趁我陷入思绪中时,陡地飞落在我手上,尖尖的红色的喙啄食着我食指上的奇异药汁。

瞧它的兴奋样,我也任由它解馋,没有管它。虽然第一次炼制失败了,但我却获得了很多的实践经验,假以时日,一定会炼制成功的。倒是爱娃那边,我该怎么交代呢?说是给她药丸的,现在却变成了药汁,我应该怎么解释呢?

就在我沉思该怎么向爱娃解释的当儿,一道黑影蓦地出现,劲风逼体而来,带着滚滚热气,一起席卷而至。

似凤见机不好,一声尖叫,陡地振翅飞开,我的手指整根都暴露在突然出现的怪兽的眼下。怪兽张开大口,直向我的手指咬来,似要将我的食指整根吞到口中。

一股硫黄味,弥漫在四周,怪兽动作很快,我甚至来不及看一眼它长什么样子,手指就被它吞到了口中。

我这时哪还敢犹豫,硬着头皮,迅速调集内息充满整条胳臂,破釜沉舟地一拳往它身体深处捣去。已经渡过了两劫的我和以前是大不相同的,正如义父所说,天下虽大,已经没有我不可去的地方了。

万道金光在怪兽的体内爆开,透过身体射了出来,连带将怪兽也给染成了金色。

怪兽承受不了我这一拳的威力,陡地爆炸开去,碎肉带着血沫从空中撒下来。怪兽已死,我大呼侥幸,要不是怪兽太不小心不把我放在眼里,应该不会死得这么快。

我瞥了一眼,手臂从它口中带出来一些黏糊糊的唾液。我不由得运气蒸干,阵阵的硫黄味散发出来。我皱了皱眉,暗自忖度,这是什么兽类,口水一点儿腥臭味都没有,反而有浓烈的硫黄味,真是奇怪至极。

刚刚太过紧张,没看清它长什么样,就将它给分尸了,不然以后还可以查查看这是什么怪物,竟然来抢我炼制的药汁。

我忽然觉得有些不对劲,好像忘掉了什么。突然灵光一闪,让我想起来了,平时似凤不是这么好相与的,被别的怪兽给赶走,连声音都不敢叫出来。

似凤虽然在宠兽中级别不高,但是在鸟类中,何曾怕过谁来,动作又快,声音又能产生很大的攻击作用,防不胜防,今天怎么这般不济,不但飞走,而且在怪兽死了后也不敢回来?

我摇摇头,想不出个所以然。

我正要走过去把鼎给封上,无意中发现,地上有个很大的奇怪黑影,不断地拍打着翅膀。

我终于意识到了不对,猛地望向天空,三只体形硕大的家伙,宛若蝙蝠,拖着长长的尾翼,两对肉翼上下拍打着,一排白森森的牙齿突出在空气中,液体充塞其中,看起来很恶心,幽绿的眼珠射出贪婪的神色。

一股淡淡的硫黄味飘荡在空气里,我醒悟过来,刚才那只被我杀死的怪兽应该是它们的同类,因为我从它们身上嗅出了淡淡的硫黄味。

我奇怪这里怎么会出现这种怪兽呢,在这儿几天了,为什么今天才看见?我倏地想起二伯伯叮嘱我的话,炼制药丸的时候,会引起天地生物的觊觎,一定要确定安全!

我竟然把他老人家的话给忘了,心中不断责怪自己实在太大意了。忽然三伯伯的一句话也出现在脑子里,"宝物出世,定会有奇兽恶灵出现争夺,因为宝物所蕴含的天地灵气对它们有莫大的好处"。

望了一眼不断有绚烂光华流转的灵龟地铁鼎,我想,也许在昨天神鼎炼成之日,这些异兽就已经闻讯而来了。

我下意识地望了四周一眼,顿时头皮发麻,原来觊觎药汁的不只是头顶这三只蝠蝠般的异兽，还有很多奇形怪状的异兽向山顶聚集而来。没想到我瞎炼出来的东西这么吃香，引出这么多异兽前来争夺，想分一杯羹。

数百年前的大战，星际联盟被彻底推翻，形成四大星球独立的局面，联盟一怒之下下令毁坏所有关于宠兽的资料，更是把在四大星球研制成功的成品或者尚未成功的半成品宠兽封锁到一个秘密的地方，至今无人发现。

更有无数逃过劫难的宠兽流落人间，隐藏在不知名的角落，宠兽和当地的兽类结合从而又产生了很多新的兽类品种，只是这些兽类无法和宠兽一样能够和人类合体。

这些大自然的产物，因为本身的价值，而遭到人类的捕杀，尤其它们可以像宠兽一样，长年累月地修炼，可以拥有自己的精魄。

这些精魄异常珍贵，用处也很多，比如四伯伯送我的鱼皮蛇纹刀，所采用的鱼兽的精血和绿蛇的精魄就是其中的翘楚；另外精魄还可以入药，炼制成丹，等等。

想到这儿，我将意识再次拉回到现实中，四周围满了种类奇特的异兽，每一种都古怪特异，未曾见过。

虽然种类不同，但无一例外都虎视眈眈地盯着我，踌躇不前，可能是被我刚才以迅雷不及掩耳之势斩杀那只蝠蝠般的异兽给镇住了。

我苦笑一声，再怎么骂自己不小心也来不及了。我立即将纯阳内息贯穿全身。衣服无风自动，鼓胀起来，由于全身功力都被调动起来的缘故，我眼神开合间金光闪动，颇有不凡的气势。

受到我的影响，异兽们开始有些不安分地骚动起来。望着数百只垂涎的异兽，我心中暗骂，平常也不见一只两只的，等到我炼出好东西，就全都出现了，这不是明抢吗？

我大喝一声，缚在小臂上的蛇皮护臂，刹那间展开，顺着手臂延长开来，一直将整只手给包裹在里面，仿佛是一只手套。手背上的鳞刺"唰"地凸出来有半米之长，形成一件覆盖双手的长兵器。

经我内息一催，蛇皮护臂迸放出妖艳的火光，我大声道："好宝贝！"不愧是三伯伯亲手打造的东西，有很高的可塑性。

级别较低的小兽被我威势一逼，按捺不住天生的凶性，嗥喝连连，呼叫着冲上来。

我展开御风术，在徐徐的山风中如龙蛇般快速地在兽群中穿梭，形如鬼魅，无迹可循。

情况对我非常不利，为了尽快脱离此地，我使出十成内息，左右开弓，每一击都会杀死一只异兽，同时鳞刺上的高温火焰也会对旁边的异兽造成一定的伤害。

我虽然内息大涨，但是打斗经验却和内息不在同一条线上，毕竟从小到大我都很少和人争斗，即使村子里的武斗测验我也很少参加，所以造成了我现在外功和内功失调的尴尬局面。

义父和二伯伯、三伯伯对我这种情况都没有发表任何意见，不过他们却透露出对外功不屑的神情，好像外功和内功比起来简直不值一晒的样子。难道外功真的不重要吗？

眼前的情况很适合我的口味，我不用担心一招打出去会打不着东西，眼前的异兽实在很多，每次挥出去都会有异兽中招。

随着级别低的异兽纷纷被我杀死，剩下的级别较高的异兽也越来越难杀了。级别高的异兽一般智商也会相应增高，知道避强攻弱，而且剩下的这些异兽防御的本领也大大高于前面的。

往往一招攻下去，我明明看到鳞刺进入了它们身体，却很难再进一步深入，它们被火焰灼伤的伤口会慢慢愈合，令我越打越惊讶。它们好像天生对高温没有惧怕，按说兽类怕火，不知它们怎么正好相反。

可能它们都是生长在这死火山附近，属于火属性的兽类，所以不惧怕火。我心念电转，随着一声清吟，乌金戒指中的鱼皮蛇纹刀落进右手。

被我用十成内息一催，鱼皮蛇纹刀中的绿芒大盛，刀身颤动着，仿佛在发着"呜呜"的低吼，好似龙蛇低鸣。

一片冷森寒气伴随着这些绿芒肆意地向空中无限扩张，众兽好像受到了惊吓，愣在那儿，踟蹰着不敢上来。没想到刚拿出这刀就能发挥出这种功效，得意之下，我哈哈大笑出来。

跺地一弹，纵身而起，迅若霹雳，手中的鱼皮蛇纹刀迎风而长，顿时变为刚才的两倍长，无敌的寒气引爆出无名的吸引力，周围的空气仿佛被抽空了般。

我相信这一击下去，定然可以毙杀为数不少的异兽。

只是得意中的我，好像忘了天上还有三只蝙蝠异兽在等着我，从刚才的厮杀开始，它们便一直飞在空中寻找偷袭我的机会，都怪我太过兴奋，忘了天上的敌人比地面上的更具威胁。

三只蝙蝠异兽几乎是同时出动，挟着滚滚热浪破空而来。冷热相撞引起气流的涌动，我的反应慢了一步，无从躲避。两只蝙蝠异兽分别从左右两侧带着热浪掩杀而来，剩下的那只则绕到背后狠狠向我扑来。

这个时候，我几乎可以肯定，在这群大胆的异兽中，就数这几只蝙蝠异兽的级别最高，如果能将它们解决掉，我胜利的机会将大大增加。

它们的速度很快，我无法马上做出有效的反击，只好运足了气力，硬生生挡它们这一击。鱼皮蛇纹刀在我的催动下顿时又长了几分，我反手直击身后而来的蝙蝠异兽。

三只蝙蝠异兽本来可以同时攻到，被我这意外的一击，立即乱了阵脚，身后那只在意想不到的情况下，硬生生地从刀下横掠过去，被我割伤了背部；左右两边这两只则几乎同时攻到，我左手的鳞刺迎着森森利齿插进左边蝙蝠异兽的大嘴中，它哀叫一声侧飞而过；我右手因为拿着鱼皮蛇纹刀无法及时回救，被右边那只蝙蝠异兽紧紧咬住，肉翼上的短爪也抓在我的胳膊上，沉重的气劲击在右臂上，差点让我拿不稳鱼皮蛇纹刀。

我大喝一声，左掌重重地向它拍去。

这个畜生倒也知道厉害，带着我胳膊上的三块血肉躲开我的一击。

我施展御风术在空中稳住身形，盯着三只狡猾的蝙蝠异兽，趁这个空当，又有几只会飞翔的异兽也飞了上来，想乘机占点便宜。我瞥了它们一眼，心神又回到正面的三只蝙蝠异兽上。

刚才的瞬间反击，没有给那两只蝙蝠异兽造成太大的伤害，甚至可以说并无大碍，根本影响不到它们的实力。我现在有点恨自己内息由至阴转为纯阳了，要是我的内息仍是至阴就能更大地发挥鱼皮蛇纹刀的威力。

我缓缓地将手中的鱼皮蛇纹刀举起，在晨光中，刀身反射出刺眼绿芒。我身形猛地加速，手中的刀一抡，作势向三只蝙蝠异兽横斩过去，刀未至，层层的寒芒已经一波波地侵袭过去。

就在它们惊叫着慌忙躲避的时候，我突然转身，以比刚才更快的速度反身扑向身后那几只蠢兽。那几只蠢兽还茫然不知发生了什么事，经我全力催发的内息已成功逼出刀罡。

任你是铁打金制，在刀罡面前就如同纸造泥糊一般不堪一击。

刀罡夹杂着冰山冷气，以摧枯拉朽之势顺势劈去，刀破空而出，呼啸而鸣，刀身加刀罡有几米之长，几只蠢兽还没来得及逃跑便被一分为二。

更为诡异的是，刀身斩过，每只异兽的鲜血都没有洒出来，而是被刀身吸收了，刀呈殷红，瞬间红色褪去，绿芒更盛，看得我头皮发麻，没想到这竟是一把噬血的刀。

我转过身来，再次面对三只蝙蝠异兽，没有丝毫停留，如行云流水，瞬间来到它们之前，锁定靠右的两只蝙蝠异兽。此番一定要干掉两只，最好能把最左边的那只也给解决掉，那就完美了。

意识进入那种虚无的境界，我感应到鱼皮蛇纹刀的呼应，将全身的真气催到极致，身体仿佛没有了知觉，被刀带着呼啸而至。

三只蝙蝠异兽出乎我预料的机警，提前一步做出反应，向两边逃开。我叹了一口气，能杀一只算一只吧。以右边的为目标，我全力追杀过去。好像感应到我的失望，鱼皮蛇纹刀的刀罡忽然变了形，在空中扭曲膨胀着，一条酷似巨蟒的气劲形成，陡然以无与伦比的速度赶了过去，鲜红的蛇芯在口腔中弹动。

我目瞪口呆地看着最右边的那只蝙蝠异兽无力地在蛇吻中扭动着消失。吞噬了一只蝙蝠异兽后，巨蟒仍意犹未尽，身躯一扭朝中间那只蝙蝠异兽追去，那只蝙蝠异兽毫无反击之力，活生生被巨蟒的肥大身躯拧成麻花状。

杀死中间那只蝙蝠异兽，巨蟒扭动身躯，带动着刀身向已经飞远了的最左边那只蝙蝠异兽迅疾追去。

我眼睁睁地看着这不可思议的一幕，等到刀罡化成的巨蟒快捷异常地追向左边的那只蝙蝠异兽，才清醒，兴奋地鼓动全身的内息源源不断地冲进刀中。

无奈蝙蝠异兽已经跑得太远，虽然距离不断拉近，但我第一次驾驭鱼皮蛇纹刀产生的异形，无法支持太久，在后力不足的情况下，绿色巨蟒渐渐地变小，最后收回刀中。

眼看胜利在握，关键时刻却功亏一篑，我顿时大怒，不甘心地把体内所剩无几的内息一股脑地向刀中灌去。刀身发出"嗡嗡"的声音，内息突然无法进入刀身中。

其实我已经猜出，刚才幻化为刀灵定是吸收了鱼皮蛇纹刀中绿蛇精魄的小白蛇初步和刀融合，受到我意识的影响，强行幻化出灵体替我杀敌。

内息从刀中倒流回来，由于我意识的阻止无法回到丹田中，竟然另辟蹊径，往两手的护臂涌去。

两手的护臂瞬间金芒暴涨，带着炫目的金光，鳞刺脱离护臂，宛若强劲的弓矢，尖啸着划空而去。我停在空中愣住，哑口无言地望着不远处的蝙蝠异兽被两道金光刺中，哀鸣着从空中摔下去。

我伸出双手，仔细观察着护臂，不禁再次惊叹二伯伯的技艺。缓缓地将内息一

灵刃除兽　　　驭兽斋

点点地注入里面，本来光秃秃的手背，很快又伸出几根鳞刺，我大喜，暗道，果然是好宝贝。

我提着手中的鱼皮蛇纹刀，徐徐地降落到地面，环顾四周，发现本来围绕在四周的异兽现在多已不见了；望向山下，可以看到还有几只异兽在向远处逃逸，不大会儿，所有的异兽都不见了踪影，四周一片静谧，仿佛从刚才到现在只是我的幻觉而已。

我将手中的鱼皮蛇纹刀收回到乌金戒指里，同时撤回护臂里的真气，护臂便又恢复到最初的样子。我几步走到鼎前，鼎中的热气已经散得差不多，里面的东西在我的视线下一览无余。

黏稠的黄绿色液体，仿佛一大块晶体静静地躺在鼎底，越是靠近鼎异香越浓，为了防止异香再给我引来什么厉害的家伙，我迅速地把鼎盖封在上面。

我捡了几块地铁矿石，运出三昧真火炼制了两个小瓶。有了炼鼎的经验，再炼这个东西，我感到无比轻松，手到擒来，不大会儿，两个小巧的瓶子就出现在我的视线中。

瓶子虽不大，亦可以盛放不少药汁了。只看药汁给我引来这么多的异兽，我便知道，这个东西一定对它们有很大的好处，所以才一起聚集过来明抢，只可惜它们什么也没得到，还被我杀得屁滚尿流。想到那几只稀罕的蝙蝠异兽，我有点愧疚自己杀欲太旺。

上次在山顶渡劫后，我体内就有一股欲望不时地蠢蠢欲动，看来我的修行还不够驾驭体内的纯阳内息，否则不会出现这种情况的。

我装了满满两瓶的药汁，想回家后就把这个送给爱娃。我脑中幻想着爱娃开心的样子，不自觉地嘴角也露出一丝微笑。

"叽叽！"

我歪着头，望着停在我肩膀上的似凤，笑骂道："你主人我刚才在拼死拼活，你却到一边风流快活，现在倒知道回来了。"

我欲离去

第十五章

我似笑非笑地看着似凤叽叽喳喳地叫着，很显然它在向我分辩它并非是贪生怕死，乃是最尽忠护主的鸟。

伸手在它小脑袋上敲了一个栗暴，我忍不住笑道："贪吃！"其实我现在已经清楚它为什么看到那几只蝙蝠异兽就跑开，蝙蝠异兽发出的超声波天生是以声音克敌的似凤的天敌，故似凤一发现来犯的竟然是自己的克星，赶忙有多远跑多远。

似凤见我不再责怪它，于是飞落到地面上，开始打扫战场。刚才那些异兽倒是有几只比较不错的，都有修炼成形的精魄，此时倒便宜了似凤。不一会儿工夫它就志得意满地飞回到我肩上，精心地用嘴巴护理它漂亮的羽翼。

我无暇管这个爱美又贪吃的小家伙，因为我正在思索该如何把这个大鼎给带走。难道让我驮着它吗？百思无解，我只好再次求助于三伯伯留给我的炼器芯片。

从乌金戒指中拿出芯片，输入一股内息进去，脑中出现了芯片的内容，找到关于可将炼制的东西任意大小的那部分，大致浏览了一遍，发现自己能力有限，根本无法做到这一步，不由得颓然放弃。

正准备从芯片中退出来，忽然看见序言中有一行字说的是关于器灵的介绍。我心念一动，意识进入"器灵修炼篇"。通篇闻所未闻的修炼方法看得我头昏脑涨，我只好跳过去，直接看器灵的介绍篇。其开头便写着："器灵，炼器之至高境界！……没有器灵之器不能称之为神器……一旦拥有器灵，器便有了生命，可大小、可幻化，随着器灵的成长，神器的威力会不断增加，移山平海无所不能……"

看到"可大小"几字，我不由得欣喜若狂，真是"踏破铁鞋无觅处，得来全不费功夫"。按照芯片所说，器一旦有了器灵便会和主人心意相通，任由驱使。

我略微颤抖地挥手发出真气将鼎盖给卷到半空，口中清斥道："封！"鼎盖旋转着落下，严丝合缝地盖在鼎上，我又道："小！"心中描绘出变小了的鼎的样子。

灵龟地铁鼎"噌噌"地不断变小，最后停在那儿，和我想象中虽然差了不少，但比起刚才的个头，实在是小了太多。现在的灵龟地铁鼎小巧可爱，大概有半米高。我顺手拿起，感到连重量亦降低了不少，不愧是好宝贝。我尝试着把鼎往乌金戒指中放去，手中一轻，灵龟地铁鼎已然不见。

我呵呵地喃喃自语："芯片中所说的果然没错，第一次炼器竟然鬼使神差地让我炼制出了鼎灵。"

我驾起山风，衣袂飘扬，仿若仙人，凌空虚渡而去。

心中思索着刚才一战的得失，我对自己充满了信心。想起义父说的那句话"天下之大，没有你不可去之处"，心中顿时激情澎湃，眸中迸射出骇人金光，我有种想要遨游天下的感觉。

"呵呵……"想到妙处，我不禁笑出声来，习习山风中，高老村已经近在眼前，我径直飞回到家中，不想爱娃那小妮子刚好不在。我将两瓶已经准备好了的药汁拿出来放到桌子上。

心念一动，我又将灵龟地铁鼎给召唤出来，屋中顿时被鼎释放出来的五彩霞光充满。我小心地摩挲着鼎壁，心中猜测着，也许灵龟地铁鼎另有很多用处尚未被我发现。炼制出来的药汁被我命名为"混沌汁"。

收了灵龟地铁鼎，我又拿出鱼皮蛇纹刀。这把刀确实够厉害，怪不得是四伯伯当年仗之纵横天下的好宝贝，之前放出幻灵，霹雳出击的景象，现在还仿佛就在眼前，动人心魄的威力令我倍感此刀的巨大力量。

我随手挥舞出朵朵刀花，寒气绽放让我感到一阵阴凉。

"不好了，不好了，依天，出事了！"

慌乱的声音从院外传进来，我急忙将刀和桌上的两瓶混沌汁收起来，站起身向门外望去，听声音来人应该是石头。

石头急急忙忙地跑了进来，见我正望着他，站定喘了口气，拉起我就向外面跑去，边跑边道："不好了，你媳妇和爱娃打起来了。"

我马上知道他是说凝翠和爱娃打起来了，不过那关我什么事？以凝翠的功夫还不是爱娃的对手，再说凝翠已经不是我未婚妻了，找我干什么？

石头见我不为所动，着急地道："你怎么不着急啊？那可是你媳妇，你还不赶快去劝劝？"

我道："她已经不是我媳妇了。"

石头闻言一愣，怔了一下道："不是你媳妇了？哦，是不是你也知道她和外村的那个家伙眉来眼去的，就和她分手了，分得好！"

原来他不知道我和凝翠早就解除婚约了，但是他后半句话令我兴起前去一看的念头。不过我完全没有去追究她的意思，我们已经解除婚约了，她自然有权利和别人好。

我输出一道真气，抚平了他紊乱的呼吸，道："别急，慢慢说，我陪你去看看。"

石头感觉到我传给他的真气，诧异地望了我一眼，道："你还记得上次集会，被爱娃痛打一顿的那个高山村的人吗？"

我脑海中浮现出那天被我打败的高山村村长儿子的模样，难道那个嚣张的家伙又来了？于是点了点头。

石头露出愤怒的表情，道："你媳妇竟然帮助外村的人一起对付爱娃，实在太可恶了。"

我暗自忖度，凝翠和刘一勇联手，爱娃确实不是他俩的对手，只怕就刘一勇一个人，爱娃现在也不一定打得过。想到这儿，我不禁也有些担心，上次因为小白龟的事，凝翠吃了亏，今天有了帮手，肯定不会放过爱娃的。

我抓起石头的手，驾起御风术，飞驰而去。石头见自己忽然飞上半空，快速地向前飞去，口中吃惊地"哇哇"叫起来，我喝道："他们现在在哪儿？"

石头听到我的喝声，大声喊道："在靠近集会的河边！"

"集会？难道今年的集会已经开始了？"我在心中纳闷，"看来我天天忙着炼药、炼器，都快和村子隔绝了。"

集会的地方并不远，在村口的位置，高山村的人在附近搭建帐篷，这样比较方便交换货物。

我带着石头沿着河向上游飞掠而去，很快就听到有喝叫的打斗声。我降落到地面，和石头一起向前方奔过去。

前面围着一圈人，有二十来个，高山村的有七八个，剩下的都是我们高老村的人。打斗的五个人中，凝翠和爱娃打得最为激烈，兵器"乒乒乓乓"撞击个不停，劲气横溢，完全一副生死相搏的样子。

在另一边是古金、古银兄弟对着一个陌生的年轻人，打得颇为辛苦。古金、古银兄弟在村里年轻一辈人中也能排到前十，结果两人联手还被人逗得团团转，可见彼此的武功相差太多。

陌生人显得很轻松，在两人合击的杀招中漫步游走，根本不把两人放在眼里。我仔细观察，陌生人长相平平，但是身体格外健硕，豹头猿臂，虎背狼腰，身长九尺，头脑反应快而手脚灵敏。

只是我很纳闷，明明有好几次机会可以击败他的，古金、古银兄弟就是视而不见，这令我很不解。凝翠果然稍逊爱娃一筹，已经落在下风，隐然被爱娃克制得死死的，要不了多久就会落败。

爱娃的功夫比以前长进了不少，尤其是施展我传给她的御风术，有板有眼，灵活、纯熟，令凝翠很多威力较大的招式无法施展。

石头拉着我挤进圈子中，指着那个陌生人道："依天，就是那个陌生人，最嚣张。"

众人见石头拉着我挤进来，都露出讶异的神色。我心中苦笑，自然知道他们为什么会有这种表情。在村子中，这种打斗的场合我是从来不会参加的，今天竟然出现，自然令他们感到惊讶。

对方的人也听到了石头的话，一齐望向我，看看高老村请来的是什么样的救兵，发现是我，皆显出讥讽的神色。

我感到一阵好笑，他们仍以为我是以前的我。我淡淡地扫了他们一眼，忽然发现了熟人，赫然是刘一勇。刘一勇与我的视线在空中相撞，他随即露出怒色。

我不理他，把视线收回，这时候场上已经出现了变化，凝翠被爱娃一掌打在肩膀上，再也无力反击，只是苦苦地抵挡着爱娃一波接一波的攻击。

而古氏兄弟这边，落败早就是定局，陌生人听到了凝翠的呼声，发现她已经支撑不住，马上收起玩笑的心情，拿出自己真正的手段，古金、古银本来就是在苦挨，现在更是不堪。

随着爱娃一声娇喝，打斗进入了尾声，陌生人猛地抢攻两招，打得古金、古银东跌西倒，不再和两人纠缠下去，踩地腾空向爱娃这边掠来。古金、古银早就没有还击之力，要不是"不能输给外村人"这股意念的支撑，早就败了，现在见陌生人舍弃自己二人，再也无力支撑，软倒在地上，呼呼地大口喘气。

望着他如夜鹰般振翅而起的身形，我心中不由得一凛，觉得爱娃肯定不是他的对手。

气随意转，我陡地拔空而起，以比他更快的速度在半空中将其拦截下来。他显然也注意到了我，见我速度比他还快，竟然猛地在空中翻身，面对着我，当胸一掌朝我劈来。

有了和众多异兽对敌的经验，我不慌不忙地运气到右掌迎上他突袭的左掌。本来我可以凭借我的身法躲过他的攻击，但是我觉得有必要试探一下他的真实水平。

两掌印实，他被我震得倒飞出去。没想到，他会这么弱，我只用了七成不到的内息他都承受不住，我相信在刚才那种情况下，他是不可能有所保留的。

高山村那边的人，见他被我震飞出去，都发出惊讶的声音。我想刘一勇没有把败给我的事告诉他们。刘一勇吃惊地望着我，他实在搞不懂才几天不见，我的功夫怎么提高了不少。

刘一勇冲着被我震飞的那人喊道："堂哥，要不要紧？"

那人铁青着脸，没有说话，摇了摇头，倏地又飞了过来，停在我面前三米处打量着我。

我也有些吃惊地看着刘一勇的堂哥，他是第一个我看到的可以飞的年轻人。不过看惯了义父几个超级高手的飞行方法，这种小儿科的东西我实在是看不上眼。

他显然也没有想到，会在这种小地方遇到会飞的同龄人。事实上他是刘一勇的远房亲戚，在紫城书院修炼武道。紫城书院是一个可以和北斗武道并驾齐驱的武道学院，每年为地球输出近百人才。

地球虽然没落，但是有紫城书院和北斗武道两大武道学院撑着，才不至于在四大星球每三年的"天下第一武道会"上太失颜面。

刘一勇上次被我挫败后，得知堂哥放假，于是力邀其到高山村来，目的当然是帮他报仇，对付的那个人就是我。

刘一勇堂哥听说他被人欺负，自是义不容辞，就来到了高山村。在他心中，自是以为这种偏僻的山里，哪能有什么高手，自己是紫城书院的高才生，在这里可以一逞威风。

谁知道他刚一出手就遇到了我，在堂弟面前丢了大脸，枉他平常大言不惭地说自己是如何如何厉害。

他盯着我不敢再莽撞，高山村的那群人见他小心翼翼的样子，顿时一片哗然，不晓得为什么不可一世的他突然面对高老村最弱的人一反常态。

就在他犹豫着要不要出手的当儿，下面突然传来爱娃的一声惊叫，我赶忙向下望去，正看到凝翠手中拿着一把模样古怪的非剑非匕的武器，泛着蒙蒙的白光，追着爱娃。

爱娃手中拿着一把断剑，想来应是被凝翠给削断的，此时正无奈地用御风术躲避着攻击。

身前的那人，发出"咦"的一声，他也早看出，凝翠不可能打败爱娃，没想到，关键时刻，凝翠仗着一把锋利的奇怪武器，反败为胜。他盯着凝翠手中的兵器，眼中显出贪色。

爱娃没办法只好躲到天上来，看她摇摇晃晃的身体，我就知道她还没法子正常施展御风术驾风腾空飞行。

我飞过去，扶住她。在我的帮助下，爱娃轻松多了，站稳停在半空，见是我，喜道："依天大哥！爱娃没练好御风术，让你失望了。"

我安慰她道："小丫头，你的御风术已经练得很好了，等你内息再雄厚一些就可以独立飞行了。"

刘一勇的堂哥见我将心神都放在爱娃身上，哪会放过如此大好机会，无声无息地飞快向我掠来，同时手中出现一把长剑，寒风破空而至。

我揽着爱娃的细腰，从容避开他偷袭的一击，空出的左手迎风一展，护臂一下子变成进化状态，五根尖利的鳞刺，反手挑向他的长剑。我本想切断他的长剑来立威的，这时一股重力从对方的剑上传来震得我虎口发麻。

出乎意料的，他再一次被我震飞出去，但是他手中的剑却没有断，只是被我磕出一个缺口，看来他手中的剑亦非凡品。

我扶着爱娃降到地面，凝翠趁我和爱娃尚未站稳的当儿，持着手中利剑挥洒出条条寒气，向我斜劈下来，想仗着手中的利剑打我们一个措手不及。

爱娃知道此剑的厉害，见她突地暴起攻过来，失声道："依天大哥小心，这把剑很厉害的。"

比宝剑的锋利，我还用怕人吗？移形幻影将爱娃拉到身后，我右手一抬，鳞刺见风即长，暴涨一米长，猛地砸在她的剑上，女孩力弱被我重重一击，手中怪剑脱手而出飞向半空。

刘一勇的堂哥脸色十分难看地飞了回来，眼见那把令自己垂涎的怪剑被我震到半空，立即不顾身份抢身掠过来想把剑抢到手中。

我一声冷笑，暗道："你如意算盘倒打得精，可惜未必如你意。"怪剑还未飞出去多远，就被软化了的鳞刺给卷了回来，落到我手中。

他眼见不能得逞，只得停在半空，望着我手臂上的独特武器，顿时产生了很大兴趣，盯着我的蛇皮护臂，眼睛眨也不眨。

怪剑一落在手中，即传来阵阵凉意，是阴属性的宝剑，只是还不是极品，顶多算是一把不错的好剑，和我的鱼皮蛇纹刀相差太远，不是一个层次的。

　　我正看着呢，就听到凝翠骄横的声音："快还我！"

　　我抬头看了她一眼，只见她鬓角微乱，娇喘吁吁，香汗布满额头，看样子她刚才和爱娃打斗耗了很多气力，不过这样子倒是别有一番韵味，只看在场男性的目光都不由自主地盯着她，便可知她是个很有诱惑力的女孩，可惜我不喜欢太媚的女孩子。

　　我伸手就要把怪剑抛给她，爱娃突然扯了扯我的衣角。我这才发现我们高老村的人都看着我，这把剑的威力，他们都看得很清楚，现在我居然要把剑还给她，这对他们来说实在是一个很大的威胁。

　　凝翠见我迟疑的样子，着急地道："这是你义父给我的，不然我才不会答应他解除婚约。"

　　我哼了一声，毫不犹豫地扔了过去。不就是把剑吗？我早就看出这是三伯伯打造出来的，而且也不是把什么好剑，定是义父当初要她解除婚约时，她趁机勒索的。

　　这种剑，不过是三伯伯随便打造玩玩的，用他的话说，这种剑不过是小孩子的玩意儿。即便是我也可以任意打造出来，没什么好稀罕的。

　　凝翠大喜地接过剑，得意地道："你义父真是个笨蛋，我只说不愿意解除婚约就送了我一把好剑作为补偿，其实就算他不来要求解除婚约，我也早就不想要你这个窝囊废了。"随即她双眸露出艳光，望了我一眼道，"没想到，你武功提升了这么多，肯定是你义父找来了什么灵丹妙药给你服用，才让你进步这么快，当初我不应该那么爽快答应他的！"言下不胜惋惜，好像为没有多勒索一些东西而感到后悔。

　　我冷哼一声，懒得与她计较。

　　这时候，刘一勇几步走到凝翠身边，大声喝道："山不转水转，看你小子还能横行到什么时候，等着吧你！"说完搂着凝翠的腰肢离开。

烈炎
神剣

第十六章

众人显然对凝翠和高山村的人这么亲近，感到十分不快，怒瞪着他们大摇大摆地离开。

爱娃虽然也对凝翠没有什么好感，但仍关心地问我道："依天大哥，你怎么和她解除婚约了？"大家见她问我这个问题，都关注地看着我。

因为刚才的表现，我在众人的眼中已经大不一样了，如果在以前可能不会有几个人注意我的事。我望着凝翠逐渐远去的身影，苦笑着摇了摇头，没有说话。

恐怕就算我说出来，也没有几个人会相信，当初我母亲之所以给我定下这门亲事是因为想帮我矫正懦弱的性格，助我顺利渡过家传神功的第一劫。

爱娃冰雪聪明，见我这种表情，知道我不愿意说，便岔开话题，道："依天大哥，你好厉害哦，我和凝翠打了半天，都没打过她，你就用了一招，她手中的那把古怪的剑就被你打掉了。"

我淡淡一笑道："她只是仗着手中的剑利罢了，公平条件下，她是打不过你的。"

爱娃又道："我的兵器一下子就被她削断了，而且那把剑还会放出寒气，冻得我直打哆嗦，不然也不会手脚僵硬，被她抓住机会了。"

看她不甘心的气怨的样子，我突然兴起帮她打造一把剑的念头，怎么说这都是因我而起的，而且那把剑也是我义父送给凝翠的，何况这也是对我在炼器上的一个考验。

一直在旁边以敬佩的目光看着我的石头，忽然道："依天，你怎么会变得这么厉害，以前你还是——"

　　他下面的话没有说，但是我清楚他的意思。我暗道：这当然是有秘诀的，只是不能告诉你们。我模糊地道："你不知道我有几个很厉害的长辈吗？"

　　旁边几人因为和我同在一村这么多年，大都知道我有几个神秘的外星球的亲戚，每年都会来这儿待那么几天，现在听我提起，都露出恍然的神色，随即有几人开始羡慕地窃窃私语。

　　古金道："依天，我看到你在和那个家伙打的时候，手上好像忽然长出来几根尖刺一样的东西，一下子就把他给震飞了。"

　　古金的神色有点不自然，平常他们很少和我说话，所以虽然同是一块儿长大的，却不是很熟，现在突然提到较为隐私的东西，感到有些不好意思。

　　我不以为意，道："哦，那是我义父送我的生日礼物。"我随即略微催动内息，将几根鳞刺显露出一小截，突出的小尖在光线下熠熠生辉，几人看得目瞪口呆。刚才在打斗中他们虽然也看得到，但毕竟没有这么近距离地看到这种神奇的宝物。

　　见他们看得也差不多了，我微微一晃，手背上的鳞刺凭空消失一般突然缩回到护臂中。

　　因为自小就不大会和这么多人相处，和他们待了这么长时间，我已经有点不自在，向众人告了个罪，便驾风飞回到自己家中。

　　我走后不久，一群人也就各自散了，不过在他们心中都不约而同地艳羡我有个这么本事的义父。

　　回到家中，我就着手为爱娃打造剑。由无到有地打造一把剑比较困难，我必须导引地心的火气慢慢打造一个模型出来，然后再用三昧真火煅烧。

　　我有点后悔刚才为什么不把爱娃手中的那把断剑给要来，我只要在它基础上，去芜存菁，再加上一些上好的地铁矿就可以轻松打造一把火属性的利剑，不会比那把三伯伯随手炼制的玩具差。

　　第一次炼制宝剑，还是保险一点儿比较好，我打定主意去找爱娃把那把断剑给要来。

　　正巧刚出门我就看到向我家走来的爱娃。爱娃见我一副要出门的样子，道："依天大哥，你是去哪儿吗？"

　　我笑笑道："我正要去找你，你那把断剑还在吗？"

　　爱娃随手解开背在身后的宝剑，有些懊恼地道："这是爷爷送给我的礼物，我却给弄坏了，依天大哥，你要它干吗？"

我道："今天上午，凝翠也说了，她手中的剑是我义父送给她的，她把你的剑给弄断了，我当然得赔你一把。"

爱娃听我说要赔她一把，忙摇手道："不用了，依天大哥，这不关你的事，你不用为爱娃破费了。"

我瞥了她一眼，道："小丫头，谁说要给你买一把新剑了？我是要帮你把剑重新锻造一下。"见她露出不相信的神色，我又道，"放心吧，我三伯伯教过我怎么锻造，凝翠那把剑就是三伯伯打出来的。"

见我这么一说，爱娃欣喜地道："真的可以把它给复原吗？我都没敢跟爷爷说我把剑给弄断了，这下可好了，可以接好，谢谢你依天大哥。"

我拿起手中的剑边看边随口问道："你来大哥这儿，有什么事吗？"

爱娃"啊"地叫了一声，羞赧地说道："差点给忘了，我回去把这件事跟爷爷说了，爷爷叫我来告诉你，说这种两村聚会，又有很多外人参加，一年一次，今次轮到我们村子主办，让我们忍着他们点儿，不要闹事，还叫你晚上来我们家吃晚饭。"

我闻言愣了一下，里威爷爷脾气什么时候变得这么好了？不过他既然让爱娃来吩咐我，又一向很照顾我，我自然没有什么话说，点点头，答应下来。反正我也不喜欢出去惹事，除非他们先惹到我。

爱娃见我马上答应了，眼珠一转忽然央求我道："依天大哥，可不可以让我留下来，看你怎么炼剑？"

看着她期盼的眼神，我沉吟了一会儿，道："可以留下，但是你不能告诉别人，你要是答应，大哥就让你留下来在一旁看。"

炼器在我们这种偏僻的小村子，只是课本上的东西，从来没见谁炼过，所以爱娃见我答应，开心地拍着小手欢呼起来。

我将两截断剑摆放在桌子上，心中已经有了想法。因为要使用三昧真火锻造，为了防止误伤到爱娃，我吩咐她等会儿离我远点。

爱娃听话地立即坐到离我大概两米的地方，我笑道："不用那么远，一米就好了。"

说完，我便不再理她，全副精神、意识都用在断剑上。我把双手遥相呼应地虚抱在胸前，炽热的气流随即充斥在我周边一米的距离，两截断剑被我用内息裹住飘浮到我身前。

我一只手虚握剑柄，空着的另外一只手微一晃动，打出一朵娇艳的三昧真火。

三昧真火也有高下之分，至高境界为青色，次之为蓝色，再次为紫色，最次为红色。

而我现在初学乍练，内息不够，所以暂时还只是三昧真火中最差的那种。三昧真火乃是炼器所必需的，级别越高，炼出的器级别也就越高。

初始，有爱娃在一边看着，我还颇为紧张，不过没想到，过程出奇的轻松，比我想象中的要简单多了。

一把崭新的宝剑在我手中形成，经过我重新锻炼，虽然不敢妄言斩金断银，但是凝翠手中的那把剑不会再那么简单地把它斩断了。新剑里面加了大量优质的地铁矿，本来地铁矿经过地火的锻炼就具有了火属性而且坚硬非常，更何况炼成功的刹那，我硬是将三昧真火强行给压到了剑里面。

现在这把剑不再是先前的破剑了，而是具有了火属性的利剑，坚硬非比寻常，只要不遇到神兵利器，应该都可以对付了。

撤去真气的保护，我一手捏剑诀，一手握住长剑，反手抖出几朵火莲，一抽一送放出条条剑气。其实不是剑气而是火热的气束，但温度亦是惊人，具有不凡的杀伤力。

我催动剑中的三昧真火配合本身的真气，竟然射出长达数丈的气束，一个不小心碰到身前的桌几，桌几马上燃烧起来。

不想威力会有这么大，我赶紧收回气束，把火给灭了。

爱娃一脸不敢相信地盯着我，任她想破脑袋，也不曾猜到剑质前后为何会有这么巨大的悬殊。在她想来，顶多是把剑给接回来就不错了，哪还奢望我能把剑变得多好。

现在突然被我炼成了自己想都不敢想的好剑，一双美目连闪，她见我停下来，从凳子上跃起，俏脸显露着兴奋的神色，道："谢谢依天大哥。"说着就迫不及待地来抓剑柄。

我赶忙一个闪身躲过，爱娃讶异地望着我，不知道我为什么要这么做。我目露丝丝笑意，道："呵呵，这么心急，等剑身完全冷了才可以拿，现在的温度可是很高的。"

爱娃桃腮绯红，嗔道："人家心急嘛。"

等到剑身完全冷了，我边让爱娃运气护住手掌，边把剑抛给她。

爱娃兴奋地跃起伸手接剑，即便被我警告过她早有心理准备，但她的手一接触剑柄便黛眉紧蹙，娇呼道："好烫哦。"表情和我当初第一次拿鱼皮蛇纹刀时非常相像。

爱娃被剑中的异能打了个措手不及，本能地想扔出去，但仍好强地运足自己的内息抵抗着剑中的异能。

看着她倔强的神情，我暗暗点头，忖度，可能就因为她这种性格才会让她一个女儿家在村中的年轻人当中排到前三的位置。我含笑地望着她，我以为她虽然不一定能制服剑中的异能，但完全可以适应。

但是没想到，剑中的异能威力愈来愈盛，渐渐地整把剑通体泛红，四周的空气也被灼热的温度给烤得"滋滋"发响。

爱娃此时仿佛置身在火炉中，香汗淋漓，脸色苍白，眸中神光散乱，正是内息用尽的征兆，但却仍紧咬银牙兀自闷声苦苦支撑。

我急忙上前握住剑的另一端，想运气将剑中的三昧真火给压下去。一运气才发现，我体内的真气竟然所剩无几。情况危急，顾不得思考原因，我将所有的内息一股脑地运到握剑的手上。由于剑内的异能本就是我的真气所化，很快就被我控制了情况。

剑慢慢地恢复了平静，安静地躺在我的手中。

有一句话叫作"无知者无畏"，而我刚才的炼剑之举就是最好的反面例子。

按照我最初的想法，只是想用地铁矿把其熔化，然后进行修补使其完好如初，而后来把三昧真火强行灌注到剑中则是一时的兴致所至。

正是这一时的鲁莽，才造成刚才的危险境况。爱娃脱力地坐在凳子上，娇喘吁吁，只是感激地望了我一眼，连话也说不出来。

我尴尬地望着她道："对不起，爱娃，都是大哥不小心。"其实我现在已基本上明白了发生意外的原因。

如果不是最后我突发奇想，一切都会按照我的想法发展。在地铁矿的帮助下，不但剑可以完好如初，而且经过我的炼器之术的锻炼，其威力定会不次于凝翠那把剑。

可惜最后一步，我异想天开地把三昧真火强硬地灌输到了剑中。事实上，这种炼器方法还不是我现在所能达到的，属于一个较高的层次。我天真地以为加入三昧真火只不过是增强了一些威力而已。

事实上，真气在我体内自有其运行规律，到了剑中仍按照在我体内的运行方式运行，并非只是给剑的威力锦上添花那么简单。从某种意义上来说，剑已经有了灵性，可以自主地少量吸取虚空中的同属性能量加大自身的威力。

真气进入剑内不是单纯地助长火性，经过炼器的手法灌注到剑内，威力会产生一种质变，是以，方才我将三昧真火压入剑内的时候不自觉地用了很多的内力，只是当初没有注意到。

过了一会儿，爱娃体力恢复得差不多了，惊讶地道："依天大哥，你到底炼出的是什么剑？怎么会这么烫？里面的热气源源不断地传到我体内，后来我几乎感到全身的血液都要沸腾了，还好大哥及时把剑的热气给压制下去，不然爱娃肯定得受伤。"

我歉疚地望着爱娃，爱娃瞅着我手中的剑，想拿又怕重蹈覆辙。我忽然想起一个好办法，道："大哥也没想到会炼出这么一把桀骜不驯的剑，现在只有你降服它，才能够真正拥有它。"

爱娃也听得出我话中的意思，眼中露出惊喜的神色。她很清楚，只有那种很高级的兵器才会有灵气，需要认主，现在突然仿佛唾手可得当然非常高兴，旋即又嘟着嘴道："可是人家的真气不够，刚才消耗的内息都还没恢复呢，就算恢复了，还是不够啊。"

这正是我立功赎罪的好机会，我马上道："不怕，大哥把体内的真气输入你体内，就不怕不够了。"

见她还有点犹豫，我一手按在她命门大穴上缓缓输入我的内息，一手将剑硬塞在她手中。

意识驾驭着真气在爱娃的经脉中行走，我才发现她体内真的是贼去楼空，只剩很少的内息蛰伏在丹田中。

本来在我手中的剑非常平静，一到爱娃手中，立刻"铮铮"地鸣叫出声，三昧真火在剑内发威似的不断催发热气进入爱娃的体内，想挣脱控制。

可惜这次的对手是我，在我雄厚的内力下，轻而易举地就将三昧真火的威力给压了下来，毕竟我是这三昧真火的始作俑者。

被制服后，它终于承认了爱娃的使用权，不再发出火烫的气劲，温和地发出一丝丝的热气与爱娃相联系，爱娃开心地拿着宝剑爱不释手。

三伯伯给我的芯片上说，这种宝剑虽然有了一些灵性，但终究不是真正的器灵，所以和我的灵龟地铁鼎不同。灵龟地铁鼎这种充满灵性的宝器一旦认主，除非我死了，或者我用特殊的方法让于他人，否则是不会认除了我以外的其他人为主的。

而我给爱娃炼的剑又不同，虽然已初步有了灵性，也需要认主，但是却随时可以易主，只要能在真气方面压得住它，它就会臣服你。而认主的唯一好处就是可以发挥该剑的全部威力。

烈炎神剑　　驭兽斋

天色渐渐暗了下来，爱娃满心欢喜地把玩着手中的宝剑，要不是我提醒，差点忘了里威爷爷让她来叫我去他那儿吃晚饭。

我跟着爱娃来到里威爷爷这儿。这里我并不陌生，经常来，里威爷爷人很好，我和母亲又是孤儿寡母的，所以里威爷爷很照顾我。

席间，里威爷爷告诉我，此次的聚会来了很多外村人，而且还颇有几个功夫不错的陌生人，为了防止我们年少气盛不识厉害，吃了亏，所以上午爱娃告诉他发生的事后，便特意让爱娃来嘱咐我要忍一忍。

然后他又问了一些关于我为何功夫大进的事，我只好把义父抬出来，说是他教我的。

我说这话是半真半假，但是里威爷爷却深信不疑，因为他曾经拜访过我这些伯父辈，对他们移山倒海的本领也略知一二，所以我说这话，他倒是深以为然。

吃完饭，我走在村边的小径上，温暖的和风吹在身上，高空月华如水，星光灿烂，感受着这难得的清净，微微地陶醉在其中。

就在我享受着大自然的恩赐的时候，一个不招而来的闯入者打破了一切的和谐，我在心中微叹一声，深感惋惜。

我并不打算看看究竟是谁冒失地打破这和谐的情景，毕竟这里不是我一个人独有的，每个人都有权利来这儿，所以我除了叹自己倒霉，就只能以快步离开来做无声的抗议。

奈何，不是什么事都能尽如人愿。刘一勇的声音从身旁不远处传到我耳中："站住！"

盛气凌人的语调让我感到十分不快，我耐着性子，转过身来，望着他道："找我有什么事？"

他嘿嘿一笑道："听说你有个对你不错的义父，竟然舍得把那么一把珍贵的宝剑送给凝翠，我想他应该给了你更多更好的宝贝吧。"

我一时不清楚他问这个是什么用意，没有答话只是看着他。

他见我没有说话，接着道："今天上午的那个宝贝就不错，少爷我看上了，只要你把它送给我，上次和今天上午的事，我就不再追究了。"

原来是谋求义父送给我的礼物，我冷哼一声，随即转身离开。

"想一走了之，没那么容易，不乖乖留下东西，那就留下命吧！"另一个声音霸道十足。

我回首瞥了一眼，冷道："沆瀣一气！"

小露锋芒

第十七章

来人正是刘一勇的堂兄，簇拥在他们身后的还有四五人。

刘一勇得意扬扬地往前两步，道："小子，给你活路你不走，偏找死路，看你这次还有什么招。"接着转过头对他堂哥道，"堂哥，我就要那副护臂，剩下的东西全是堂哥的。"

上午与我对战的那小子点了点头。

看来他们是想要硬抢了，面对这么多人，我不由得兴起大战一场的欲望，体内的鲜血开始沸腾起来。这就是进入第二曲之后转化了属性的内息对我的影响，好战几乎成了我的天性。

我哈哈一笑，双手背后，一袭长衫猎猎生风，望着他们道："果然是一家人，同样的卑鄙无耻，想要我的宝贝先看你有没有这个本事，有种就来拿吧。"

我暗运真气，骨骼迸发出噼里啪啦的脆响，似笑非笑地望着他们，一闪身飞到半空中，亮出进化后的护臂，等着他们上来。我知道刘一勇还没有飞行的本领，他们后面几个大汉我估计也仅有几个可以飞行，这样一来我就可以逐一攻破。

刘一勇见我飞到天上，讥讽地道："别以为到了天上，我们就怕了你。"

听他话中有话，我顿时为之一愣。就在我愣神的工夫，刘一勇的堂哥带头飞了上来，其他人包括刘一勇竟然也都随后飞了上来。

只是刘一勇的飞行姿势非常不雅观，应该是不熟练的关系。我暗自纳闷难道是我看走眼了，他们的内息显然还不是那么深厚，怎么可能会飞行？

其实，这里是我想偏了，天下能人异士多不胜数，借助其他方法的飞行术也是

驭兽斋 1　　　　　　　　138　　　　　　　第十七章

多如牛毛。不过刘一勇带来的这些人都不是靠飞行术飞行的，而是一种绑在腿部的飞行器，内息灌注其中产生动力，然后根据喷射的角度不同进行变化移动。

我见他们都飞了上来将我围成一圈大吃一惊，心中虽无惧意，但已起了戒心，小心地盯着他们。看着刘一勇不时摇晃的身体，我肯定他是这些人中最弱的，就从他下手好了。

柿子当然是要拣软的捏。

护臂在我八成内息的催动下，放出灼灼的光芒，在寂静的夜中越发显得光彩夺目。刘一勇眼见宝贝就在眼前，哪还能忍住，大声喝道："快，快给我抢过来！"

在他堂哥的示意下，两个大汉向我逼来，可能他们哥俩回去已经详细描述了我的厉害，所以他手下那些大汉都是小心翼翼的。

见他俩很小心的样子，我知道他们对我颇为忌惮，双手一挥，数道烈焰在我身前交叉出现，向我不断逼近的两人立即停了下来，做出防守的姿势小心地打量着我。

我见状作势向其中一人扑去。我故意将体内的热气外放，故我人未到，滚滚热浪已经席卷而去。另外一人见我突起进攻，反应倒也迅速，双臂一振，急速地向我掠来。

听到背后声响，眼光正好瞥到那人手中的长剑带着凌厉的气势重劈下来。看到自己计谋得逞，在两人前后合击下，我快速掠动的身形在不可能的情况下，划出一道完美的弧线，刹那间脱离了两人的包围。

看到我如此轻松地就脱开两人的包围，所有人都为之一愕，而我恰在这个时候向刘一勇飞了过去。

刘一勇见我突然向他飞过去，早已吓破了胆子，哪敢与我正面交手，心惊胆战地想躲避我。可惜已经晚了，瞬间我们之间的距离已经缩短至不到两米。

我暗道："想打我的主意，这次就让你尝尝我的厉害，教你个乖，以后不要横行霸道。"

见我的速度这么快，他吓得脸色发白，手忙脚乱地连站都站不稳，向下空坠去。我心中暗哼一声，陡然改变方向追了下去。就在快要追到的时候，几个大汉也赶了上来。

听到几记分别从身后几个方位传来的破空声，我只得暗叹一声，转动身体迎了上去，"叮当"几声撞击后，我再次被困到中间。

虽然又一次被围困，我却目露喜色，经过刚才和他们的几下硬碰，发觉他们并不如我猜测的那样内息深厚，据我估计，这群人中数刘一勇的堂哥最厉害。

一念及此，我马上改变策略，古人有言"擒贼先擒王"，我捏住双拳向他冲过去。却不想他不慌不忙地向后让去，而围在周围的五条大汉，陡地启动。

速度比起我来，竟是不遑多让。

五人一拳一脚配合得出奇协调，显然是有人调教过，我几次想越过他们，都被拦了下来。刘一勇这时候又摇摇晃晃地飞了上来，见到我无法突出几人的包围，在外围叫嚣道："小子，现在交出你身上所有的宝贝，我还可以饶你一命，不过我看你也不会答应的，只好待会儿让我亲自从你尸体上搜了。"

我躲过左侧那人迅捷的一剑，转过身望着他道："恐怕不用劳烦你了。"手上的几根鳞刺"嗖嗖"地刺破虚空，追星赶月直向他飙去，速度之快，令他还来不及反应鳞刺就已经出现在眼前。

剩下的几人被突发的情况惊得愣在原地。我手背上的鳞刺坚硬锋利，好几次碰撞都将他们手中的长剑给撞出了豁口，他们怎么也没想到我会这么轻易地就把自己的武器给射出去。

刘一勇哀叫着摔落下去，他这一身功夫很难再捡回来了，没有人下去看他，因为他们已经看到我缺少鳞刺的那只手不知何时又长出了几根，就像从没有射出过那样。

几人眼中露出惊骇的神色，鳞刺短小尖锐，锋利无比，随时都可以被我射出去，再加上速度非常快，只要和我近身战的时候一不小心就可能被我射个透心凉。

刘一勇的堂哥也一反刚才胜券在握的样子，神色凝重起来。我站在几人中间，扫了一圈淡淡地道："还要来吗？"

刘一勇的堂哥看了一眼自己的手下，发现他们个个面有惧色，心中忖度，就算现在勉强进攻恐怕也不一定能够取胜，还不如先回去再做计较，正好父亲昨天也到了，堂弟看来受伤不轻，叔父是不会坐视不理的。只要他们出手，料眼前的小子再怎么厉害也讨不了好去，不过他的护臂真是个好东西，一定要弄到手。

我不知道这一会儿工夫，他的脑子里就转了这么多念头，见他萌生退意，我目送他们离去不见，这才降到地面，收起护臂。

再往他们消失的地方瞥了一眼，我才迈开步子向家中走去。

白天，我已经把那两瓶混沌汁送给了爱娃，并且让她收藏好不要给别人知道，又告诉她服用方法：一个星期喂小白龟两次，每次不要太多，两三滴就好。这样可以促进小白龟的生长，但也不至于让它长得太快。

晚饭的时候，爱娃献宝似的把我为她炼好的新剑拿出来，倒让里威爷爷看出了端倪。

追问之下，我只好坦白说是我炼制的，他知道后只是惊讶地看了我几眼，倒也没说其他的。只是说以爱娃现在的修为还不足以持有这种已被赋予灵力的神剑，强行使用有害无益。

没办法我只好把剑拿回来，看看有没有办法把剑中的三昧真火吸出来。

在月光的映射下，这把已被命名为"烈炎"的长剑，反射着异样的光晕。我仔细地摩挲着，感受着其中的热量。烈炎是我一手创造出来的，此时从安详的抚摩中我仿佛能感受到其中的亲情。

气息流转，好像脉搏跳动，我渐渐被这种感觉给吸引，将心神投入剑中。

忽然间，气息不安分地扭动起来，我被惊醒，刚好听到烈炎发出低沉的鸣叫，仿佛在向我示警，我大讶，突然觉察到附近的气流都异样地滚动起来。

几声破空声由远而近，我站起身向远处望去，朦胧间看到两道人影正向我的方向飞掠而来。我心中一动，绕到屋子后面无声地潜入河水中。

刚藏好，两道人影已经落到院子中，只听其中一人怒声道："大哥，你在外面守着，我进去找那个小浑蛋，竟然废了勇儿的功夫，我要让他生不如死。"

另一个人点了点头，守在外面。

见两人来速这么急，我在水中暗叹一声："好快啊！"再仔细一听那人的声音，竟然是高山村的村长——刘一勇的父亲。我暗道好险，还好我机智地先躲起来了。不用说旁边那人应该是刘一勇堂哥的父亲了。我躲在一边悄无声息地观看着，只看两人的来势之快就知道武道修为不会低，我可不敢冒冒失失地跑出去。

很快，刘一勇的父亲气恨恨地从屋内出来，道："这小王八蛋不在里面，我翻遍整个屋子也没看到什么宝贝。"

我恍然，为儿子报仇都是假的，恐怕是打着为儿子报仇的幌子来明抢我的宝贝！

他大哥皱了皱眉头，道："按照勇儿和他堂哥两人所说，他应该是回来了。我们没有耽搁立即赶过来，应该没有人能够通风报信的，难道他提前看到我们了？不可能，他不会有这么高的修为。"

想了想，他又道："可能那小子中途干其他事去了，我们在这儿先等一会儿。"刘一勇的父亲也同意地和他一块儿躲在屋子的暗处。

我在水中禁不住偷笑："呵呵，真是人算不如天算，你们的一举一动，都被我看得一清二楚，想等我出来，门都没有，咱们就耗着吧。"

果然等了半晌，仍不见一丝动静的两人有些不耐烦地从屋中出来，下意识地望着远处。

"大哥，怎么办，等了这么久也不见他回来。"

那人目露阴狠之色，哼了一声道："八成是里威那个老家伙觉察到了什么，把那个小子给藏起来了。"

刘一勇的父亲吸了一口气道："那可就不好办了，里威年轻的时候在外面闯荡，曾经在北斗武道修炼过，一身修为不在我之下。"

他大哥阴恻恻地笑了一声道："北斗武道算什么，他不过早年在里面学了一些三脚猫的功夫，你大哥我可是紫城书院的武道老师，还用怕他吗？"

刘一勇的父亲露出一丝难色道："大哥，这老家伙确实有两手，我曾经跟他切磋过，没有合体就已经和我打了个平手。"

做大哥的两眼一翻道："小弟，你什么时候变得这么胆小了？大哥的修为你还信不过吗？只要找到那小子，他身上的异宝那就唾手可得了，到时候咱俩二一添作五……"

正所谓"青酒红人面，财帛动人心"，一下子就被打中要害，刘一勇的父亲迟疑了一下，目射凶狠之色，道："好，就搏一把！跑得了和尚跑不了庙，听说那老家伙的孙女儿和那小子不错，抓了她不怕那小子不出来。"

我大吃一惊，没想到这些家伙这么没人性，为了一件宝贝，居然大动干戈，妄图以里威爷爷和爱娃来威胁我，顿时怒添胸膺。

那人又道："事不宜迟，等到天亮就不好办了，咱们这就去找那个老家伙。"说着就要腾空而起。刘一勇的父亲正要跟着一块儿飞起来，忽然又想到了什么，停下来，从怀中拿出一把样式古朴的宝剑，剑身两面都饰满几何菱形图案，锋尖锐，刃薄而锋利。

一阵红光闪过，一只火红狐狸被他从剑中召唤出来，蓬松的长尾在背部甩动着，吻部很尖，四颗白森森的牙齿露在外面，眼神很凶狠，一看就知道是个凶兽。

他口中念念有词，像是在对那只狐狸下什么命令，只见那只狐狸忽然纵身飞了起来，由上而下从口中吐出一个大团的火焰，火球落在我的屋子上，整所房子顿时燃烧起来。

我大骇，顾不得泄露行踪，带着一条水柱破水而出，"嗖"的一声出现在屋顶，抽出怀中的烈炎，向火狐挥出两道更为猛烈的热焰阻止它继续吐出火球。

火狐感到这两道热焰的厉害,"吱吱"叫着向旁边躲开。

那两人突然见有人从河中冒出来也是吓了一跳,等到反应过来我就是他们要找的人时,我已经用手中的烈炎把屋顶的火给吸了。

刘一勇的父亲召回了火狐,他大哥哈哈大笑道:"踏破铁鞋无觅处,得来全不费功夫,要不是小弟要烧房子,恐怕还找不着你这个小滑头呢。是不是我们刚才说的,你全听到了?"

我在心中倒抽了一口冷气,暗叹此人心思缜密,只从我于水中忽然跳出就猜到我偷听到了他们的谈话,看来今天我会很难过。

那人接着又道:"既然听到了,我便明人面前不说暗话,只要你把身上的宝物给拿出来,我们也不会为难你,你把勇儿破功的事我们也一笔勾销。"

刘一勇的父亲一直狠狠地盯着我,这时忽然插嘴道:"哪有那么便宜,一命抵一命,他破了勇儿的功夫,我也要废了他——"话没说完就被他大哥的眼色给制止了。

他大哥见我不说话,徐徐地道:"小兄弟,这是何必呢,不要为了宝贝丢了性命,这可就不值了。何况我是什么人啊,一般的东西还不入我的法眼呢,你拿出的东西,我如果看不上眼还会还给你的。"

只看刘一勇父亲那凶神恶煞的样子,我就知道他们不会这么简单放过我,恐怕是先骗我交给他们东西,然后再慢慢地折磨我,心念电转间,已经打定主意决不妥协。

先下手为强,我手中一紧,烈炎挥出道道炽热的气焰如海浪撞击岩石,层层叠叠地同时袭向两人。刘一勇的父亲怒哼一声,扬起手中的剑,大力一劈将攻来的气焰从中劈开。

他大哥大声喝道:"无知小辈,想试我的武功吗?"只见他双掌合十,举重若轻地轻轻一压,逼近他身体的气焰顿时化为乌有。

同是化解我打出的气焰,两人高低立分,小弟要比大哥差两个级别。我跟在气焰后面纵身飞过来,烈炎的剑尖遥指做大哥的那人的面部。

那人见自己说了这么多好话,我仍不肯轻易就范,眼神中露出薄怒,斥道:"小辈敢尔!"

其实我的目标是在他身边缺乏警觉心的小弟,眼见快要到他面前了,他仍没有什么动作,我暗暗着急,他要是不上当,我只有和他硬拼一记了。

正在心中念叨着,那人忽然从宽大的袖子中,探出拳头,威风赫赫,电光石火间迎上我的烈炎。

快要相撞的一刹那，我驾轻就熟地划出一道美丽的弧线，从容避过他打来的拳头，向刘一勇的父亲刺去。

本来两人就小看了我，以为我年纪轻轻再怎么强也强不到哪里去，谁知道我修炼的功法独特，虽然年纪很轻，内息却已登堂入室，称得上是浑厚了，而且身法更是怪异，转瞬间轻而易举地骗过他大哥，当然也把他给骗了。他自然是知道他大哥的武道修为的，以为他大哥要把我擒下不过是两三下的工夫，根本没想到会出现这种事。

百忙之中，他内息还没有提到一半，我已经迫到眼前，无奈之下，只好尽力地举起手中的剑在眼前布下条条气束形成一个气网拦在自己面前。

气网看起来威势十足，骨子里却是外强中干，不堪一击。我无视气网的存在，内息在我全力催动下，产生外溢的现象，周身洋溢着火烫的气劲。

气网被我一冲而破。我本来只想试试他们的，没想到天赐良机，我自是全力以赴，抓紧时机一举击溃其中一人，不然等到两人反应过来，我恐怕就再也没机会了。

最后一击

第十八章

为了自己小命着想，我自然是不会留情的，几个照面的工夫，刘一勇的父亲就被我的快攻搞得狼狈不堪，等到他大哥眼看形势不对劲想来支援的时候，已经被我抓着机会刺伤了他拿剑的右臂。

　　鲜血顺着袖管一滴滴地落下来，右手暂时失去了行动的能力，剑已经交到左手，刘一勇的父亲面目狰狞地盯着我。

　　他大哥看到他的样子，大吃一惊，实在想不通，一个毛头小子怎么下手这么狠，动作也十分迅速，只不过几息的工夫就废了自己小弟的一条胳膊。

　　我冷冷地在一边看着他们，我很清楚，见识到我的实力后，他们一定会收起轻视之心，全力以赴地对付我，我不可能等谁来救我，只能靠自己。

　　刘一勇的父亲出乎我意料地轻易被打伤，刚才的几次硬碰，虽然他没来得及尽全力，但是我亦可推测到一二，令我吃惊的是他的内息竟然比我还差一些，在我全力的攻击下竟然连一次像样的反击都没有。

　　其实我有这种感觉，一是因为他措手不及，二来我的身法比他高明太多了，毕竟这是天下四大圣者之一的杰作，除非是真正的飞行术，否则很难有人比我的身法更好了。

　　他凶狠地盯着我，忽然喝道："合体！"

　　那只火红的狐狸，化为一道红光，投到他身上，片刻间，一副绽放火热毫光的亮丽盔甲将他套在里面，手中的剑吞吐着热焰，暴喝一声向我杀来。

　　轻易地败给我使他恼羞成怒，再也不顾脸面和道义，从头盔的目视孔中可以清晰地看到他暴戾的眼神。第一次应付合体后的人，我小心地盯着他移动的轨迹。他的身法快了很多，人未至破体而来的劲风就让我感到了火热的气焰。

可惜，用火来对付我实在是他的失策。我连三昧真火都炼出来了，还怕他这种级数的热度吗？仿佛是隔靴搔痒，他气势汹汹放出的火气对我一点儿作用也没有。

可以说他这种攻击对我产生不了任何危害，只有真正的物理攻击，才会令我小心地去躲避。

本来他右臂受伤就使他整体活动大打折扣，再加上破绽百出的左手剑，速度更比不上我，数十回合后，我不觉得怎么样，他倒先累得气喘吁吁。

他大哥站在一边，仔细地观察着我的身法和招式，想从中得到点什么，可惜任他怎么从记忆中搜索也记不起自己从哪里见过像我这样的奇妙身法和蹩脚的招式。

我大致摸清了刘一勇父亲的身法，再加上他的火焰对我产生不了多大的危害，我已经暗暗地开始筹划着反击。必须等到一个绝佳的机会，最好能一击必胜，我可不想让在一旁虎视眈眈的另一个人乘机占了渔翁之利。

屡次拿不下我，刘一勇的父亲显得十分烦躁。怎么说他也是个前辈，比我年长了几十年，现在不但没有很轻松地打败我，反而让我占了便宜，再加上旁边的大哥还在看着，这个老脸实在丢不起。

他忽然发力将我迫开，站在原地，脸色阴沉地望着我，双手突然紧握，额角青筋暴露，好像非常吃力，盔甲上原有的火红色的毫光忽明忽灭，瞬息万变，显得十分诡异。

见到这种异变，我暗暗小心，知道这将是他最后一击。我感觉到一股比刚才强了很多的力量缓缓地蔓延过来。

沉重的压力扑面而来，为以防万一，我催动全身的内息灌注到剑中，无畏地望着他。大战来临前夕，我的心脏不争气地"扑通扑通"地猛烈跳动了几下。

好战的热血不安地在体内加速流动，仿佛在盼望着战斗快些来临。

烈炎好似听到了我的召唤，光芒大涨，向四方击射，顿时将方圆几米的地方照得如同白昼，数寸的气束仿若实质，如果我再加一把劲就能形成剑气，不过为了对付另一个更厉害的，我故意有所隐瞒好让他措手不及。

滚滚热浪与刘一勇父亲释放出的热劲在中间相撞，向四周扩散开，在蒸腾的热气中，我和他仿佛是两个不真实的存在。

热气扩散到静静站在他身后的大哥身前，自然地向两边散开。他大哥见我忽然发威，一双奸狡的眼睛一瞬不眨地盯着烈炎，好像发现了什么宝贝似的。

我想他一定看出了我这把剑的不凡之处，可是令我不明白的是，他为什么不提醒他小弟呢？

正在我出神的当儿，刘一勇的父亲暴喝一声，我蓦地发觉他的身体好像比刚才大了一圈，而且充满力量，他的样子很辛苦，眼睛向外突出。

他看着我，大口大口地喘了两下，唾液从他嘴角溢出滴下来。他忽然哈哈大笑两声，状甚得意地吼道："小浑蛋，老子让你知道什么才叫武道！"

看他的样子十分像是失去了理智，从膨胀的四肢可以猜到，他一定施展了什么异法，快速激发出自己的潜能，短暂时间内成倍地增加自己的功力以克敌制胜。

记得二伯伯曾跟我提起过这种异法，我当时非常羡慕这种功法，还让他教我，不过二伯伯没有教我，他告诉我这种功法看似强大无比，实际上却是有害无利。

这种功法属于同归于尽的招数，敌伤一千，自损八百，和自杀没什么两样。一旦施展这种异法，掌握不好就有生命危险，就算侥幸不死，轻者也得觅幽静之地静修，没有个三年五载别妄想恢复，就算是恢复了在武道上也难有作为。

"那重者呢？"我当时问。

二伯伯冷哼了一声道："失去功力和死人没什么两样。"

三伯伯接过话题道："我们四大圣者的子侄还需要用这种方法来活命吗？与其想着怎么和别人同归于尽，还不如留下机会赶快逃跑，等到下次再杀他一个片甲不留。"

刘一勇的父亲施展的是一种以消耗自己生命力为代价的功法，短时间内将功力提升两到三倍，其实这种功法他以前曾经施展过，所以非常熟练。可是这次却不应该施展出来，他因为受伤的关系再加上情绪不稳定，很难控制突然涌出来的大量力量，才会造成盔甲忽明忽暗的景象，并且力量的过度膨胀令他很辛苦，急需一个发泄的地方。

他说完话，单臂握剑遥遥地指着我，忽然"哇呀"一声厉吼，他的力量急剧膨胀起来，千分之一秒的工夫，一个火红的巨狐从他的头顶冒出来，龇牙咧嘴地直扑向我。

面对此异景，我禁不住喊出声："幻灵！"这个招数可以说是兵器所能施展出来的终极招数，比起剑气还要强几分。我强自镇定，咽下一口唾沫，全力暴出剑气，顿时毫光万丈，直冲云霄。

烈炎带着极高的温度闪烁着凌厉的红芒，眨眼间拦在巨狐身前，当头劈下，没想到无坚不摧的剑气第一次施展就遇到了强敌，巨狐倏地张开大嘴，尖锐的獠牙将剑气一口咬住。

我们两人就这么僵持着……

事实上他们两人比我还要吃惊，刘一勇的父亲本来以为施展出自己压箱底的两大绝招，必然可以手到擒来，却意外地遇到我的顽强抵抗。

他大哥更是惊讶，本来他以为我虽然强过刘一勇的父亲，却仍不是他的对手，这时看我竟然发出剑气，立刻收起了小觑之心，不过眼中却更为贪婪。

他深深地知道，以我这般年龄想要放出剑气必须得有神兵利器配合，否则休想放出剑气。而且刚才我暴出剑气所产生的异象，分明表示这是一把不可多得的宝剑。

我咬牙坚持着不让巨狐有所寸进，心中暗道：他那把破剑怎么看也不像是什么超强的神器，比起我手中的烈炎还差许多，怎么可能施展出幻灵这么厉害的招数？

其实我不知道，那是合体后的一种极耗内息的招数，暂时将自己的内息与合体兽融合在一起，形成和幻灵差不多的招数。

此时我已经胜券在握。他本就受了不轻的伤，又强行使用极伤身体的功法，却不能完全驾驭，已经是油尽灯枯之态，只要我再坚持一会儿，胜利必然属于我。

巨狐的身体逐渐缩小，身体绽放的火光也愈来愈弱。见状我心中大喜，猛地发力，巨狐哀鸣一声，身体在虚空化为乌有，由于与巨狐心神连接，如今巨狐受到重创凭空消失，他也如遭雷击，口中喷出大口鲜血，没等我的剑气及体，就如断了线的纸鸢坠落下去。

四伯伯常说："趁他病要他命，不要给自己的敌人任何反击的余地。"我今天终于可以学以致用，剑气下劈直追他而去，誓要把他打成重伤。

这时候，他大哥再也沉不住气了，凌空劈出几记掌风将我发出的剑气给抵消，空着的那只手从怀里拿出一把银色小刀，握在手中。

我站在他面前，不再追下去。

他大哥怒喝道："小辈，心肠竟如此歹毒，废了武功尤不满足，还要别人的性命，难道你们家长辈就是这么教你的吗？"

见他装作一副义薄云天的样子，我暗里揶揄道："刚才怎么不见你出来说句话？等到两败俱伤，你再出来收拾残局，真是好处都让你得了。"我不满地哼了一声，望着他不说话。

他见我不说话，正合他心意，又道："小辈，今天就让我来替你家大人教育教育你，好让你知道行走江湖要知道尊敬长辈。"

他手中一紧，雷霆一击向我攻来，刀虽小，却给我重逾千斤的感觉，银光如水，我总觉得他的那把刀有古怪，不像外表那么娇弱。

他来速极快，竟比他合体后的小弟仍快上两分，我来不及细想，一挥手中的烈炎迎了上去。他从我的头顶扑落仿佛饿鹰捕食，而那把秀气的小刀正是鹰的尖锐的喙。

对付他，我不敢有所保留，全力施展，焰芒暴涨，火焰熏天。眼见我气势坐大，他口中厉喝，手中的银刀倏地变长，眨眼间已有两米长，刀身放出刺眼银光，当胸重劈而下。

我被银光晃得只能眯眼成一丝缝，锁着他的身形，心中却暗道不好。他手中的长刀是丝毫不逊于烈炎的好刀，他又比我年长这么多，内息肯定比我强，此时他占尽优势，我有难了！

我勉强收起颓丧的情绪，全力迎上，"轰"的一声，我如遭电击，被震得倒飞出去，五脏六腑仿佛移了位，气血上涌，四肢重如铅石，酸痛难忍。

一个照面，我几乎丧失了一半的攻击力。实在太厉害了，不愧是地球第二武道学校——紫城书院的老师，我和他完全不是一个级别的。我暗呼厉害，擦去嘴角的血迹向斜上方望去，一看不要紧，吓得我头皮发麻，直道"死了死了"。

他见我在他占尽优势的时候全力一击仍能安然无恙，大为惊讶的同时已经下定决心，先下手为强，将我立毙刀下，以防我不小心逃走后患无穷。

所以在我被巨大的撞击力撞得向后倒飞时，他竟然召唤自己的宠兽瞬间合体，银色的盔甲在月光下极为刺眼，整个人立在那里竟然给我若磐石般不能动他分毫的失败感。

他嘿嘿冷笑，道："哈哈，小辈不要怪我，你没罪可惜却怀璧有罪！等下了地狱，赶快投胎吧，下辈子千万小心了！"

见他得了便宜还卖乖的样子，我把心一横，冷冷地道："讲那么多废话干什么，不就是想要我的宝贝吗，有种过来拿吧！"

他见我不为他的气势所吓，嘿嘿笑道："我看你嘴硬到几时！"之后就不再说话。他本来就不想说这么多话，只是现在胜利在望，得意之下便忍不住。此时被我一讽刺，他顿时有些尴尬，缓缓将刀遥指月空，忽然从刀中纵出刀罡。

夜风习习，杀气弥漫，我感到死亡在即，他的举动已经充分告诉我，他一定要将我杀死。

"紫城书院！"我恨恨地道。此刻紫城书院在我心中就如同一个毒瘤，如果能够活着见到明天的太阳，我不会让紫城书院好过的。

死亡近在咫尺，我和他相差太多，连一点儿反击的力量也没有，死亡的威胁顿时让我产生一种明悟，即便死我也要死得轰轰烈烈，才不负义父四人天下四大圣者的名号！

我蓦地大喝道："你不想知道是谁送我的这些宝贝吗？"

他闻言一愕，心中暗道："对呀，是谁这么大方竟把这些不可多得的东西送给他一个黄毛小子？"于是沉声道："是谁？"

本来他刀罡如电，气势如虹，此时一顿，立即气势大减，我暗呼好机会，突然召唤小黑出来与我合体，同一时间，手中的烈炎已经被我换为四伯伯赠我的鱼皮蛇纹刀。我倒要让他瞧瞧什么才是真正的神兵利器！

我大呼道："老贼，你上当了！"

他一听，顿时知道被我的小把戏给骗了，恼怒地叫嚣道："小兔崽子，我要你生不如死！"

我如意算盘打得虽好，却是人算不如天算，鬼知道怎么回事，我本来是召唤小黑出来与我合体，这样我好有一拼之力，结果出来的竟是整个鼎。

灵龟地铁鼎一出来就发出万丈彩光，本来对立的两人立即被突然出现的异况所镇，心为之夺。

彩光持续不久，徐徐收回到灵龟地铁鼎的四周，莹光流转宛若活物，隐约可见一只可爱的小龟在鼎壁游动，随着小龟游动，鼎也开始慢慢地旋转，一圈一圈越来越快，逐渐发出巨大的吸引力。

不偏不倚，旋涡般的巨大吸力正是向他那个方向而发，等到他发觉不对劲的时候，已经无法脱身了。他眼看不好，一声暴喝，刀罡无视鼎与人之间的距离，瞬间劈在鼎上。

鼎只是微微向下一沉，仍发出巨大的吸引力。

我目瞪口呆地望着这一切，"好一个人为财死，鸟为食亡"，情形急转直下，我全身心都活跃起来，哈哈大笑道："人算不如天算啊！"

他不理我的讽刺，猛地又是一击劈在灵龟地铁鼎上。我见状赶忙冲上去，手中的鱼皮蛇纹刀也暴出可与之相媲美的刀罡，生生地将他的刀罡拦在半途。

他怒喝道："小辈骗我，待我脱身一定要将你碎尸万段，以解我心中之恨！"说着手腕一转，刀罡以极为刁钻的角度向我攻来，没想到他被困住无法动弹仍能发挥出这般精妙的刀招。

我举起手中鱼皮蛇纹刀,将刀罡封在身外。我的鱼皮蛇纹刀虽然较他的刀要高几个级别,但和他硬拼仍是费力得很。

刀罡乃是极刚之物,无坚不摧,可惜他被困住无法施出刀罡的全部威力,我受了伤本就不是他的对手,只怕拖得越久我越是无力。我当机立断,催发自己剩下的全部内息。

有了第一次的经验,这一次也没让我失望,刀罡全都爆发出来,在空中聚合形成小青蛇的幻灵,我"呀"地大吼一声,拼尽全力向他攻过去。小青蛇的幻灵可能是因为我功力不足的缘故不如上次那般明显,身体似有若无,不像上次如同实质,给人真实的感觉。小青蛇张开血盆大口,獠牙闪闪发光,淡漠的眼睛绽放着吞噬一切的冷芒。

他自然知道这是生死关头,状若疯狂地厉喝,刀罡在空中和幻灵纠缠在一起,无奈身体被困,他还要分出很大一部分精力来抵抗灵龟地铁鼎的超强吸力。

我们两人都是用尽最后一丝内息,谁坚持到最后,谁就是最后的胜利者,汗一滴滴地从额角滑落,我们两人都怒瞪着对方,连汗都不敢擦一下。

我到底太嫩,渐渐不支,小青蛇也越来越小,他的刀罡虽然也变小了很多,但仍紧紧压着我。就在我感到绝望的时候,一声清脆的长鸣在夜空中格外响亮。

我欣喜万分,暗道平时没有白白浪费那么多灵药养它,关键时刻,终于发挥出了自己的能耐,我得救了!

逃亡在外

第十九章

沉闷如同鼓点声，点点敲击在他的心坎上，似凤站在我肩上，发出一阵阵音波，仿佛波浪拍打岩石，可惜他的心志远没有岩石那么坚定。

刀罡闪烁不定，时而缩短时而变长，可见他在似凤发出的音波下已经再难有余力抵抗了，我鼓起余勇再加一把劲，幻灵感应到我的召唤，顿时扩大几分。

他的刀罡再无还击之力，在幻灵的压迫下不断地缩短。眼见溃败在即，满头是汗，无论怎么挣扎都是徒劳，他状若厉鬼嘶号着被幻灵透体而过。

望着他摔落下去的身体，支撑我坚持到现在的那股毅力顿时消失，我无法强撑着疲惫的身心，也落到地面，灵龟地铁鼎和鱼皮蛇纹刀自动收回到乌金戒指中。

我平躺在地面上，心中的震骇久久不能平复，今天实在经历太多事了。旋即又想到里威爷爷告诫我的事，我艰难地转过头望着离我身边不远的两人，他们四肢扭曲着，想必从高空摔落时把四肢给摔断了，两人一动不动，也不知道死活！

我苦笑着叹了一口气，暗忖自己真是让里威爷爷失望，这不是给村子找麻烦吗？似凤飞到我头上轻轻啄了我一下，"叽叽"地叫了两声。我叹了声，费劲地翻身坐起来，瞥了它一眼道："没看到你主人都快挂掉了，还敢问我要吃的，这几天你都死哪儿去了？"

说完，我也不理它，准备从戒指中拿出九幽草，这东西虽然是宠兽吃的东西，对我也有奇效。没想到戒指中草药太多，我此时心竭力疲，一时分不清九幽草在哪儿，又找了会儿，终于颓然地放弃。我早应该把那些草药归类放好才对。

我盘腿端坐，尝试着运用内息来愈伤，待到心神沉下去，发现竟然连一丁点儿内息都没有了，刚才太费力了。我收回意识，身体疼得厉害，刚才的打斗实在太激烈，我都忘了自己究竟受了哪些伤。

我苦笑自语："不会没被对手打死，反而现在疼死吧。"我心中发狠，把戒指中的东西一股脑地拿了出来，嘴里嘀咕："九幽草，九幽草！"

无奈所有的草药混在一起，我现在哪有余力去仔细分辨哪个是哪个。望着眼前的东西咒骂一声，忽然灵光一闪，我不是炼了不少混沌汁吗，既然都是宠兽吃的东西，应该同样对我也有效用。

心中默默地召唤灵龟地铁鼎，这个家伙竟然一点儿反应都没有。我叹了一口气拖着疲惫不堪的身体向鼎挪过去，可能是因为身体没有了内息的缘故，所以它感应不到我的召唤。

似凤见我朝灵龟地铁鼎走去，好像明白我要干什么，欢快地叫着跟着我，看来是想分一杯羹。因为这些灵药很珍贵，而对它又没什么用，所以我都是用其他东西来敷衍它。

这次逮到机会，它哪肯放过。

费了九牛二虎之力，我才把鼎盖给移开，醉人的醇香立即整团涌出来，闻到久违的香味，似凤急不可待地一头扎了进去，我来不及阻止，只好任它喝个饱。

不大工夫，似凤就倏地飞了出来站在鼎的边沿，肚子鼓鼓的，看样子是放开了肚皮喝了个够本，可能喝得太急，此时有些站不稳，伸出翅膀想保持平衡。

就在我还想骂它两句的时候，目瞪口呆地望着它"扑通"一声跌到地面，躺在那儿不动了。我心中大骇，难道混沌汁有毒吗？怎么会出现这种情况？我赶忙趴在地上仔细观察，发现它还有气，不时地张开嘴巴打个浅浅的嗝，就像人喝醉了酒。

我旋即醒悟过来，它定是喝得太猛被混沌汁醇厚的酒香给熏醉了。我笑骂了一声"笨鸟"，将它捧起来放在怀中。

我用手掬了少许混沌汁放入口中，一股醇香顿时沁入全身，让我产生一种轻飘飘的醉感。我这时才明白为什么似凤这么容易就会醉，我只吸食了几滴而已就已经这样了，何况它一下吃了那么多。

一股涓涓细流迅速在经脉中产生，我顿时大喜，指挥着这股由混沌汁形成的能量绕着身躯流转，细流所过之处给我一种舒服的阴凉感，再多运几圈，身体的伤痛大减，令我好过不少。

我站起身挥动四肢，虽然仍是酸麻无力，但至少已经可以活动自如了。我忽然想起那两人，下意识地望过去，两人还在，只是不知道死了没有。我走过去，才发觉两人还有呼吸，只是很微弱。

看来不死也和死差不多少了，一个人使用异功幻灵的招数，虽然没有死但是已经废了武功，另一个被我的幻灵透体而过，估计没死也会丢了功夫。

脑子有点乱，一夜间发生这么大的事，我有点不知所措。我把高山村的村长和他大哥打成了重伤，我该怎么办？

忽然想起来，二伯伯临走时不是告诉我说四伯伯让我去后羿星看他吗？我喃喃地道："干脆我去后羿星找四伯伯去吧。"

打定主意，我决定趁着天还没亮，没人发觉这边的情况，赶快收拾东西跑路。逃亡生涯就这么被定下来了，我手忙脚乱地把拿出来的东西都放回到戒指中。

我又回到屋子中拿了一些义父他们给我留下的东西，其中有一张卡是二伯伯留给我的，里面存了一些叫作钱的东西，可以用来买自己需要的东西，还可以办其他事。

二伯伯说外面的世界不比小村子，衣食住行都要用钱才行得通，我暗道麻烦，还是在村子里好，想吃什么就自己种，或者和别人交换就好了，哪还要用钱这种玩意儿来买？真是古怪。

第一次自己一人离开家，我心中除了逃亡应有的心惊胆战，还有一丝丝新鲜的兴奋感。

我大喝一声"走喽"，驾起御风术就想飞，却不想刚到半空就摔了下来，跌了一个屁蹲儿，大为讶异地凝神丹田，发现一丝内息都欠奉。

不过让我感到不可思议的是，混沌汁形成的那股涓细能量在体内自由运转了这么多圈竟然还没被我吸收掉，兢兢业业地在修复我在打斗中受到创伤的经脉。

我苦叹一声，没了内息，只有用跑的了，至于往哪儿跑，我又迷茫了。从没出过村落，我哪里知道应该往哪儿走啊？反正不知道该怎么走，那就随便好了。

高山村在西面，我于是撒开脚丫子向东方跑去，既然是逃跑当然要往与高山村相反的方向去。

另一方面，第二天一早，高山村村长兄弟两人就被人发现出气多进气少地躺在我家院子中。

高山村人见自己村长一夜未归，刘一勇的堂哥便带着大批的村民拥到了高老村来，向里威村长要人。里威爷爷年老成精，在外面混了这么多年岂是易与之辈，根本不在乎他这点阵势。

正好这时有人告诉他在我家发现了两人，于是将两人还给他们。他们见两人被废了武功，不依不饶地要里威爷爷把我交出来。

里威爷爷因为早和我交谈过，猜得到两人是觊觎我的宝贝，才于昨晚偷偷来到高老村逼我就范，只是他想破脑袋也猜不透究竟是谁有这么大能耐不但救了我，而且还废了两人武功。

里威爷爷问两人怎么会出现在高老村，又怎么受的伤，两人支吾以对，说不出个所以然来，事情于是不了了之，只是走的时候硬是强行要走了我丢在院子中忘记带走的烈炎。里威爷爷为了息事宁人，也就任他们拿走了那把宝剑。

其实两人是有苦说不出，两个长辈合力抢一个小辈的宝物，不但没抢成，反而被对方废了功夫，等到自己醒来，对方已经踪迹杳然，不知去向，只有村长的哥哥隐约听到"后羿星"几个字。

这么丢人的事，他们当然不好意思向人说，所以里威爷爷一直不知道，其实是我自己打伤两人救了自己。

日子一天天过去，事情也渐渐淡了，两个当事人除了派人四处找我，只有打落牙齿往肚里吞。

话再说回来，那天我出了村子就铆足了劲向东方逃走，大概是我太土包子的缘故，竟不知道往大路走，一直在山野中穿梭，翻过了不知多少座山脉，越过了不知多少条河流，遇见有人的地方，就心虚地躲开。

时光荏苒，一晃就是一个多月，我白天逃跑，夜晚就修炼武道，好在现在正值春夏，山野之中什么都不缺，而我本来就适应山中的生活，所以除了有时害怕被人追到，倒也过得逍遥自在。

一路而来，崇山峻岭，皆是人迹罕至的地方，倒也让我觅得不少稀罕的草药，炼制了两炉百兽丸。可惜走的时候忘记去河中多采一些九幽草带走，这一段时间剩下的几乎全喂了似凤这只贪吃的鸟。

没办法，它每顿定要有稀罕的灵药，否则宁愿饿肚子也不吃东西，我实在不知道，它是怎么活这么久的，奇迹啊！

没法可想，眼看九幽草就要被它吃光，我只好边逃跑边多采集一些草药，按照《百草经》中的配方和炼制方法炼制了两炉百兽丸。这百兽丸和黑兽丸差不多，都以治疗宠兽的伤和促进宠兽生长为主，只是百兽丸比之黑兽丸的功效要差了不少，否则也不能炼制两炉之多，一炉就有千粒。

剩下寥寥无几的九幽草，我当作宝贝似的给收藏好，不仅是因为它的功效，还因为它是从家乡带来的，在我想家的时候也好有个安慰。

似凤经过那次喝混沌汁被醉倒的经历之后，就变本加厉地更加垂涎，好在只要我不愿意，它是没有办法说服鼎灵——小黑帮它打开鼎盖的。

　　似凤几次没有得手，只能转其他念头。当有一次我看见几十只猴子追在它后面，我终于知道它转的是什么念头了。仿佛爱上了酒的味道，它竟把念头转到山中野猴酿造的"猴儿酒"上。

　　一只美丽的小鸟身后跟着数十只形象各异，大小不同，或跑或跳或游荡在树枝上的猴子，实在是蔚为壮观。

　　经不起它的软磨硬泡，更加上它用绝食来威胁我，我终于勉强答应和它同流合污，去偷山猴的猴儿酒。只是那猴儿酒本就不易酿造，得几代山猴才能酿造出来那么点儿，一下子被我端了老窝，眼看着我飘浮在空中，对我无可奈何，大猴小猴吱哇乱叫，捶胸顿足，竟是非常伤心。

　　似凤却不管那么多，只管沉醉在猴儿酒中，我见那些猴子痛哭流涕不胜哀伤的样子，发誓以后再也不陪似凤这个贼鸟做贼了。

　　感觉有些对不起良心，顿时起了善心，我拿出灵龟地铁鼎，取了少许混沌汁滴在一坛猴儿酒里，又送还给那群倒霉的猴子，猴子们见我还了一坛酒回来也就满足地都散了。

　　我不知道，这次善心直接导致好多只普通的山猴进化成了三四级的野宠。那猴儿酒历经岁月本就有诸般好处，再添上由九幽草与凤凰蛋壳炼制出来的混沌汁，功效更是非凡，于是造就出了一群山中猴子大王。

　　山中无甲子，一晃又度过一个月，我只是每天朝着日出的方向奔跑，日落而息，日出而奔，身体就在这两个月的改造中，更加健壮，动作更加灵活。在山中的岁月我每日吃野果野药，与山中充满灵气的动物相处，身上自然而然地也就充满了灵气。

　　不知为何，自从那天，我丹田中的内息耗尽后，内息一直进展缓慢，两个月的时间内息竟然只恢复了不到正常情况下的两成。

　　倒是那股由混沌汁产生的阴凉的能量在我饮了几次混沌汁之后又增长了一些，但也不再增长了，只是每日不停地游走在经脉间，不但消除疲劳，而且冷暖由心，替我赶走酷暑。

　　又是半个月，我的功力在渐渐恢复，只是仍然非常缓慢，丹田中积攒的那些内息根本不够我飞行所用，只能勉强御风而行，却飞不了多久就得落下来休息。

　　每日里只是用跑的，倒是乏味得很，我渐渐地有些厌倦，只想快些找到有人烟的地方，然后再通过星际跳转站，将自己传送到后羿星。

似凤每天飞在我眼前，倒让我非常羡慕，要是我也有一双翅膀，即便没有内息还不是一样可以飞？

忽然，我想到似凤不也是宠兽吗？按说它是三级宠兽应该也可以和我合体，一旦合体，我就具有了合体兽的能力，不就可以飞了吗？

我望着在面前晃来晃去的似凤，心中默默地召唤它，忽然我感到一股奇异的能量，倏地从身前投进我身体中。我一愣，发现原本在我眼前的似凤真的不见了。

"难道真的和我合体了？"我将信将疑地望向自己的身体，却看不到一点儿变化，手还是手，脚还是脚，衣服还是衣服，我将意识沉到身体中，寻找那股钻进我身体中的奇异能量。

能量分成两团，凝聚在我背后，我将意识轻轻地探过去，发现这股奇异的能量既不抵抗我，也不和我的能量融合。

我正纳闷的时候，突然感觉有些不对劲，睁开眼一看，惊奇地发现自己正飘浮在空中，耳边响起"扑棱棱"的声音，转头一看，竟是一对翅膀分别插在背后两侧，此时正上下地轻轻拍打着。

"真的可以合体！"我喜形于色，大声叫道。

只是用翅膀飞行远没有我想象的那么容易，接下来的一星期时间，路程反而走得更慢了，我不得不努力适应怎样用翅膀来飞行，而不是用手或者脚！

很快，我凑合着可以直线飞行了，但是用翅膀来做一些高难度的动作就很困难了。

似凤对我每天都要"奴役"它表示十分不满，和我讨价还价要求以百兽丸为代价，我当然不管它，因为我发现只要我想合体，它是没办法抵抗的，只能任我奴役了。

日子过得很快，一晃，我在山地、湖泊、森林间穿梭了有四个月之久，功力也逐渐恢复到往日的一半，不需要借用似凤的翅膀，我已经可以使用御风术在天空任意飞行了。

还是用自己的身体飞行感觉比较好，潇洒随意，灵活多变，用翅膀飞行总有一种硬邦邦的感觉，不是那么顺畅。

六识恢复到往日的灵聪，终于让我发现了一座城市，我带着欣喜的心情向嘈杂的人声飞过去。

远远地望见一座城镇矗立在前方，我降落在地上，改用步行向城镇走过去。

城镇里很热闹，完全不是我们那个小村落能够比的。一想到高老村，我顿时有些想念爱娃和里威爷爷，想象着自己以前常在河边散步，大黑懒洋洋地跟在身后，那样的日子离我远去了！

"唉！"叹了一口气，我收拾情怀，迈步走进城中。

人潮如织，宽阔的街道上布满了行人，两旁则布满了形形色色的店铺，不经意地一瞥就能够看到很多新奇的玩意儿，让我大开眼界。

我漫无目的地边走边看，欣赏着街上热闹的景象，这种场面在我们那儿即便是每年的两村聚会也看不到，人们身上的衣着很奇怪，但都让我感到非常好看。

只是在我看他们的时候，很多人也在观察我，他们不约而同地在心中暗道："又是一个土包子，头发那么长也不理一理，衣服那么破可能穿了几年了吧？还好身上没有什么气味，不然还真以为是个野人。"

走着走着，我忽然想到二伯伯说，在外面好像要找一个叫作旅馆的地方住下来，"饭店"是给人做饭吃的地方，嗯，还有一个什么地方来着，好像非常重要，但是我给忘记了。

"哦，对了，是用二伯伯给我的卡换钱的地方，不过叫什么名字却想不起来了。"

我正苦苦思索的时候，却不小心走进了一个金碧辉煌的所在，耳边响起好听的女声："先生，你要按摩吗？"

"按摩？"我回过神来，重复了一遍她的话，不知道"按摩"是什么意思。我看了一下四周，周围的环境让我感到很舒服，不由得又加了一句："可以住在这里吗？"

懵懂尘世

第二十章

俏生生站在我面前的女孩愣了一下,道:"先生,如果你要求住在这里,也可以,请跟我来好吗?"

"先生?"我不大明白"先生"是什么意思。

女孩露出奇怪的眼神,道:"'先生',就是说您啊。"

"哦!"我应了一声,跟在女孩身后,向里面走去,转过几道弯,在一间小房子前停了下来,女孩示意让我进去。

我看了看,道:"我就住在这里吗?"

女孩终于忍不住"扑哧"笑出来,道:"先生,你以前从没有来过这里吗?这里不是住的地方,是你按摩的地方,如果想住在这里,我们会另外安排的。"

我尴尬地摇了摇头,道:"我刚从村子里出来,以前从来没有来过。"

女孩满含笑意地瞅了我一眼,道:"怪不得。"她刚想招呼我进去,忽然好像想起一件很重要的事,望着我想说又犹豫不决。

我奇怪地望着她,不知道她为何不说出来,于是道:"你想说什么吗?"

她有些尴尬地犹豫了一下,吞吞吐吐地问道:"你从村子出来的时候,带钱了吗?"

"钱?"这个词我好像在哪儿听过,有点印象。

她见我一副搞不懂情况的样子,脸色顿时有些发白,道:"钱就是可以用来买东西的。"

"啊!"我恍然大悟,"我知道了,可是我没有钱。"

她原本见我忽然明白过来的样子，以为我会有钱，没想到我突然说没钱，顿时愣在当场。她暗骂自己刚才招呼客人应该先问一下的，现在都已经到这里了，难道还要把他赶出去不成？经理肯定会骂死她的。

我见她站在那儿不说话，只是低头在想着什么，心中暗道：难道，这个什么"按摩"也是要钱的吗？"按摩"会不会是一种吃的东西？还是什么兵器？不过看她的样子，总之这个"按摩"是要钱的，不知道叫"银行"的这个地方在哪儿，不然可以用二伯伯给我的这张卡去取钱。

女孩忽然喜道："想到了，只有这么办了。"然后对我说，"你跟我来。"接着她把我领到另一个小房子里。

女孩道："你在包间里等着，我让我的好姐妹来给你按摩。"说着语气变得有些埋怨的意味，"你这人真是的，没钱也不早说，害我还得拖累自己的好姐妹。"

说着话，她向外走去，忽然又回头瞪了我一眼，装作恶狠狠地道："警告你哦，我的好姐妹很漂亮的，但是你不要对她动手动脚，要让我知道了，我就叫人狠狠打你一顿。"

我躺在那儿，等她的好姐妹给我带"按摩"来，心中暗道：真是不讲理的凶丫头，还不是你把我带进来的？先前又不见你说要钱，不就是钱吗？等会儿我就去找那个叫"银行"的地方，多取一些钱出来。

不大会儿，我听到有脚步声向这边走来，心中有些期待地想知道这个"按摩"究竟是个什么东西，能值多少钱。

脚步声沉重，气息浑浊，好像没有修炼武道，我有些纳闷，在我的印象中，好像村子外面的人，人人都修炼武道的呀。

很快，随着脚步声，一个女孩子走了进来，身上穿着奇怪的衣服，一对白皙的玉臂和富有光泽的大腿裸露在外，肉光闪闪的非常诱人。

这女孩子一张鹅蛋脸上流露着似有似无的一丝风韵，两只乌黑的大眼睛晶莹剔透，上面两道弯弯细长的眉毛，纯净得像柳叶一般，秀气的小鼻子细巧而挺立，淡红色的嘴唇轮廓分明，柔唇微启，露出一口细贝似的牙齿。

我暗叹这竟然是个非常美丽的女孩子，难怪刚才的女孩离开时警告我呢，果然是有原因的。

女孩见到我，掩嘴轻笑，轻声自语："原来还是个孩子，难怪小玉那丫头让我过来帮忙。"

我愣了一下道："那个，按摩是什么东西啊？"

她见我提出这种幼稚的问题，不禁莞尔道："按摩不是一种东西，而是我们提供的一种服务，可以帮你解除疲劳哟。"接着又道，"你是怎么来的？是搭乘飞行器过来的吗？"

我回答道："飞行器是什么东西？我是走过来的。"

"走过来的？"她闻言一愕，现在的交通工具又方便又快捷，要是再修炼过一些武道就更容易了，很少听到有人说从一个地方到另一个地方是用走的。然后她说了几个村落的名字，可能是附近的吧，不过我一个都没有听说过，她见我不是从这几个地方来的，于是问我住在哪里。

我道："我是从高老村来的，那里很美的，翠山叠嶂，群山环绕，一条长年不干涸的溪流从村子中穿过。"

女孩露出幻想的样子，半晌幽幽地道："还有这么美丽的地方吗？我从没见过，要是能在那儿生活该多好。"

她语气中颇多感触，表情也很忧伤，好像经历过什么不如意的事情，叹了口气，道："那儿离这儿远吗？"

我摇摇头，道："也不是很远，我从村子到这里，大概翻过十九座山脉，经过二十多条河流，穿过数不清的森林，具体经过多少我自己都忘了，总之是很多的。"

女孩不可思议地望着我，好像我是一个外星球来的人。我被她盯得浑身不自在，心中暗道："难道我讲错什么了？城里人都是这么奇奇怪怪的吗？"

半晌，女孩才收回惊讶的表情，皱眉道："你不是骗我的吧，一个人怎么可能用走走过这么多地方？那你都吃什么，晚上又在哪儿住呢？"

我松了一口气，还以为她在怀疑什么，随口道："嗨，那有什么难的，难道你还怕自己会饿死在森林里吗？告诉你，森林里什么都有，到处都是吃的，睡觉的地方就更容易了，睡在树上好了，很安全。"

"你骗人。"她轻轻地抿了抿嘴巴道。

见她仍然不相信，我不禁道："城里人都是这么固执的吗，还好我有证据，不然真是跳到河里，都没有人相信我。"说着话，我从戒指中拿了一些在山中搜集的可以吃的果子，拣了一些较为新鲜的拿了出来，递给她道，"喏，这个是在我遇到的最后一座山林里找到的，味道很好，是甜的，你吃吃看。"

女孩犹豫了一秒钟，然后接了过去，不过却不敢吃，翻来覆去地盯着看，不知道她想找什么。

我又拿了一个一样的出来，使劲咬了一口，顿时清香飘溢出来，水汁香甜，我本想示范给她看的，却没料到吃了一口感觉到肚子越发饿了，便不再管她，径自把一个果子全吃完了。

她见我囫囵吞枣似的很快把一整个果子吃得干干净净，以为我气她不相信，故意吃给她看的，脸红红地小声道："对不起。"

我闻言一愕，不知道她没来由地说什么对不起，见她还拿着果子，没有吃，于是道："你试试看，很好吃的。"

她轻轻地"嗯"了一声，拿起果子浅浅地咬了一小口。汁液顺着牙齿流到口中，她的嘴唇也沾满了香甜的汁液。仿佛感到了美食的诱惑，她禁不住又吃了几口，不知不觉，手中的果子只剩下小半。

看着她吃得津津有味，我暗道："这才对嘛，这可是很好的东西，藏在人迹罕至的深山中，不知多少年了，日日吸收天地鸟兽的灵气，才会这般美味。"

感觉到手中的分量变轻了，她才发觉果子快被自己给吃完了，刚刚吃之前还说浅尝辄止呢，真是丢人。她脸上本就满是红晕，现在更红了，羞赧地道："谢谢，这个果子很好吃。"

我道："那你吃完哪。"在我目视下，她慢慢地将剩下的部分给吃了。我道："这种果子在深山中是最少的，因为很难生长，而且味美香甜，刚长出来就会被其他的鸟兽给吃了。这个东西很补气哦。"

过了好半会儿，她娇俏白嫩的脸蛋才恢复正常，坐在我脚前，道："姐姐刚刚吃了你的东西，现在给你按摩来作为回报。你走了这么远的路程，一定很累吧，姐姐现在帮你按摩解乏。"

也许她见我很淳朴，很老实，顿时开始以"姐姐"自居了。我无牵无挂的，多了一个美丽的姐姐倒也无所谓。

原来所谓的按摩就是用捶、打、揉的方法帮你舒筋活血达到解除疲劳的效果。此法对我显得有些多余，只要我意念一动，蛰伏在我身体里的那股由混沌汁形成的能量会自动地帮我按摩，效果更好。

义父经常跟我说一些为人处世的大道理，由于四大星球各有不同，地理环境迥异，所以生活在不同地方的人们都有各自的风土人情，然后告诫我，以后出去想要和别的人融合在一起，就得"入境随俗"。

因此，我也就没有阻止女孩，一边享受着她纤纤玉手的服务，一边给她讲述我这段逃亡旅程中的趣事。

她对我说的那些东西显得很有兴趣，不时地睁大眼睛发问，等到我说出陪贼鸟偷了那些倒霉猴儿的宝贝酒，被大猴小猴追得满世界乱跑时，早已笑得前仰后合，银铃般的声音充满整间屋子。

她笑得不可自抑，哪还有一点儿姐姐的样子，倒像是个可爱的小妹妹。

她努力地平静下来，问道："那只……那只贼鸟呢？"学着我的口气，她仿佛看到了当时的壮观情景，"叽"地又笑出来。

我想了想道："噢，刚进城的时候，它就不知道飞到哪儿去了，应该是自己找吃的去了。"

"真好玩，好想看看它。"她说完长身站起，叹了口气道，"已经好了，姐姐带你去洗一下。"

望着十几米长宽的大浴缸，我兴奋地"扑通"一声钻了进去，水温适宜好像温泉。在逃亡的时候我碰巧遇到几次温泉，至今对泡温泉的舒服感觉还记忆犹新。

过了会儿，仍不见她来接我，我独自穿上衣服，边穿边嘀咕为什么城里的衣服和村里的衣服会相差这么多，好不容易才穿好。

我凭着记忆向来的方向走回去，走不了多久忽然听到有女孩子的啜泣声，好像不止一个女孩子，仔细分辨觉得声音十分熟悉，其中一个竟是刚才为我按摩的女孩子。

我赶紧快步跑过去，正巧看到一个中年模样的人身后跟着两个面目不善的汉子，中年人指手画脚，唾沫四溅，此时正声色俱厉地对着两个哭泣的女孩子说话。

两人其中一个是给我按摩的女孩——瑶瑶，另一个赫然是带我进来的那个女孩——小玉。

看着两个女孩哭得梨花带雨，互相抱着瑟缩在房间的一角，我顿时气由心生，怒喝一声，大步跨了进去，施展轻功身法站在两个女孩身前。

中年人面目奸狡，一看便不是好人。

这时候他正骂得开心，忽然看见闯进一个人来，却不曾见过，英气勃发，四肢修长，此刻正面带怒色地盯着自己，不由得有些心虚，唯恐对方有什么大的来头，试探地问道："请问阁下是谁？从哪儿来？"

我哼了一声道："我是高山村的，刚到这儿，你为什么要如此对两个姑娘家？"

一听我说是村里来的人，并没有什么来头，他马上一改刚才谨慎的表情，挥手道："死小子，不想活了，敢管我们李家的事，乖乖滚到一边去，我还能饶你，否则连你一块儿收拾了。"

我皱皱眉头，他的态度让我想起了刘一勇那个家伙，立即对他们产生了不快的感觉，道："我不知道什么李家，可是你们几个大男人欺负两个女孩，不觉得羞愧吗？"

知道我是个外乡人，又没有什么背景，此时见我竟然不自量力地和他讲起了道理，他嘿嘿笑了一声道："在我眼中只有'钱'这个字，没有什么羞愧不羞愧的，这两个丫头倒也算得上是如花似玉，你小子既然想逞英雄，那我就成全你，看你怎么演这出'英雄救美'。"

说完一个眼色，身后的两条大汉就冲了上来，小小的屋子不适合施展御风术，我只好站在地面与正挥着大拳头向我打来的两人交手。

我以前以为村子外面的人都很厉害，没想到这两人虽然也修炼过武道，却稀松平常，我躲过一个人的正面攻击，反身踢腿，借腰力踢在另一人头的侧部，接着迅速另一脚踢在他的胸膛。

外面的人忒不耐打，第一脚就把他给踢闷了，几乎没有任何反抗地被我一脚从屋内踹出门外，一直滚出七八米才停下来。

剩下的一人见我这么厉害，马上停在原地，不敢上来。那个中年人不想我一眨眼间就把他的一个打手打得人事不省，脸部肌肉抽搐了几下，待着不知道要说些什么。

看两人的模样，我顿时起了戏谑的心情，上前一步道："现在你该知道，我是怎么表演'英雄救美'的了吧？"

在我强大压力下，剩下的那个打手突然失控，厉吼一声，一拳向我后脑勺打过来。本来我还有些忌讳他们，不过现在让我摸清了底子，自然是游刃有余。

微微将头偏转一个角度，斜对着他，他的拳头从我的耳边擦过，我忽然开口道："你这一拳打得似模似样，只是太僵硬了一点儿，缺乏灵活，还得多练几年啊。"接着同样一拳打在他的右边脸颊，他哀鸣一声，晕倒在地上。

原本还对自己的打手抱有一丝侥幸的中年人，见我呼吸间又轻易地打发掉一个，而此时我正面带狡色地看着他，吓得禁不住尿了裤子。

见到这种场面，我失去了再捉弄他们的兴趣，道："刚才那么威风，现在尿裤子，是不是太丢脸了？"

中年人噤若寒蝉，颤巍巍地道："我……我也不想啊。"

我懒得再和他说下去，冷冷地道："是个男人就不要欺负女孩子。"

"我……我没想欺负她们，只是她们欠我们李家的钱，我只是要她们还钱而已。"

"还钱？"我转过头，望着两个躲在我身后的女孩。此时，两个女孩子已经不哭了，正惊讶地望着我，怎么也没想到，在她们心中的一个从村子来的小孩子，竟然会仗义出手帮她们，而且还很厉害。

见我转头看着她们，她们顿时吓了一跳。不过，瑶瑶马上点了点头，表情像是受伤的小鸟惹人怜爱。

我暗暗皱眉，怎么又是钱的问题？看来很多人喜欢钱，不知道她们欠了多少钱，我帮她们还好了，于是问道："喂，她们欠你多少钱，我帮她们还了。"

背后立即响起两个女孩压低的惊讶声，中年人露出不相信的表情，又见我表情很认真，于是带着丝丝的害怕，道："两人共欠我们两百万。"

我心中不存在"两百万"这个数字的概念，不过看他说话时的谨慎，看来这两百万应该不算少，希望二伯伯给我的那张卡中有两百万才好，刚想说"我给你两百万"，那个小玉的声音传过来："他骗你的，我和瑶瑶加在一起也只欠他们五十万。"

我有点不知该说什么才好的感觉，难道城里人都是不怕死的吗？明明已经沦为砧板上的鱼肉了，居然还敢大着胆子骗我。我盯着他的眼神瞬息万变，刚要说话，中年人看我情绪不稳定，以为我要打他，急急道："英雄，不要打我，那两百万是五十万加上利息的，不是我骗你。"

我气道："什么利息竟然比本金还多？"

他见我突然生气，忙道："英雄，你只要还五十万的本金就好了，利息不要了。"

我瞪了他一眼，道："你知道银行这个地方在哪儿吗？带我去。"

他马上换成笑脸道："知道，知道，英雄请跟我走。"

等他换了一件衣服，我们几人鱼贯而出。走在街上，正值正午，阳光火辣辣地射在身上，我立即感到温度直线上升，心念一动，体内的那股消除疲劳用的能量流自由运转起来。

身体周围的温度迅速降低，凉爽宜人，两个女孩子，也感觉到了我身边温度有异，自然地靠过来。

年少
多金

第三十一章

其实我是不忍心看到两个美丽的女孩子白皙的皮肤受到伤害，才故意将凉气外放的。瞧着被太阳晒得红通通的脸蛋我都有些心疼。

"喂，你先前不是说你没钱的吗？"

蓄意压低的声音出自小玉之口，我答道："我是没钱啊。"

小玉愣了一下，惊叫道："那你又要为我和瑶瑶还钱，你是不是骗那个人的？我们惨了，你知不知道李家的势力在这里有多大啊？只要他们说一句话，我们就看不见明天的太阳了。"

我转过头站住，小玉一副害怕的神情，瑶瑶的神情也很担忧，我想了想问道："五十万多不多？"

这句话虽然没头没脑，却大有内涵，二伯伯那么疼我，给我的钱应该不会少，所以五十万如果不是很多，应该付得起，如果五十万很多……李家的势力又很大，我想我应该想办法带着两个女孩子逃跑了。

小玉的表情显得很无力，颓然道："怎么会不多，五十万耶，这下可惨了。"旋即瞪大眼睛望着我道，"不然，你趁李家还不知道，赶快走吧，你刚才救了我们，我们已经很感激了，不要让我和瑶瑶拖累你。"

听到她这番话，我才开始真正注意她。小玉眉目如花，眼睛明亮而又调皮，竟是个可人的美女。

不知道什么作怪，我心里突然涌起一股豪气，淡淡一笑道："不要为我担心，你们姐妹俩，我是一定要救走的，相信我。"

说完，我转过身跟在那个中年男子身后接着向前走，剩下两个美丽的女孩茫然不知所措。

可怜的中年人一定把我们刚才的对话都听到了，只是身不由己，牢牢被我控制住，即便想向李家报信，也没有可能，只盼那两个被打晕的笨蛋能赶快醒过来。

很快，我们来到一座大的建筑物前面。这个位置应该是市中心，建筑物很高大，直插云霄。我大致数了一下，竟有几十层之高，入口处的上方有几个金色大字——"星际银行"。

中年人转身向我点头哈腰地道："英雄，银行到了，我们要不要进去？"

望着矗立在眼前的高大建筑物，心中生出一丝厌恶，我莫名其妙地讨厌这么高的建筑物，可能是因为它把阳光给遮住了的缘故。

"难道这就是银行吗？"我在心中嘀咕，不由得生出疑惑。在我心中银行该是一个地名才对，我转过头，望了望两个女孩，问道："这就是银行吗？"

可能是希望来得突然却又破灭得太快的原因，小玉显得有气无力，瞥了我一眼，没有说话。瑶瑶眼睛中带着忧色，道："嗯，这就是银行。我们……我们要进去吗？"

得到肯定的答复，我摇了摇头自语："真是相差太多。"耳中传来瑶瑶的疑问，我肯定道，"当然要进去。"

那个中年人不知道我为什么要问两个女孩子这里是不是银行，后来见我说"相差太多"，于是接口道："这家银行是四大星球的通用银行，是最大，也是最可靠的银行。"

我点了点头，一马当先地步入银行内。

刚进去，门内的四个警卫就警惕地盯着我。四人背后和腰间插着奇怪的武器，这是科技的结晶，现在的我还不知道，他们的背后是一把激光枪，腰间则是激光刀，使用起来威力也还颇大。

这是物质社会发展的产物，虽然现在武道欣欣向荣地发展起来，但是仍有很多民众为了生计以及一些其他原因，没有机会、没有时间去修炼武道。

这些武器就是开发出来，让他们遇到危险后自保用的。激光枪和激光刀的原理就是使用一些特殊的方法将比较温和的能力压缩密封在一个容器中，放在激光枪和激光刀中，然后通过特殊的方法，将其打出去产生一定的杀伤力。

因为某些原因，修武之人很少去吸收这些能量，一可能是能量经过加工已经产生了异变不再适合人体，二是级别太低不够纯，吸收了反而对身体无益。

这些热武器，虽然简单易使，而且次一些的武器也不贵，但是也有缺点，首先能量不是无限的，需要更换能量；其次能量毕竟不是自己身体的一部分，不能任意驱使，极度缺乏灵活性。所以很少有修武道的人去买这些来用。

大概那些警卫看我穿着古怪才盯着我看，如果不是见我眉清目秀，仪表堂堂，不像是个坏人，早就上来查问了。

我拿出早已准备好的卡，转头问中年人道："那个，我不大会取钱，我要怎么才能取到钱？"

中年人像是看一个怪物一样看着我，心中暗暗点头道："怪不得没听说过我们李家，连取钱都不会，看来真的是从乡下来的傻小子，看我脱身后怎么收拾你，竟然吓得我尿裤子，实在太丢脸了，以后还怎么让我带人？"想起那时候我面带怒气的眼神，他禁不住又打了个冷战。

想归想，见我发问，他忙道："你只要把卡递给那些工作人员，然后再告诉她们，你要提多少钱，就可以了。"

"这么容易！"我本来以为有多难呢，不过我还是有一个疑问：既然钱这么重要，她们怎么会知道我就是那张卡的主人呢？万一是我偷的呢？

中年人见我又问出白痴的问题，好在他已经习惯了怎么伺候主子，现在用在我身上驾轻就熟，一点儿也不气恼地耐心解开我心中的疑惑："是这样的，你看到每个窗口前面的摄像的东西了吗？那个玩意儿，可以在一秒钟之内以各角度拍摄三十六万张你的虹膜图片，然后再和资料库中储存的卡的主人的虹膜相比较，如果正确那就给你钱，如果不对，就有警卫上来锁你了。"（虹膜是人眼睛的一部分，具有唯一性，也就是说，每个人的虹膜都是不同的。）

"哦，"我拍拍中年人肩膀道，"你知道的挺多嘛，不错不错。"

中年人仿佛受到主人的赞扬，习惯似的谄媚道："不算什么，都是主人教导有方，小人才能略知一二。"刚说完他忽然感觉有些不对，马上醒悟过来我不是他主人，顿时露出尴尬的样子。

两个女孩子也受到感染，暂时忘记忧愁，呵呵偷笑。

看来世人已经很习惯对强者的臣服了，难道其他人也这样吗？希望不会这样，否则世上都是这样一副奴才嘴脸的人，还有何趣味？

轻轻叹了一声，我向其中一个窗口的工作人员走去。来到窗口，接待我的是一个很秀气的女孩子，我递出二伯伯送我的卡。

她接过我的卡，露出职业的微笑，道："先生，请问要取多少钱？"

我随口答道："哦，给我取六十万吧。"那多出来的十万自然是我为自己准备的日常花销。

女孩愣了一下，她倒不是没见过有人一次取这么多钱的，只是很少有像我这么年轻，穿得这么古怪，而且只身一人来取这么多钱的。她又下意识地望了两下，然后开始比对拍摄下来的虹膜。我有些紧张地等着比对结果。当时二伯伯送我卡的时候，可没跟我说什么还要比对虹膜的事情，更不知道，他有没有将我的虹膜资料输入银行的资料库中。

就在我忐忑的时候，女孩转过头来，向我露出灿烂的微笑，当然仍不能掩饰她笑容背后的惊讶。她甜甜地道："对不起，先生，经过确认您确实是卡的主人，不过这张卡的级别太高，我无权帮您拿出钱。请您在这儿等一会儿，我去请我们经理来为您服务。"

这次轮到我惊讶了，忙问道："为什么？"

在我身侧的三人见我露出愕然的样子，都突然紧张起来，中年人咽了口唾沫，艰难地道："出了什么问题吗，英雄？"他心中却在想着：如果这张卡不是他的，或者这张卡里没那么多钱，他一定会对我不利的，我该怎么办？我该怎么办？忽然他瞥见警卫大厅也有两个警卫在不断来回走着，想：四个全身武装的警卫应该可以保护我了。

他心中转着"喊救命"的念头，根本没听到我说什么，却听清了"现在取不出钱来"几句话。

眼珠不安地骨碌碌地转了几圈，他突然发力向反方向跑去，边跑边喊："救命啊，救命啊，我是李家的人，快来保护我，这个人要挟持我，快来救我啊！"

我莫名其妙地看着他如受惊的兔子，抓狂一样边跑边喊，却没注意到大厅中的人听到"挟持"两个字都吓得脸色发白，几个警卫手中抱着激光枪向我奔来。

几个入口迅速被封闭，进出不得。

我一头雾水地看着这一切，实在搞不明白究竟发生了什么事，大厅中一片混乱，几乎所有的人都躲在我的另一边，惧怕地望着我，只有那个始作俑者虽然仍然害怕，却有一丝得意。

四个警卫呈扇形向我围过来，我伸出一只手制止他们，正容道："你们误会了，刚才那个女孩——"

没等我说完，一道光束电射而至。还好我现在内息的运作速度很快，感觉到危险，马上真气就调集到那只手上，只是匆忙之中，运气不够。

被不知名的光束打中手心，一阵火辣辣的灼烧的疼，翻过来一看，手心竟然被烧焦了，呈一个点状。

我心中大为惊讶，这是什么武器，速度这么快？没看到他们运气，怎么会发出这么强的能量？纳闷的当儿，又有几道光束向我射来，有了第一次的经验，我有惊无险地避了过去。

还好他们的目标只是我，没有牵连到瑶瑶和小玉，我放心地施展御风术，瞬间飞到空中。四个警卫虽然不会飞，但不影响他们攻击我，四人拿着激光枪轮番向我射击。

几下我便摸清了他们手中武器的缺点，射出的光束只能直来直去，缺乏灵活，而且能量强度不够大，我运足了七成内息，这些光束便对我失去了作用。

吃准了这点，我以迅雷不及掩耳之势，骤起骤落，兔起鹘落间四人的武器都被踢飞，灌足了内息的护臂倏地伸展开，以肉眼难以分辨的速度将几把武器在空中销毁。

我哼了一声，落在地面，说了句："你们不分青红皂白……"几人突然抽出别在腰间的激光刀，动作迅速地又把我围在当中，动作干净利索，竟是受过严格训练的。

"嗡嗡"几声低微的声音，四人手中本来不过盈尺的短刃，刹那间，一道透明能量光束延伸出来变成一把长剑。我微微震骇，这是什么武器，暗道外面的世界就是精彩，连这种古怪的武器都有。

四人对视一眼，齐齐向我攻来。我拨开其中三人攻来的能量剑，大着胆子硬受了另一人的攻击，欣喜地发现，能量剑比刚才的武器还要强，但是仍不能对我造成实质性伤害。

四人眼见自己的攻击不能对我造成大的伤害，仍是不依不饶地纠缠着我。可是他们四人也是无辜的，我实在下不了杀手，为了摆脱眼前尴尬的场景，我只好立威震慑他们。

我飘上半空，默默召唤，一只巨大骇人的黑龟凭空出现在半空，全身鳞甲，目射精光，粗大四肢也覆盖着一层坚硬鳞片，形象十分惊人。

大龟刚出现，一道乌光闪过，又消失在众人的视线中，他们还来不及从刚才怪兽的惊骇中回过味来，又再一次受到更大的惊吓。

我身披龟鳞甲飘浮在空中，其上乌光流转，似有灵性。披上铠甲后，我整个人也大了一圈，显得十分威武。我伸手在空中虚握，陡然一把剑出现在手中。

这是合体后的赠品，一把龟剑，比起我的鱼皮蛇纹刀自是不如，不过因为是龟身上的一部分，所以在合体后，使用此剑格外顺手，就像是自己的一部分，如臂使指，灵活异常。

大厅中的人突然静了下来，所有人都惊惧地望着我，被我的外形所震慑，目瞪口呆，在他们印象中，恐怕从来没见过这么惊人的铠甲吧。

我徐徐地从上方向前下方滑落下来，带着无比强大的气势，一手持剑状若天神，给他们四人无人可以撼动的颓丧感。

伴随着下落的速度，手中的剑缓缓地擎到半空，我故意带动周围的空气一起凝聚过来，隐隐地传出闷雷声，四人在我强大的气势下无力做出任何动作。

我气他们刚才一上来连一句话都不让我说就打得我到处乱窜，故意想让他们也吃一些苦头。我慢慢地将手中龟剑下压，凝聚的空气也随之往下移动，顿时让他们感到胸口发闷喘不过气来。

就在这时候，突然有一个声音爆炸似的在大厅中响起："手下留情！"

随着声音落地，一道气劲破风而至，强大压力不知道比四人强了多少倍，迅速地向我侵袭过来。

我本也没想对几人怎么样，趁这个时候，龟剑一转，反手撩上去，无匹的气势顿时跟着上移。

我虽然没有回头看，但是对方攻击的位置清晰地浮现在脑海中，果然不错，两剑交击，对方一声闷哼被我震了出去。我待要转身看看喊停的来人是谁，突然，骤然失去压力束缚的四人，在一人带头下，大喊着全力出手，四把激光刀重重砍在我身上。两个女孩眼见此突变，惊叫着闭上眼睛，实在不忍心看我被立毙当场。

我也料想不到四人竟会这么大胆，明知实力悬殊还敢偷袭我，我的一身龟鳞甲顿时发挥了作用，也是第一次发挥了作用，乌光大盛，硬接了四刀。

就在四人惊讶地看着我若无其事的时候，更为巨大的力量反噬回去，四人呜呼着倒飞出去，无一例外地，每个人都被震晕，虎口鲜血淋漓，四把激光刀竟相掉落在地面，恢复了原先小巧的样子。

我哼道："真是不自量力！"

我施施然转过身来，正好与来人目光相碰，那人苦笑一声道："对不起，请您不要发火，这都是个误会。"

来人面白无须，眼神炯炯，年岁不大，有五十上下，气质儒雅，一见就给人好感。

俗话说"伸手不打笑脸人"，何况他已经说了对不起，难道我还要人家跪下认错不成？我也不是那种心胸狭窄的人。我收了身上的灵龟铠甲，现出最初的样子。

来人见我露出友好的态度，马上放下心来，急忙指挥大厅中的工作人员收拾残局，很快地，一切都井然有序地进行起来。

那个灾难的发起者，我当然不会让他那么好过的。中年人眼看又落入我的魔爪，哭丧着脸道："英雄，放过我吧，大不了她们俩欠的钱我不要她们还了，千万不要杀我，我上有八十老母——"

我没好气地敲了他一下道："谁要杀你，钱也一分不会少你的，只要你给我老实点儿，不要再给我惹麻烦，我耐心可是有限的，否则，哼，我要你生不如死。"

他一听我不是要杀他，马上又恢复了活力，努力露出比哭还难看的笑脸，奉承道："谢谢英雄，谢谢英雄，只要不杀我，小人就是做牛做马也会报答你的。"

这时候，那个人走了过来，边走边道："您好，我是这里的经理，刚才都是一场误会，希望您多原谅员工不懂事。"他看到我身旁的中年人，目露讶色道，"李管家，您老也在啊。"

我见经理对他客气的态度，暗自忖度：看来这个中年人在那个什么李家的地位应该不会低啊，不过收账这种小事，怎么亲自出马呢？而且一点儿不会武功，出来也不多带几个人保护。

中年人见银行经理跟自己打招呼，勉强笑笑回了一礼，心中暗道："这次可丢脸丢到家了，以后还让我怎么出去混？今天出来实在应该看看风水，都怪自己太闲，没事带什么家丁出来收账嘛，要带也应该多带几个才对，谁想到会遇到这么一个煞星？真是倒了大霉了，唉！"

贼鸟惹祸

第二十二章

经理看李管家表情不是太自然，搞不清究竟和我是什么关系。他想起刚才自己使出八成功力的一击，还有四把激光刀的威力，竟然没在这个样貌奇怪的年轻人身上讨得任何好去，不由得暗暗心惊。

见他们俩都忽然愣在那儿，也不说话，我想起自己是来取钱的，于是道："那个，经理，你可以给我钱了吗？"

"啊！"经理猛然想起来，自己听到员工报告说有一个年轻人拿着一张权限很高的特别贵宾卡来取钱，于是出来接待贵宾，没想到一出来就看到大厅里一片混乱，想到这儿，忙道，"好、好，您跟我来吧，由于您的身份尊贵，我们另设雅间招待您，请跟我来。"

这时候两个女孩子，也战战兢兢地站在我身后。事情一波三折，她们彻底糊涂了，实在弄不清楚我是什么人，怎么会由最初的乡下小子，变为现在上层人物口中的尊贵身份。

不过虽然不清楚究竟是怎么回事，她们还是非常开心的，毕竟我的身份越尊贵，她们脱离苦海的希望也就越大。

经理口中的李管家，也是一头雾水，不明白这个土里土气、缺乏常识的家伙，怎么会拥有贵宾卡。银行的经理是不会乱说话的，听他的口气，这张贵宾卡的权限好像还不是一般高。虽然他也不明白这是怎么回事，但是他在心中已经确定我定是来历不凡，是出身显贵的人，同时有些庆幸刚才我没有受伤，否则等着他的就不知道是什么了。

驭兽斋 1　　　　　　　　　　　　第二十二章

经理见我没有按照他说的话，跟在他身后，刚跨出的脚又缩了回来，转头微笑着问我："您，还有什么疑问吗？"

我有些不好意思地道："我可以带她们一块儿去吗，还有他？"

经理呵呵笑道："当然可以，两位小姐既然和您一块儿的，当然享受同样待遇，至于李管家，我们都是熟客了，还有什么不可以。"

接下来就很简单了，经理将我们一行领到一间雅间。说是雅间，在我眼中却像囚笼多一点儿，不过却非常安全。先是给我们送来美味餐点，然后在我们享用的时候，他给我取来六十万。

看着这一大堆花花绿绿的纸币，我不由得暗中撇嘴，这就是钱吗？一点儿看不出有什么好来。我随意地拿起十万扔到乌金戒指里，把剩下的五十万丢给李管家，李管家又让经理把这五十万存到李家的户头上。

等一切办好，经理盯着我，好像想跟我说什么，但又忍着不说。看他欲言又止的模样，我问道："你有什么事要跟我说吗？"

经理搓着手，犹豫着道："请问，您刚才是把钱放在那个戒指中了吗？"

我称赞道："好眼力。"我从村子里出来这么长的时间，他还是第一个看出我戒指真正功能的人。

经理眼中射出炽热的光芒，一眨不眨地盯着我的戒指道："这可是最新科技发明出来的'储存空间'，据说可装百物，极为方便，而且最神奇处是完全感受不到重量。"

我惊讶地道："啊，你真的很内行，懂得这么多。"

他呵呵笑着道："不敢，我只是对高科技产物很感兴趣而已，所以才对这种热门东西略知一二。我早就想拥有一个，可惜这个实在太贵，以我现在的薪水恐怕一辈子都买不起，就算有钱也不一定买得到。据说这种东西不但要经过科学上的生产，还要经过古老炼器术的加工才能真正完成，所以产量极少。"

旁边几人都非常吃惊地望着我手指上的戒指，没想到一枚不起眼的戒指竟然是天价也难以买到的宝贝。我没有注意到李管家这时正若有所思地望着我，心中已有所计议了。

我早就想知道二伯伯究竟在卡中给我存了多少钱，现在趁这机会问那经理。出乎意料，经理笑了一声道："对不起，我的级别太低，无法查看这种资料，不过您不用怕卡中的钱会用完，据我所知，这种卡，无论您怎么花，一辈子都花不完，所以您不用担心。"

我心中怀着疑问从银行走了出来，二伯伯怎么会有这么多钱的，可惜我以前从没问过他。

出了银行，李管家好像对我让他出丑的事已经完全忘记了，热情地邀请我去全城最有名的酒楼，给我摆酒席赔罪。见他一点儿也没有虚情假意的意思，我也就爽快地答应了。

自然两个女孩也在他的邀请名单中。

端坐在雅间，两个女孩欢天喜地之余，也好奇地东瞅西看，李管家一口一个小姐一口一个公子，已然和我们尽释前嫌，和乐融融。我这时才真正体会到这个谄媚却又无缚鸡之力的管家的厉害，也总算明白银行经理为什么会对他这么客气。

私仇小利全放在一边，一切从大局出发，这样的人才难怪会成为城中势力最大的李姓家族的管家。

因为我的关系，他连带着对两个女孩子也非常客气。酒楼的侍者很快送来了菜单，等着我们点菜。

李管家接过菜单，没有给我却直接送到两个女孩子手中，我暗暗佩服他对人心理的揣测之准。即便他把菜单递给我，我也会随手交给两个女孩子的。

两个女孩子可能很少来这种场合，瑶瑶拿着菜单看了半天，从头翻到尾也没有点出一个菜，见我正纳闷地看着她，红着脸道："这里的东西好贵啊，我不知道要点什么。"

我正待说话，李管家抢先一步道："不要紧，尽管点就是了，今天我请客，就算为两位小姐压惊了，希望以后不要恨我就好。"

话说得这么明了，瑶瑶和小玉就算再怎么恨他，也不可能说什么了，两人"困难"地点了几个菜出来，然后菜单传到我手里，我对吃的也不是很懂，农家小菜吃来吃去也就那样，哪像这菜单上写得那么琳琅满目，随手点了几道菜，交还给李管家。

李管家见情形也知道甭指望我们能点出什么菜了，和我们客气了一下，随口说出一大堆菜名，有梅子排骨、早红橘酪鸡、炊石榴鸡、罗汉上素、珊瑚花菜、玻璃鲜墨等。

随后在主菜上来之前，七八个侍者依次给我们送上一桌精致糕点，只是看就已经让人流了大堆口水，味道更是飘香诱人，我和两个女孩目瞪口呆地望着一桌子吃的。

我暗道："吃一顿饭，需要这么夸张吗？"

他见我们吃惊的样子，不禁有些得意起来，起身为我们介绍各种看起来诱惑力十足的精美糕点："这是鲜果羹、酱酥桃仁、蜜汁红芋，那是藕丝羹、莲叶春卷、椰汁水晶冻、红珊瑚……"

随着他介绍，两个女孩子跟着吃，虽然每种都吃了一点儿，但是到了最后，两个女孩已经捧着肚子直喊饱了。

很快，糕点被撤下去换上了主食，满满当当地一直堆到放不下，才不得不停止上菜。经过对美食的一番介绍，气氛渐渐融洽起来，两个女孩子也消除了初始的拘谨。

席间有几次，李管家隐约地询问我关于贵宾卡的事，可惜我自己都还一头雾水，又能告诉他什么？他见我不回答，以为我还对他有戒心，于是绝口不再提贵宾卡的事，岔开话题给我们介绍一些著名的风景。

李管家的博闻强识，不得不令我对他另眼相看。

突然，一阵人耳难以察觉的声音传来，令我兴起熟悉的感觉，我顿时猜到是似凤回来了。刚一进城它就不见了，搞到现在才回来，不知道哪个人又倒了霉，被它偷走了东西。

眼前一花，似凤倏地落在我肩上，左顾右盼，看了一眼桌上的美食，不屑地收回目光，悠闲地歪头梳理着羽毛。

几人惊讶地看着我肩上忽然出现的这只美丽而高贵的小鸟，见我只微笑地瞥了它一眼，便没再管，搞不清我和似凤的关系。

瑶瑶盯着似凤，忽然"啊"的一声，询问我道："它就是那个贼……那只鸟吧，好漂亮啊，你看它的羽毛好美哦。"

小玉在一旁点头赞同，两人欣喜地对似凤评头论足，好像小孩子得到新奇的礼物般兴致勃勃。

似凤心无旁骛地梳理着自己的羽毛，对两个女孩很冷淡，我随口道："笨鸟，人家在赞扬你耶，你好歹回应一下吧。"

很难得这么听话，似凤振翅轻拍了我一下气我说它是笨鸟，然后"喳喳"地冲两个女孩叫了一声，便又不再理她们。

两个女孩仿佛见到了宝，喜叫道："它听得懂你说的话耶，好聪明啊。"

李管家也看得心中暗讶，正想开口称赞两句，突然听到一个苍老却显得底气十足的威严声音，不过此时却显得有些气急败坏："那只贼鸟呢？你们有没有看到那只鸟？"

几个侍者惊恐地道："没……没看到！"

"气死老夫了，一只小小扁毛畜生竟然偷喝了老夫珍藏了整整十五年的好酒，不要让我找到你，不然把你拔光毛，烤来吃！"顿了顿那个声音又传来，"你们这些家伙要是敢隐瞒我，我就拆了你们的店！气死老夫了，活了这么大年纪，第一次被一只扁毛畜生给戏弄了。"

屋内的三人都将外面的话听得一清二楚，一起望着我，还用说吗，罪魁祸首就是我肩膀上这个还若无其事的家伙。

瑶瑶望着我忽然"扑哧"笑了出来，呵呵道："真是贼鸟。"

似凤仿佛也知道自己是众矢之的，偷偷地向我身后的部位靠去，我一把揪住它的翅膀，放在桌子上，道："你这个贼鸟，平常你偷那些猴子的东西也就罢了，现在还被人找上门来！"

其实我心中也在惊讶外面的人怎么会追到这里，似凤的速度我可是深有体会，恐怕也只有像义父那种达到至高境界之人才能追上它。似凤刚飞进来不久，那人就追到了，我真想看看外面之人究竟是何样的高人。

我光顾着想心事，没注意到李管家脸上的变化，好像有些尴尬。

正在这时候，忽然响起一个脆生生的声音，如泉水般纯净："爷爷，你抓到那只鸟了吗，我要定了？好可爱的一只。"

先前之人顿时有些尴尬："这个，这个，那只贼鸟跑得太快，嘿嘿，爷爷没追着，不过孙女你放心，我一定会找到它的。"

女孩有些不满意这个答案，撒娇道："哼，什么抓到啊，都让它跑了，还说抓得到，爷爷你不是经常自夸很厉害的吗？连一只鸟都抓不到。"

爷爷受到质疑，立马分辩道："那怎么一样？爷爷的功夫你还不知道？只是，这只鸟非同一般，飞得倒是真的快了我那么一点儿……"

女孩低声嘀咕道："什么快一点儿，明明就快很多，还好我把小青子带来了，否则真的被那只鸟跑了。"说完不屑地又哼了一声。

老者脸上微红，暗道：谁叫自己当时夸下海口说一定能把那只贼鸟给捉住的？谁知道那只贼鸟真的很贼，跑得比兔子还快，自己使出了十二分力量也还被远远甩在后面。

这时候，老者见自己孙女把平时养的如宝贝似的小青子给拿出来，顿时脸上现出喜色，急道："还是我宝贝孙女想得周到，快让小青子闻闻那只贼鸟的味道，它身上有我那坛酒的味道。"

小青子，是一只蛊虫，青色，体积很小，喜食竹叶，背有双翼，善于追踪，传说只要让它闻到味道，就算是跑到天边也能被它找到。传说毕竟是传说，夸大居多，但亦可看出这种小虫子的嗅觉确实很厉害。

听到外面笃定的语气，我料定是躲不过去的，尴尬地看了他们三人一眼，道："不好意思，让大家见笑了。"瑶瑶两人正目露笑意望着我，仿佛一点儿不担心别人找来。

在她俩心中，我是一个本领大、很有来历却又很神秘的人，哪怕别人来找我麻烦。

李管家却朝我苦笑一声道："公子，外面那是我家老爷。"

我愕然，暗道：这下惹麻烦了，该死的笨鸟死性不改。我起身道："那……那就让你家老爷进来一叙吧。"

李管家得我首肯，冲我点点头，起身走过去打开门道："老爷，小姐。"

透过门我才看清了老者的长相，老者身材高大，双眼灼然如炬，气势威猛，面带怒气，一袭上好料子的白色长衫更添气势。

旁边俏立着一个豆蔻少女，看见我望着她，长长的睫毛忽闪忽闪地眨了两下，端的灵动古怪，粉雕玉琢，倒是一个美人坯子。一只模样古怪的青色小虫子在她身前"嗡嗡"地飞动着，此时仿佛受到惊吓突然钻到女孩怀里藏了起来。

老者料不到会在这里碰到自己的管家，见他突然出来愣了一下，道："你怎么会在这儿？"

李管家唯唯诺诺地应了一声，接下来却不知道该怎么回答自家老爷的问题，"呃"了半天，低声将我的来历说了一下。

老者在他说完后，突然向我望来，目光如炬使人不敢正视。我暗呼"好厉害"，只是目光就能产生不战而屈人之兵的效果，肯定是个特级高手，立即将其立为深不可测那种人。

老者刚想说话却一下子意外发现从我脑后探出一个头来的似凤，顿时目现喜色，斥道："贼鸟，看你往哪儿跑！"

我暗道："糟糕。"这个时候老者突然动了，迅若闪电，我终于知道他是怎么追到贼鸟的了，以我敏锐的六识也只是看到一个淡淡的影子，无法完全捕捉到老者的动作轨迹。

老者一手背立在后，另一手呈爪状，微微张开，迅疾无比地向我身后的似凤抓来。我不可能眼看着他把似凤给抓住，再说这样的高手我还是第一次遇到，心中早有一分高下的念头。

这时看他抢先动手正合我意，意念转动，右手也以非常快的速度在眼前画出一个圆圈，同时手藏在圆圈之后，宛若毒蛇，随时准备冲击出去。

老者对他管家的话本就是半信半疑，心道：一个手无缚鸡之力的人能知道多少关于武道的事？多半是有所夸大。

此时突然受到我阻碍，他不由得心中大讶，小小一个圆圈却将自己所有的去路给封死了，忽然对我产生了兴趣。以他的武道修为在受到阻碍的情况下，换招是轻而易举的，此时他竟然不换招，硬向圆圈击来。

我画出的这个圆圈大有门道，叫作"袖中乾坤"，是三伯伯教给我的本领，堪称最强的防御招数，任你有万千变化，都得在这招下俯首称臣。

早就蓄势以待的右手，骈指呈剑状倏地迎了上去。

爪指相击，老者突然眼中精光暴增，功力随之急剧提升一成之多，稳稳地站在原地，仿佛没有出过手一样。反观我，交击的一刹那，我就知道自己不是对手，闷哼一声连退两步才堪堪站稳。

我们目光在空中撞击，互不相让，突然老者撤去对我的压力，哈哈朗笑道："什么时候，地球出现了这么一个年轻高手？小家伙，你功夫不弱，告诉我你师父是谁，看老夫认得否。"

从老者气势收发由心，我就可以肯定，他定是老一辈的成名人物，我使出八成功力仍被震得退后两步，心中暗暗猜测他刚才一击中用了几成功力。

老者此时倒也不急着找似凤算账了，大咧咧地坐了下来，见我还站着，招手道："小家伙坐下来跟老夫说说看，你刚才使的那招是什么功夫，竟然连老夫也破不了。两个女娃子也坐下，我最不喜欢别人站着和我说话了。"

瑶瑶和小玉还没从刚才的突发事件中回过神来，在老者威势下不由自主地坐了下来。我瞥了一眼李管家，果然见他正恭敬地坐在老者左手边。

老者的孙女见她爷爷忽然不提那只可爱小鸟的事，反而坐下来好像跟人攀起关系来，急道："爷爷！"

老者威严地瞪了她一眼道："急什么，天天不好好练功夫，就知道玩些狗儿、猫儿、虫儿、鸟儿的，看看这个大哥哥，大不了你几岁，功夫已经这么厉害了，我们李家指望你算是完了。"

少女见自己爷爷发了火，噘起嘴巴，不敢再说话，乖乖地坐在老者的右手边。

似凤看平静下来了，又从我身后飞出来，停在我肩上，好像不关己事似的又开始梳理羽毛。

老者望着似凤，忽然哑然失笑道："你这贼鸟，竟然还敢出来，偷喝了半坛老夫珍藏的好酒，那就算了，竟然还把剩下的半坛给打翻，实在是该打。"

哀伤之剑

第二十五章

李蓝薇在我说完之后，冰冷的俏脸突然泛出神圣的光芒，神色凝重，手中的"霜之哀伤"自动停在她面前半米远的空中，剑芒跳动，光晕向外扩散，仿佛是剑本身涨大了好几倍。

李蓝薇因为太用力，本来白嫩如玉的脸颊透出点点红晕，煞是令人心动；束在背后的乌黑秀发，也无风自动地飘浮起来，好像要脱离束缚。忽然李蓝薇眼中射出不一样的神光。我暗道：来了。果然她银牙紧咬下唇，一声娇斥："破！"

娇斥声如晴天霹雳，而巨大的神剑就如同是从天而降的闪电向我激射而来，声势之大、速度之快都不是先前两招可以媲美的。我也随之暴出一声大喝，双手运足十成内息，在身前布下层层气墙。

护臂在雄浑的内息催动下，足足长出有半米，散发着亮眼的金光。巨剑如春水破冰，不费吹灰之力就破了我精心布下的一道道气墙。我厉喝着左手向巨剑抓去。

抓到巨剑的同时，我本是侧往一边的身体，硬是被巨剑蕴藏的强大力量给带着向后退去。我怪叫一声，想要缩回左手，却吃惊地发现，巨剑蕴藏的极冷的气息瞬间把我的左手护臂给粘在上面，让我动弹不得。

我哪还敢迟疑，内息如长江大河源源向左手的护臂输送过去。还好我是纯阳的内息，眨眼间就已经解冻，拧腰一旋，身体旋转着向另一边迅速躲避。

李蓝薇此时双眸紧闭，发丝飞扬，双手抱在胸前，右手成剑指，朝天而立，白皙的脸庞此刻已经布满了细密的汗水。

李蓝薇现在仅凭一丝精神与神剑相连，遥控神剑做出各种匪夷所思的攻击，攻击力比起前两招当然不啻是倍增，但是这种程度的攻击比先前那两招更耗心神，所以她现在也异常吃力。

在我躲开巨剑攻击的时候，我不断利用余光观察巨剑的飞行轨迹，看它是否只能进行直线攻击。

不看不要紧，一看吓了我一跳，顿时将御风术施展到极限，试图通过各种高难度的动作躲开它的袭击，只是结果却十分不如意，巨剑仿佛有灵性，紧跟在我身后竟是一步不差。

这令我十分恼怒，从村中出来到现在还没有遇到过这么窘迫的情况，遂把心一横，翻身挥出漫天爪影，同时不断催动全身内息，轰出我至今最强的一击，"霜之哀伤"与我的护臂大力地撞在一起。

"轰"的一声，我左手的护臂竟被它击碎化为无数碎片，一片片地从空中散落，"霜之哀伤"毫发无伤，只是仿佛受了伤的小动物，发出阵阵"哀鸣"，被我震飞出去，剑尖虽然仍指着我，却已经没有了刚才的威势，剑身的光芒也缩回不到原来的三分之一。

清儿从震撼中醒了过来，欢呼道："呵呵，胜了，大哥哥你破了蓝姐最强的攻击！我果然没有看错，大哥哥就是厉害，这招可是神剑三大杀招中最厉害的一招！"

我望着左手附着的护臂，已经支离破碎，整个手面暴露在空气中，感受到空气中寒彻骨髓的冰冷气息，暗叹：这把"霜之哀伤"果然不愧李家五大神剑之名，不知道我那把鱼皮蛇纹刀能否敌得过它。

我苦笑一声，心疼自己的护臂化作了尘烟，虽然胜了，却也付出了很大代价啊，不知还能不能把它还原，估计就算能还原也会威力遽减。唉，可惜了。

李蓝薇仿佛也在刚才的撞击中受创，身体摇晃不定，露出心力交瘁的表情，颤抖的娇躯过了一会儿才慢慢恢复平静，睁开秀气的双眸望着我的目光透出复杂的神色。

我刚想说什么，她嘴角忽然溢出鲜血，双眼一闭，竟然一头栽了下去。她晕过去不要紧却把我吓得连三魂六魄都出来了，这种高度，加上一倍的超重力，她这么毫无保护地摔下去，真要摔实了，不死也得半身不遂。

我从来没这么紧张过，速度瞬间提至极限，不断地催动御风术，空气中传出刺耳的尖锐声，在紧张的压力下，我再一次地突破速度极限，破空直掠过去。

数十米的距离，我仿佛一步就跨到了，刚好赶在她摔下去之前把她接住。沉甸甸的身躯抱在怀中，我才吐出一口气，放下心来。

这要是把她给摔成重伤，李家的那位老爷爷非得找我拼命不可。我徐徐地降落到地面，这时候清儿也飞到我身边，睁大眼睛望着我道："好险，好险，刚才把我吓死了，大哥哥，蓝姐怎么会突然晕倒的？"

我白了她一眼，没好气地道："我怎么知道？你们李家的功夫这么奇怪，我又没见过，差点被你这个害人精给害死。"

一直拍着胸脯道"好险"的清儿，见我怪她惹祸，耸耸鼻子，无辜地道："怎么能怪我呢？谁知道蓝姐会这么拼命，连这种不要命的招数都使出来了？可能和你八字相冲吧。"

我没好气地把李蓝薇往她怀中一放，边向出口走去，边道："你看着办吧，把你蓝姐送回去养着，还有你答应的那条'冷凝飘浮带'要记得给我送过去。"

事情过了有几天，清儿这小妮子出奇地没有来缠我，倒让我空出许多时间来考虑炼器的问题，究竟用什么法子能把左手那只破碎不堪的护臂给重新修炼好呢？

可惜三伯伯给我的那个炼器的芯片中的内容浩瀚如海，我一时半会儿无从下手，漫无目的地瞎碰了好几天，也没有找到。最后我只好感叹天意如此，只把那些碎片一片不落地给收好，也许有一天有机会使其恢复如初。

似凤这几天把整个飞马城逛了个遍，可能是发现无利可图，所以这两天竟然也不再外出，整天跟着我，想从我这儿多讨几粒灵药。对付这个贪吃的家伙当然绝不能心软，灵药它吃得不知凡几，除却满足它的口舌之欲，其他一点儿用处也没有，我也就尽量能不给就不给。

小黑和小青蛇都早已晋级到五级的水平，只要有能量维持不需要饮食也可以存活，所以我也就没把它们放出来透气。

大黑也被封印在鱼皮蛇纹刀中，虽然我想尽量早一些用得来的神铁木炼出一个神器用来作为大黑的居所，奈何能力不够，这种事又不能假借他人之手，倒成为我现下最苦恼的事。

不过三伯伯要是在的话，就可以制作出一个神器供大黑居住，能尽快压制住大黑体内的龙丹力量。三伯伯在离开之前曾叫我到四伯伯那儿后去他那儿一趟，我正好可以趁这个机会让三伯伯帮我炼制一个神器。

当时三伯伯用神铁木帮我炼制了一个剑坯，我还满口答应三伯伯后面进一步炼制的事宜由自己来完成，等到现在才发现炼器并非我想象中那么容易。

义父和三伯伯都要退隐了，不知道还能不能赶上，要是在我赶到三伯伯那儿后，他和几位伯伯一起归隐了，我可就麻烦了。

想到这儿，顿时着急起来，我在李家待的时间实在是太长了，是时候动身了。

没想到，下午李家的老爷爷竟然不请自来。李霸天脸上表情严肃，步入屋内一语不发，坐下来一直盯着我看，直到我头皮发麻才道："这两天在李家住得还习惯吗？"

我收回快要跳出嗓子眼的心脏，呼出一口气，差点被他吓死，还以为他知道了我和李蓝薇之间比武的事，虽然最后都没有受什么伤，可是毕竟在人家的地头上，心里怎么都是有些发虚的。

他不待回答，又道："清儿这小妮子，这几天没来找你吧？"

我摇摇头道："没有。"

他又道："前天李雄回来了，所以清儿就缠他去了。"

我"哦"了一声，心道：原来是李雄回来了，怪不得呢，这小妮子见到李雄还不把我抛在脑后？我脑中幻想着她叽叽喳喳围绕在李雄身边的情形，嘴角不禁露出一抹笑意，缠人的小丫头。

李霸天出其不意地道："我听清儿丫头跟我说了那天你和蓝薇比武的事情，听她说蓝薇把你的护身武器给永久破坏了，真是对不起。小丫头下手不知轻重，李家虽然不是什么大家族，但是好的兵器还是有一些的，你可以从我李家的兵器库中任意挑选一件。"

见他突然提到此事，我吓得汗都流出来了，等到他说到后面才知道他是代李蓝薇向我道歉的，并要赔偿我一把好兵器。我把人差点打成重伤，怎么还好意思问人索要赔偿，于是推辞道："不用了，不用了。"

他见我拒绝，眼中闪过一丝喜色，道："小家伙你可够狠心的，我的蓝丫头，怎么说也是个美人，你竟然把她打到吐血，在床上躺了好几天，才勉强可以下床。你也知道，小三脾气可是很暴的，听到这个消息……"说到这儿顿了顿，偷瞥了一眼我发白的脸，心中暗暗偷笑，接着道，"要不是我老人家全力阻拦，恐怕你也不会这么悠闲地在这儿睡大觉了，所以呢……"

他口中的小三是李蓝薇的父亲，因为兄弟中排行第三，所以老爷子称他小三。我看着老爷子的笑脸，却突然有种受骗上当的感觉，皱了皱眉头，道："那个，我听说，李三爷不是去梦幻星了吗，怎么，回来了吗？"

老爷子愕然道："这个，呃，我刚才说错了，小二听说这件事要来找你讨回公道。"

我盯着他，问道："真的吗？"

老爷子回避着我的视线，道："那是当然的，我有什么理由骗你，对我也没有什么好处。再说，你那么慷慨地送了一葫芦的猴儿酒，那种味道我现在还惦记着呢。"说着，他旁若无人地闭上眼睛舔了舔嘴唇，忽然又睁开眼道，"我帮你的这点小忙无足挂齿，你不用放在心上。"

我"哦"了一声，道："那谢谢老爷子了。"接着便想着该怎么跟他说告辞的话。

他见我说了一声谢谢便没了下文，忍不住地说道："小家伙，我帮了你，你就只说一声谢谢？"

我愣了一愣，忽然醒悟过来，什么伤重到几天下不了床，什么小三小二要来找我麻烦，恐怕都是假的，实际上，老爷子看上了我的猴儿酒才是真的。我暗暗好笑，此老真是小孩子脾气，想要就直接跟我说好了，非要转这么大一个弯来向我讨。

我瞅着他，面带笑意地道："老爷子，你要是需要就直接跟小子我说好了，是不是惦记着我剩下的那些猴儿酒？我记得上次给你的可是满满一葫芦的酒啊，清儿恐怕用不了那么多吧。"

他见我直接说出他的心思，立即一改刚才严肃的面孔，赔笑道："呵呵，清儿是用不了那么多，只是我一不小心忍不住给喝完了。你也知道，那个酒虫一引出来就实在忍不住啊。"

我摇摇头，心忖：此老确实心似孩童。我从戒指中又拿出有半葫芦的量递给他，道："猴儿酒可不是您这般喝法，您要是再这么喝，小子就真的没有了，您可要珍惜喽。"

老爷子没想到我这么好说话，赶紧伸手接过来揣在怀中，生怕我改变主意又要回去，嘿嘿干笑道："记得，记得，其实，我厚着脸皮来蹭一个晚辈的东西，实在情非得已，只是过两天梅老头那家伙要从后羿星来看我，你也知道，那家伙以炼制各种宝贵的丹药出名，屡次讥笑我没有好东西，这次我就要给他个惊喜。哈哈，有了这猴儿酒，我保证他无话可说。"

他说的意思我倒是明白，只是不清楚那个后羿星的梅老头是谁，听他的口气，好像也不是凡人。我顺着他的口气问道："那梅老头是谁？"

老爷子吃惊地望着我，道："你连他都不知道？那你之前也不知道我是什么人了？"我点了点头。得到肯定的答复，老爷子摇摇头道："真不知道你的义父是谁，教你这么高的功夫，为什么没教你一点儿江湖经验，就放心地让你出来闯荡？"

顺了口气，老爷子继续道："这天下除了四大圣者这种神龙见首不见尾的仙人似的人物外，仍有很多厉害的高手，最为有名的四人中就有我和那个梅老头。当然这是好事之人排的，做不得准，天下修为如老夫般的人如天上繁星，不胜枚举，只是不好名利隐居世外，不与世人好勇斗狠，所以世人多有不知。"

看他刚才的自豪语气，想来其中说像他这般修为的人多如繁星恐怕是谦虚居多。我来了兴趣，也想知道除了义父他们四大圣者外还有什么厉害的人物，忙催促他继续说下去。

老爷子捋了捋胡子，微微一笑道："要说这四人，就是霸天三日，也就是老夫，千里独行——郝独行，弱水三千——白弱水，欺天无影——梅无影。这四人，梅老头以破药丸闻名于世，功夫在我们四人中是最弱的，老夫是其中最高的。"

我挠挠头，道："你们四人的名号倒是都很响亮，不知道有什么来历没有。"

老爷子咳了一声清清喉咙道："老夫叫霸天三日是因为在老夫刚出道不久的时候，刚好赶上四大星球动乱，地球的一股起义力量被当时的联邦政府困住，正巧老夫也在城中，于是在救兵到来之前，凭借无上的神功硬是挡住了联邦政府的猛烈攻击，连续三天，联邦政府均是无功而返，三天后救兵赶到，联邦政府最终被击退。所以老夫就得了霸天三日的名号。"

我想象着当时惨烈的情形，老爷子能凭自己的力量挡得了三日的攻击，确实神功无敌，不虚此名啊。

老爷子接着道："至于其他三个家伙也没什么好说的，一个轻身功夫比较好点，一个善于至阴的功夫，剩下最没出息的梅老头只会些骗人的幻术，都不足挂齿。"

我心中惊叹，没想到除了义父他们，世上竟还有如此厉害非凡的人物，我当真是眼界太狭窄了。

我叹了叹，向老爷子提出要离开，老爷子自然不肯，再三挽留，终于劝得我再住几天，等梅老头来了以后再走。那梅家乃是后羿星的一大势力，老爷子劝我到时候和他们一块儿去后羿星应该会省很多事。

我想想也对，反正都待了这么多天，也不在乎这几天了，留在这儿正好可以看到梅家的独门功法，而且我也不知道该怎么去后羿星，有人带路，方便很多。

老爷子见我答应，欢天喜地地带着半葫芦猴儿酒走了出去。我暗暗猜测，他现在恐怕正在想着怎么给那个梅老头一个惊喜呢。

我既然答应了他，也就安心地待下来，静心地等着梅家的人快些到来。此后的几天，清儿仍没有来找我，我暗暗为那个未曾谋面的李雄祈祷，希望他能够幸免清儿的缠功。

清儿的缠功我可是亲身体会到的，堪称李家的又一大惊天地泣鬼神的绝技。

奇怪的是，李蓝薇这个冰山大美人出乎意料地来看了我一次，回想那天我呆头鹅似的望着她走进屋内，一时间只是想着她会不会是来找我麻烦的，竟忘了招呼她。

我就那么呆了般盯着她看，没有说一句话。李大小姐令我意外地竟然红了脸，只轻轻地发出如同蚊蚋般的声音："谢谢你那天救我，蓝薇是来向你道歉的，不小心毁了你的护身兵器，我会想办法赔偿给你的。"

我怔了怔，暗暗松了一口气，原来是向我道歉的。然而我随后却突发奇想，这李大小姐不会是向他爷爷那样趁机来要挟我什么吧?

当然这个不良念头只是一闪而过，因为李大小姐没说完，就急急地转身跑出了屋外。

瞧着她的倩影逐渐远去，我暗道："真是奇怪，李家的人难道就没有一个正常点儿的吗？还没说完就跑得那么快，还说是来向我道歉的，真是没有诚意。"

梅家的到来

第二十六章

逍遥自在的日子过得真是很快，原本预计一个星期后到的梅家的人竟提前两天到了。看来这后羿星的梅家和地球的李家交情非同一般。梅家由李老爷子口中的梅老头带队，二代子弟和三代子弟竟然有数十人之多，浩浩荡荡来到了李家。

　　这梅家在后羿星的地位和势力非等闲之辈，刚到不久，听到消息的飞马城城主立即赶来李家拜访。

　　等到送走城主，已经银月高挂，李家上上下下立即忙活起来，来来往往地给梅家的人准备吃住，我倒好像被人给忘了。这样也好，我本来就不大喜欢太嘈杂，没人记得我，倒令我松了口气。

　　自答应李老爷子在这里再住几天等梅家人的到来，我倒也安下心来好好研究三伯伯留给我的炼器之法。自从得到《炼器术》，我就不曾好好地看过，现在正好趁这个机会从《炼器术》最基本篇看起。这几天我获益匪浅，对炼器术有了新的认识。

　　华灯初上，我步出屋外，前院热闹的声音不断地传过来。我摇摇头，想象着李老爷子和梅家的那个梅老头开玩笑的场景，不禁露出一丝笑意。顺着小径向偏院走去，那里面有一片很大的竹林，是个静谧的所在，我很喜欢。热风徐徐地吹着，我也悠闲地向竹林走去。

　　今晚的月亮很明亮，月华如水银泻地，遍布在空气中。来到竹林前，我忽然心中一动，鱼皮蛇纹刀腾地出现在半空中，笔直地浮在眼前。感受到空气中充足的月华，它突地绽放出强烈的白光，我大吃一惊，立即伸手握住刀柄，压住冲天而起的光柱。

光柱消失，刀光放出柔和的光晕包裹着刀身。我感应到周围的月华若有若无地向我这儿聚集过来，准确地说是向鱼皮蛇纹刀聚集过来。受到气机的牵引，靠近的竹丛也微微地向我这边倾斜。

绿油油的光芒一闪，小青蛇被召唤出来。很久不见，小青蛇已由以前的尺长身体长为现在三米多长的庞大身躯。小青蛇一出来，即"咝咝"地吐着蛇芯向我游过来。

它顺着我的身体，爬了上来。我拍拍它椭圆的脑袋道："还是小孩子吗，不要撒娇，我受不了你这么沉重的身躯。"小青蛇幽绿的眼珠望着我，冲我吐了吐蛇芯又游下我的身子。

落在地面，小青蛇将身体盘起来，像一个小山丘，小脑袋冲着高挂的月亮。突然，它的身体闪出阵阵的青光，渐渐地，身体有些透明的感觉。我感到能量产生微小的波动，饶有兴趣地盯着它。

忽然，一个蚕豆大小的如实质般的圆形青芒出现，离小青蛇嘴边半尺之遥。圆芒带有阴冷的气息，周围的温度迅速降低，连我也跟着受益。如果我猜的不错，这应是原本在炼制这把刀的时候封在其中的一条等级不低的绿蛇凝聚的精魄，经过这么长的时间，吸收了千年冰魄的不少能量，又经过四伯伯这位绝顶高手的炼化，这个精魄已经是非比寻常的好东西了。

看小青蛇的动作，应该是在试图炼化它吧。圆芒出来不大会儿，已经吸收了很多月华，外表蒙上一层朦胧的白色的光晕。

月华不断地聚拢过来，原来蚕豆大小的精魄现在已是如拳头般大。突然小青蛇发出"咻咻"的声音，精魄一下子被它吞到口中。

吞下精魄后，小青蛇慢慢地蠕动自己圆滚滚的身躯，长长的尾巴在身后不断地甩动着。我仔细观察才发现，它的身躯就这一会儿又长大了一分。

吸收完能量，它不再将精魄吐出来，想来应该是它一次只能吸收那么多能量，多了便承受不起。

看它绕着我游来游去的，我蓦地萌生铠化的念头。我已经和小黑合体过，不知道和小青蛇合体是个什么样子，心中默默地召唤小青蛇，突然小青蛇身上的毫光倏地完全灭去，再发出，来回两次，我感到阴冷的气息扑面而来。

我睁开双眼，低头看去，一身明亮的绿色铠甲紧紧地裹住身体，细密的鳞甲仿佛丝绒般柔软，和龟铠甲相比，这更像是贴身衣物，而不像一件铠甲。

我想伸手拍拍身上的蛇铠甲看看是不是耐打,却突然发现双手各握一件兵器,两件兵器长不及半米,底宽头尖细,圆柱般的形状更像是蛇的两枚巨大的獠牙。

心念一动,将体内的内息输入进去,我想看看这两枚獠牙是否也会自由大小。獠牙没有任何变化,我腾身跃起耍了两招,却意外地看见,獠牙的顶端释放出不知为何物的气烟,被波及的花草竹子迅速萎靡歪倒。

我立即醒悟过来,这是毒烟,还好我的纯阳内息是毒烟的克星。我迅速将在空气中来不及释放的毒烟用三昧真火化为虚无。

我在心中默念一声,解除了和小青蛇的合体,再次将小青蛇给封到鱼皮蛇纹刀中。

我手握神刀,心神不由得回到那天和李蓝薇比试的场景,回想她最后那招确实有惊天地泣鬼神的气势,只是我搞不明白的是,她那把"霜之哀伤"虽然也是神兵利刃,但是也不至于那么神奇吧,释放出去后,还能被主人自由控制,反应也极为灵敏,能够从任何角度以任何方式攻击我。

我还隐约记得,当时她一手成剑指向天,每当我迅速地更换飞行方向的时候,她的剑指也跟着我的身体微微转动,几乎是同一时间,那把剑也跟着转换飞行角度。

我前些天,也偷偷地试了试,总是不得其法,我想要是李老爷子也施展这一招,我多半不能幸免,思来想去,自己只有"幻灵"一招可以有一拼之力。

想着想着,我干脆收了鱼皮蛇纹刀,在林边盘腿坐下,将心神沉到内心深处仔细思考应变之道,保不齐哪天还会遇到会使用这一招的高手,到时,我全无还手之力不是只有挨打的份儿了?

不知想了多久,忽然觉察到身边有人靠近,而且离我很近了,我突然睁开眼,瞬间从地上弹起,同时挥出几道气幕保护自己,几个动作一气呵成,等到看清来人的时候我已经停在空中了。

李大小姐美目眨了眨,惊讶地看着我仿佛被蛇咬到般,反应过激地从安详地坐着到如临大敌,咬了咬嘴唇轻声道:"原来你也在这儿?"

我尴尬地笑了笑,飘落下来,道:"今天梅家的人刚到,你怎么没去陪客人?"

她嫣然浅笑道:"爷爷是叫我去来着,但是蓝薇向来不喜欢喧闹的地方,所以想一个人出来走走,没想到会在这里遇到公子。"

我从刚才的尴尬中逐渐恢复过来,悠然道:"呵呵,原来李大小姐和我一个脾性,都不大喜欢喧嚣的地方。我也是不大喜欢那种场合,所以出来走走,正好看到这片竹林，索性坐在这儿想些事。"

李蓝薇经受不了我灼灼的目光，微微转过头，看着另一边道："叫人家蓝薇吧，那天真是对不起。"

我呵呵一笑打断她道："比武总有失手的时候，蓝薇不要放在心上，要怪就怪清儿那小丫头，唯恐天下不乱，咱俩的账啊都得记在她身上。"

蓝薇也淡淡地笑道："那个小丫头可是爷爷的宝贝呢，谁敢惹哩。既然公子不记恨蓝薇，不如让我们重新认识一下吧，我的名字叫蓝薇，蓝天的蓝，蔷薇的薇。"

提到清儿那小妮子，我俩之间的尴尬气氛顿时融洽起来，少了几分拘谨和陌生，多了一分共识。只是我没想到，她会这么大方，放得很开，到底是大家闺秀，不一样就是不一样。我伸手握住她柔若无骨的小手，道："叫我依天吧，依天的依，依天的天。"

她见我说出这么蹩脚的笑话，反倒笑了出来道："好蹩脚哦。"

我要的自然就是这种效果，松开她的小手道："你应该多笑笑的，成天冷冰冰的多难看，你的笑容仿佛在万丈悬崖百丈冰处，突然一阵春风，山花烂漫，你便是其中最灿烂的。"

她瞟了我一眼，莞尔道："没想到你长相老实，竟然也会拍马屁，哄人开心。"

她开玩笑的口吻，倒让我显得有些不自然了，第一次哄女孩子就以失败告终，我心中暗道：老实和哄女孩开心有什么联系吗？

她好像没有觉察到我的窘相，边走边道："依天大哥，你是从哪儿学来的功夫，年纪这么轻就这么厉害？真想看看教你武道的人是谁，在我们李家估计只有李雄和你修为差不多。"

被她这么一说，倒让我忆起心中的困惑，正好趁这个机会道出。

蓝薇沉吟了一会儿，才徐徐地说道："你是爷爷的朋友，又帮了清儿的大忙，让她的功夫提前两年从'清心诀'升到'焚心诀'，我就告诉你我用的功法吧，但是我只能说个大概。"

我点点头道："你不用担心，只要牵扯到你们李家秘密的部分你可以不用说，我不会怪你的。"

她又道："你知道我们李家有三套总的功法，就是'清心诀''焚心诀'和最高级的'无心诀'，但是除了这三诀，我们还有从很久远的时代遗留下来的五把神剑，分别是'霜之哀伤''火之热情''水之飘灵''地之厚实''风之无形'，而每一把神剑都有一套与之相配的功诀。据爷爷告诉我，只要将配套剑诀练到极致，威力绝不亚于'无心诀'。"

"哦。"我漫不经心地应了一声，心中想着其他四套剑诀又都是什么样的功法，只是从蓝薇拥有的这一套剑诀就可以略窥端倪，李老爷子绝没有夸大。

她接着道："我这套叫作'御剑诀'，最后一招尚没有完全练成，那天我也只是勉强施出来，结果差点连命都丢了，还好依天大哥你及时收手。"

我吃惊地望着她："还没有练成？没练成就这么大威力，练成后还了得？你知不知道其他四把剑的剑诀分别是什么？"

蓝薇轻摇臻首，道："这个连爷爷都不知道，只有剑的拥有者才知道自己的剑诀。"

我疑惑地道："这又是为何？那既然连你爷爷都不知道，他又怎么把剑诀传给你们？"

长长的睫毛眨动了一下，她脸上现出调皮的笑容，道："我有说过是爷爷传我们剑诀吗？"

我刚想反驳，却忆起她刚才确实一直没有提到说是她爷爷传的剑诀，是我自己一厢情愿地以为所有的剑诀都是老爷子传授的。

蓝薇见我愕然的样子，抿嘴微笑道："这剑在李家传了好多代了，剑诀就在剑中，只要神剑承认你是它主人，剑诀就会自动出现在拥有者的脑海中，所以别人都看不到。"

说话间，那把"霜之哀伤"出现在她纤纤玉手中，在这么近距离的感受下，我不禁感叹：不愧名为"霜之哀伤"，冷意冰凉刺骨，如果不运功护身，我怀疑自己会否抵得住，很有可能一时三刻就成了冰棍。

相比之下，四伯伯赠我的鱼皮蛇纹刀竟是比它逊了一筹。我吐了吐舌头，暗呼厉害。

蓝薇忽然将手中的剑伸到我面前，我一头雾水地望着她，不知她想干什么。

蓝薇娇笑了一声道："你不是想知道剑诀吗？我是不能告诉你的，不过你要是自己能从剑中得到，我也不算是违反家规了。"

我傻愣愣地接过来道："真的吗？"剑一到手中，马上就感觉出它的挣扎，不屈服地将冷入骨髓的极冷之气向我传来。我暗赞果然不愧是神剑。

我手中却毫不放松，一股至阳内息应念而起，源源不绝地拦在冷气前面，两股截然相反的至阴至阳能量把我的身体当作战场，开始了拉锯般的热身赛。

蓝薇只说剑诀在剑中，却没说怎么才能获得剑诀。不过我想要知道剑诀，恐怕得先把它给制服才行。很快全身的内息都加入战争中，本土作战，占尽了地利的优势，在我强力的打压下，从剑身中传来的至阴能量不大会儿就只能屈居下风，苦苦支撑着。

我渐渐地将至阳内息向剑内压进去，"霜之哀伤"虽然贵为神剑，可毕竟是没有智慧的，不及我的气息深厚，而且我最初的内息也是阴属性，虽然现在转化为阳属性，但却对阴属性的气息十分熟悉。

胜利的天平已经向我倾斜，属于剑的那部分阴冷气息已经完全被我压制住，缩成一团，再无抵抗之力。

我分出一部分心神，向正紧张地望着我的蓝薇微微一笑道："我现在已经把它控制了，怎么才能得到剑诀？"

蓝薇愕然道："你既然控制了神剑，怎么会没得到剑诀？只要它承认了你的主人身份，剑诀就会自动出现在你的脑海里。"

我惊讶道："是这样吗？看来它还没有完全屈服我，好，我再加一把劲，一定要把它给制服了。"

我沉哼一声，一股脑地将炽热的内息都灌向剑身。在我刻意为之之下，炽热的内息仿佛沸腾的岩浆，滚动着，一波一波地对那团阴冷气息发动最后的侵袭。

它果然不支，越来越小，我刚要得意，却惊骇地发现，那团本来笨笨的气息，突然聪明起来，四下蹿动着不与我正面交锋。

忽然间，我觉察到一股更为阴冷的气息凭空出现加入了战斗。后来出现的这股气息不知比刚才的那股要冷上多少倍，我被打了个措手不及，顿时丢盔弃甲地节节败退，一直退回到自己的身体中，那股后来出现的阴冷的能量犹不满意，仍是咬着尾巴跟了过来。

我惊慌失措，心道：怎么会这么强？完全没有一点儿迹象，就这么一下子出现在我面前，力量悬殊这么大，我一点儿还手之力都没有，简直是一触即溃。

那股突然出现的能量一进入我体内，立即兵分好几路，企图控制我各条主经脉，我只得集中全身能量攻击其中一股，却发现与之半斤八两，而其他的能量已经攻到了我的心房。

我当机立断，立即撤去所有内息，全部回到心房的位置防范着。

蓝薇也在一旁看得心惊胆战，暗道：自己当初按照爷爷的吩咐去收神剑，根本没有遇到这种危险的情况。

这个时候，我已经差不多就是冰棍了，全身被一层浓浓的寒雾笼罩，身上早已结了一层薄薄的冰，而且还在不断地加厚，眉毛、头发全白了，再这么持续下去，很快就会成为一座冰雕，性命堪忧。

千钧一发之际，体内深处懒洋洋地探出一股雄浑的能量，我大喜，这股能量我很熟悉，就是半枚龙丹的力量，在我快没命的时候终于苏醒了。

龙丹的力量雄浑、深沉、气势磅礴，带有一股天生的王者气息，所过之处，侵入我体内的那股异能量立即败退，几乎没有任何抵抗，所有的异能量如潮水般纷纷地退去，瞬间全都从我体内消失。

我暗呼了一口冷气，才发觉全身已经被冻住了。没有了那股异能量的侵袭，体内的至阳能量迅速启动，如化冻般，身上的冰化为水来不及滴下去就被蒸发。

有了龙丹的力量做后盾，我豪气大发，小心翼翼地驾驭着龙丹的力量，进入神剑。龙丹的力量太强大了，虽然已是我身体的一部分，但是我修为尚浅，还无法自由地驾驭它。

平常它都潜伏在体内，我甚至无法感应到它的存在，只有在它自动醒来时，我才能感应到。

我嘿嘿大笑着一路横冲直撞地冲了进去，正所谓所向披靡，出了一口刚刚的恶气，竟然跟我玩阴的偷袭我。龙丹的力量以摧枯拉朽之势直捣那股异能量的老巢，令它无处藏身。

见它在我面前瑟瑟发抖，不住哀鸣，我兴起怜悯之心，一边观察着它，一边撤去龙丹的力量，龙丹一潜回我体内便又消失不见了。然后，失去龙丹力量的威胁，那股绝强的力量也如一夜春风，杳无踪迹，同一时间，我脑中出现了几句口诀。

我哈哈一笑，收了全副的心神回归本体，几乎在我睁眼的同一时刻，剑芒大盛，寒气凛冽，仿佛置身冰天雪地的极冷世界之中。

一只半透明的狐狸出现在我面前，坐在空中，身上毛发雪白，圆而小巧的耳朵，令人一看就生喜爱之心，滴溜溜的眼珠正射出天真的光芒，望着我，蓬松的大尾巴在身后摇来摆去。

耳边响起蓝薇异常吃惊的声音："冰狐！"

九尾冰狐

第二十七章

蓝薇一双美目异彩连闪，惊喜地道："爷爷果然说得没错。"

冰狐自然浮在空中，身体仿佛透明，我却清楚地感觉到眼前的冰狐是有生命的活物。听见蓝薇没头没脑地说出这么一句话，于是问道："你爷爷说什么了？"

蓝薇颇为兴奋地道："爷爷当时把'霜之哀伤'传给我的时候，曾经告诉我说神剑中有守护灵，不过守护灵已经沉睡很长很长时间了，我们李家有很多代都无法让守护灵现身，如果能让守护灵从沉睡中醒来，将会极大地增加神剑的威力。"

我暗自忖度：怪不得，后来神剑中突然出现的力量这么强，还以为自己被剑给阴了，原来是剑中的守护灵从睡梦中被我给惊醒了。

望着眼前的冰狐，既没有翅膀也没有感觉到它使用能量，就那么很自然地飘浮着，我心中有些怀疑，问蓝薇道："剑中的守护灵是以什么形式存在的？"

蓝薇道："听爷爷说，它以灵体的形式存在，它是没有肉体的，但也和一般的纯能量体有区别，是介于两者之间的一种形式。"

我有些明白过来，好奇地打量着它，突然发觉它的尾巴有些不大一样，仔细一看才发现，原来我还以为是不断摇动的尾巴，其实是九条尾巴并排地插在尾部给我的幻觉。

我纳闷地道："它怎么有九条尾巴？"

蓝薇一愣道："真的吗？"说完仔细望去，惊道，"真的，是九尾哩，这冰狐最强的状态就是九条尾巴，平常都只会显露出一条的。"

说话间，冰狐的另外八条尾巴一点点地开始缩短，在我们的注视下逐渐消失不见，真是让人叹为观止。

心中一动，我明白过来，冰狐是因为受到龙丹力量的刺激，所以显示出极强的状态，但是可能因为长时间的沉睡，力量不足以支持它保持这种状态太长时间，所以就恢复了最初的一条尾巴。

我忽然产生一个疑问，既然我从剑中获得了剑诀，那么也就是说神剑承认我的主人身份了，那么它还会承认蓝薇这个主人吗？我将心中的疑问说出来，本来雀跃的蓝薇眸中顿时显示出担心的神色。

我将"霜之哀伤"小心地交给蓝薇，神剑落在手中，没有显示出反噬的现象，说明神剑还承认她的主人资格，不过倒是停在空中的冰狐白光一闪瞬间消失了。

我和蓝薇惊讶地看着这一幕，幸好我眼尖，见到一缕白光钻进剑中，可见冰狐又回到了剑中。我将心中的猜测说出来，同时道："你感应剑中的冰狐，应该还可以将其召唤出来。"

蓝薇按照我的话做了几次，剑的威力倒是大大增强，只是却不见冰狐出来。蓝薇着急地道："依天大哥，它怎么不出来呢？我感应不到它的存在，这可怎么办，不会又沉睡了吧？"

我安慰她道："不要着急，让我再来试试。"将剑拿在手中，闭上眼睛把意识探进神剑中，一下子就触到了那股熟悉的能量，我睁开眼，微微一笑，喝道，"出来吧，九尾冰狐！"

随着我的声音，空中白光乍现，一闪一灭，冰狐已经出现在我们面前，四肢踏着虚空，体态娇小可爱，冲我摇了摇头。

蓝薇皱着黛眉道："为什么我就无法召唤它出来呢？"

这时候我差不多已经晓得其中的秘密，最大的可能是蓝薇的修为不够高，所以无法召唤冰狐，使其在现实中现身，而我因为修为本身就比她高了不止一筹，而且具有龙丹的力量，龙在所有宠兽中是力量最强大的，是宠兽之王，任何宠兽在它面前都只能俯首帖耳，所以我才可以轻松地将九尾冰狐召唤出来。

告诉她我的猜测，她盯着冰狐看了好一会儿道："我一定会好好努力的，终有一天，你会乖乖地听我的召唤。"

我刚把手中的剑交给蓝薇，突然感觉到一丝难以觉察的危险。那是一股极强的力量，正以相当快的速度向我们这儿飞过来，紧跟在其后的还有一股更强的力量，速度也非常快，风驰电掣，不到两秒钟的时间就会飞到我和蓝薇这儿。

我警告了蓝薇一声，神态凝重地望着两股强大力量的方向。眨眼间"咻咻"两声，正上方已经出现了两人，其中一个赫然是李霸天，看到他，另一人也就呼之欲出了，能和李霸天一较高下的当然是梅家的老爷子——梅无影。

头上传来陌生的苍老声，语气有些戏谑："我说，老家伙，几年不见，你还是一点儿长进没有，论轻功你还只配给我提鞋。你先前说的那个神秘的小家伙在哪儿，怎么眨眼间不见人影了？"

受到讽刺的李霸天出奇地没生气，道："老家伙，我知道你轻功比我好，不过我赌你三十招内无法打败他。"

梅无影两眼一翻道："我凭什么要听你指挥？我只是来看看你口中的那个小家伙的，竟能和你对一掌还安然无恙，地球上何时出现了这么优秀的年轻人？我老人家是不能错过的。"

李霸天嘿嘿一笑道："老家伙，你还记不记得猴儿酒的味道……"

李霸天刚说出"猴儿酒"几个字，梅无影已经回想起来，嘴巴还咂了几下，仿佛在怀念那个滋味，刚咂了几下，突然想起了什么，睁大眼睛迟疑地道："老家伙，你不会是说你有猴儿酒吧？"

李霸天笑道："呵呵，刚巧我这儿正剩下半葫芦猴儿酒，我就把这当作赌注，赌你三十招内无法降服他。"

梅无影冷哼道："老家伙，你也太小看我了吧，三十招？我只要十招就够了，你肯把猴儿酒这么好的东西拿出来做赌注，肯定是相中了我什么宝物吧，只管说出来。"

李霸天呵呵笑道："老家伙倒也聪明，知道老夫的想法，你只要拿出十粒天机丸，我勉强吃点亏就用这猴儿酒和你赌了。"

梅无影怒瞪双眼，几乎要跳起来，道："十粒天机丸？你当天机丸是什么东西？甜豆吗？老夫花了二十多年才将材料找齐，又用了五年时间才炼制出八粒，前前后后又用了四粒，你竟然一开口就要我十粒，我不赌了。"

李霸天见他翻脸，马上赔笑道："那就四粒好了。"说完看看仍阴沉着脸的梅无影，又改口道："那就三粒好了，两粒也行，一粒！这是底线了，不行拉倒，猴儿酒我自己留着喝了。"

梅无影见已经压到底线，道："一粒还算公平，我这天机丸不但可助长三十年的功力，而且药性极强，伤得再重的人只要还有一口气在，都可以救活，炼来着实不易，一粒和你成交了。"

我和蓝薇在下面把两人的谈话一字不落地听到耳朵中，听见两人把我当作赌注，讨价还价的，真是哭笑不得。这两个前辈年龄这么大，仍是童趣犹在。蓝薇见我苦着脸，掩嘴窃笑，却不敢笑出声来。

我叹了一口气从暗处走出来，我怕自己再不出来，指不定两人下面还会说出什么来呢。

我淡淡一笑冲天上两人道："两位老爷子是在说小子吗？"

两人没想到我就在他们脚下，此时突然走出来倒让他们吃了一惊。梅无影点点头道："我现在有点相信他可以安然接住你四成功力的一掌了，我竟然一直没有觉察到他就在附近。小子，我刚才和老家伙说的话，你都听到了吧？"

见我点头，他又道："那你有什么意见吗？是否敢和老夫对上几招？"

有这种高手喂招，我自然是求之不得，心中千肯万肯，不过气不过两老不通知我这个当事人一声就私自定下来，埋怨道："这有什么区别吗？你们都已经商量好，小子哪还能说不？"

梅无影毫无自觉地道："每天到我梅家想请我指点几招的人恍若繁星，多不胜数，老夫主动给你喂招是你的荣幸才是，把你的宠兽召唤出来，老夫既然和那个老家伙打赌说十招胜你，等会儿是不会留手的。"

我悠然道："小子自信还可以勉强接住老人家几招的，等到真要合体的时候，我一定把宠兽召唤出来。"虽然知道他的修为比我不知高了多少，但是我坚信自己十招还是可以支撑过来的。

梅无影呵呵笑道："小家伙还挺牛气，老夫等一下定要让你后悔不听老夫之言。"说完从空中飘落下来，随意站在我面前。

我抱神守一，气势凝沉，摆好姿势，向他道："老人家小心，小子占先了。"

梅无影不在意地笑道："小家伙，老夫就让你占着先机，也能在十招内胜你，来吧！"

见他这么说，我也不再客气，脚尖点地，身体如同标枪倾斜着飞快地向他投去，同时催动八成的内息双手一抢抢先攻过去，眨眼间打出了十拳，踢出八脚。

梅无影不愧是早已成名的有数高手，我凌厉的攻击被他轻松地一一接下。我不太清楚他使出了几成功力，只是感觉到每一拳每一脚都仿佛是打在铁板上，反震得我手脚酸麻。

我一口气刚停，他突然暴起发难，时机掌握得恰如其分，毫厘不差，追着我后退的身形，迅速地掠过来，状甚欢欣，哈哈大笑道："小家伙基本功不错，有没有胆子和老夫对一掌啊？"

我用劲踩在地面，猛一发力，身体不退反进，好似炮弹，在空气中劈开一条隧道，双掌一错向老者迎去，心中道：谁怕谁啊，拼就拼。我的功力不够，不能像他那般轻松，可以在全力进攻中仍留有余力开口说话，这些话只好留在肚中，憋了一口气准备给他一个惊喜。

由于他进攻的时机正好是我换力的时候，我实在没办法集中全力，仓促间只使出八成的内息。虽然是八成内息亦是够瞧的了，双掌发出烁烁金光，夹杂着无匹的气势打了过去。

梅无影身在空中，见我发威，微微一愕，颇为赞扬地道："小家伙，我小看你了，你竟然已经达到这种程度，实在不容易，接我五成功力的一掌。"说话间，身体好似陀螺一样旋转起来，四周的空气仿佛被抽空般，本来还是微微流动的微风，突然间狂风大作，更添气势。

我冷哼一声，不为他骇人的气势所动。

四掌如约而至，轰然交击；剧烈的气流瞬间产生，我无力地被涌动的气流给推出去，梅无影在狂风中背手而立，气势无敌，须发迎风飘动，不怒自威的眼神射出湛湛神光，恍如高山巨石，无人能动其分毫。

我被推出七八米的距离，才在地面站稳，看着他仿若神人一般，不禁也为之动容。刚才的一击，我五脏六腑都仿佛受到了巨大的撼动，心脏怦怦跳动，让我缓不过气。

那天在那个高级饭馆中，我也是用八成功力与李霸天的四成功力对了一掌，也没有今天这般难受，难道他比李霸天的修为还要高吗？

在半空中观战的李霸天忽然开口道："小子，你该自豪了，能让那个老家伙耍赖的，天下间你可是第一人！"

身在剧烈气流中的梅无影闻言怒道："老家伙，你说什么？老夫何时耍赖了？"

看他怒气冲冲的样儿，李霸天反而哈哈笑起来："还敢跟我狡辩？幸好老夫法眼无边，窥破了你的诡计，不然傻小子还真让你骗了。"

梅无影怒道："老家伙，今天你要是不给我说清楚，老子一定叫你后悔。"

李霸天促狭地冲我眨眨眼，然后道："你当我没看出来吗？你本来是要以五成功力和小子以硬碰硬的，后来见傻小子修为比你预想的要高，竟然不要脸地使出自己的成名绝技——飓风转，使自己的功力瞬间暴涨，大概有你六成功力还要多一些，我没说错吧？你这不是不要脸是什么？连小孩子也要骗，唉，老梅啊，你真是越老越没出息了。"说完露出不胜唏嘘的模样。

梅无影被他说得脸一阵白一阵红，想辩解却又半天想不到该说些什么，最后嗫嚅道："这个……这个一时情急。"

李霸天得意地道："老东西，这下你还有什么可说的？"

梅无影虽然十分气愤，但又说不出辩解的话，沉着脸道："哼，就算老夫只用五成的内息照样可以十招取胜。"说完冲我道，"臭小子，你要注意，下面我不会让你了。"

李霸天故意讥讽道："就怕某人等会儿又会'一时情急'！"

梅无影没有搭腔，轻哼了一声，从地面弹起向我疾掠过来，十米左右的距离在他眼中仿佛只有一步般，刚见他弹起，下一刻就出现在我眼前。

速度这么快，我还是首次得见，完全忽视了距离感，我条件反射地立即侧身，同时举起左手挡住他的攻击。

幸好我反应得快，刚好抢先一步躲过含怒的一击，看来他是把我当作出气的对象了。我刚想庆幸，他下一波攻击已又来到面前，双手或掌或指或拳，或劈或砸或点，所有的攻击一瞬间形成。

我惊讶地望着眼前简直可称作艺术的攻击，差点忘了躲避。

接下来的战事，我几乎只有勉强防守的能力，胜利的终点线离我越来越远，我怕再过两招就得败得一塌糊涂。

李霸天忽然高声道："老东西，只剩下两招就满十招之数了！"

刹那间所有的攻击突然都从眼前消失，我刚好看到梅无影朝我露出一个诡异的笑脸，道："你撑不到十招之数了，这一招我就让你看看我梅家真正的独门功法。"

我还没反应过来，梅无影双手已经动了起来，手成啄状，仿佛小鸡吃米在我面前不断地点动，所有的轨迹连接在一起成为一个轮盘形状，轮盘一分为二，再分为四，再化为八，接着最终形成十六瓣梅花，凄美的花瓣旋转着分开扩大。

李霸天高声道："傻小子，注意了，这是老东西的独家功法，乃是一种幻术，其中只有一片花瓣才是真正的实体，其他都是幻影，千万不要被他给迷惑了！"

我迅速在脑中寻找破解之法，却发现脑中没有一点儿关于幻术的资料，更不要谈什么破解的方法了。

聚精会神地盯着十六片花瓣，每一片都似真似假，眼见花瓣离我越来越近，我把心一横，催动内息于剩下的那只护臂中。受到巨大能量的激发，护臂瞬间暴出战斗形态。

五根鳞刺伸出一米之长，刚好够我攻击到梅无影，我不再理那些即将临体的梅花花瓣，五根鳞刺放出如火焰般的光华火炽，光芒蓦地爆开，化作一片炽热迫体的光雨，向梅无影招呼过去。

梅无影没料到我竟然用这种两败俱伤的打法，而且有奇怪的武器做配合，眼中露出赞叹的神色。

李霸天也叫好道："傻小子也有聪明的时候！"

梅无影被逼无奈收回十六片花瓣，虽然功亏一篑倒也不气馁，十六片花瓣蓦地缩小范围，紧紧咬住我五根鳞刺不放，转动着，瞬间五根鳞刺被齐齐折断。

我顿时怔在当场，可碎金断银的鳞刺还是第一次被人给强行折断，这是什么功法，如此霸道？

梅无影喝道："小家伙注意了，这是最后一击，你要是撑得下去，就是你胜！"梅无影也被奇兵突出的一招给吓到，起了惜才之心，才高声提醒我。

十六片花瓣突然向中间聚拢，十六瓣化为八瓣……最后化成一朵完整艳丽的梅花，其上仿佛有滴露在滚动，花瓣娇艳欲滴，层次分明，笼盖在红晕中，诡异十分。

就在我惊慌失措的时候，蓝薇仿佛干旱突降甘露，娇嫩的声音忽然响起道："依天大哥，接剑！"

我情不自禁地反手将剑抄在手中，剑一到手，一股森冷至极的冰寒之气就蠢蠢欲动地弥漫出来，笼罩着剑身。

被寒气一激，脑子顿时变得清晰灵动，身体中的能量又活跃起来，我淡淡一笑，脑中又浮现出三招护剑杀招的口诀——御剑诀！

纵身跃到空中，我大声喝道："接我一招！"依法施展出第三招的口诀，神剑倏地离手而去，如电光闪电，直欲劈裂天空，雷霆万钧，攻击方向瞬息万变。

李霸天动容道："御剑诀！"

梅无影也首次露出凝重的神色。

神剑立威

第二十八章

梅无影此时也注意到我手中拿着的正是李家看似宝贝的五大神剑之一的"霜之哀伤"，虽然他和李霸天一样非常奇怪我一个外人怎么可能使用得了神剑，但是这个时候却无暇去想了，只能硬着头皮全力运起五成内力，随机应变。

我按照"御剑诀"施展出最后也是威力最强的一招。虽然我是第一次施展，但却出奇顺利，意识与神剑保留着一丝若有若无的联系，神剑呼啸着若出山猛虎欲择人而噬。

这时候，梅无影也拿出一件奇怪的兵器，两个圆环带着一溜青芒，屡次将我的攻击格挡在外，我再一用力，用十成的内息驾驭着飞行的神剑，九尾冰狐也被我召唤出来，只可惜是一尾。

娇憨可爱的冰狐骑在剑上，模样搞怪，威力却绝对不容小觑。见到首次露出身形的冰狐，两个老爷子都极为震惊，我却管不了那么多，神剑仿佛是带着尾巴的流星，迅速地在梅无影身边转动。

流星的尾巴其实是无数的闪烁着深蓝色光点的寒星聚集在一起形成的，神剑在我十成内息的催动下，寒芒剧盛，散发出森冷之气，连远在几米开外的蓝薇也不得不催动体内的真气来御寒。

而早已立下诺言只用五成内力与我相斗的梅无影，早就叫苦不迭，却碍于身份，不肯多使一分内息来抵御寒冷之气的侵袭。

温度呈直线下降，几息的工夫，再也无法抵挡的梅无影被冰狐给冻成了天然冰雕。

我见胜利在望，想要停下手来，却骇然发觉竟然无法停下来，神剑势若惊鸿，重重地朝无法动弹的梅无影劈下去，生死一刻，李霸天眼见形势无法掌握，运足了内息轰地朝神剑砸下去。

神剑受到重力，无奈地朝下坠去，而李霸天也绝不好受，刚接触到神剑的瞬间，坐在上面的冰狐就朝他喷出了一口冷气，本来以为区区一口冷气能奈他何，等到冷气接触到裸露在外的皮肤，他才感觉这口冷气绝不似表面那么简单。

所过之处，血脉迅速冻结，几乎不可抵御，冷气冻彻心扉，冷入骨髓，疼痒难忍，和平常的阴寒之气有着天壤之别，大骇之下，他马上立在一边驱寒毒，无法顾及梅无影。

神剑受到重创，我也如同身受，"噗"地吐出鲜血，却正好溅在落下来的神剑上，本已萎靡的剑芒受到鲜血的感染，突然暴戾地发出"嗡嗡"的超低频声音，剑芒迅速跳动起来。

被困住的梅无影也终于瞧出不对劲来，顾不得先前的诺言，迅速调动十成的内息绕周身旋转，立即恢复刚才受的轻伤，破冰而出，刚好赶上神剑迎头劈下。

老爷子狂吼一声，手中的两枚圆环散发出浓烈的青气，硬碰硬地接住神剑状若疯狂的一击，神剑受阻，剑身颤动，仿佛蛇在蜕皮，竟然开始分身，一分二，二分四……无数把神剑围成一圈，梅无影孤苦无依地再次被困住，森寒之气厚达数尺，宛如滔天巨浪，在场之人谁也不知道，为什么神剑会激发出如此凛冽至极的森寒。

即便是强如李霸天这种当世有数强者，仍然难以抵御，一个大意便吃了不小的亏。

生命攸关，梅无影不再有所保留，狂吼一声，能量激荡，蓦地向四周撞出去，发须怒张，附在两臂上的衣袖尽皆碎裂成片，显出梅老爷子强健鼓胀的肌肉。

他手中的两枚圆环也爆发出刺眼的青芒，脱手而去。两圆环在空中交缠旋转，忽大忽小，速度越来越快，逐渐不见实体，取而代之的是六道起点相交的圆弧。

六道圆弧飞快地旋转，突地消失，又突地现出形来，红色柔和的光晕从中心不断向外推进，越往外颜色越深，逐渐又变回到原来的青色，铺天盖地的青色光芒连成一片，形成一个巨大的圆形。

这种神技令我看得目瞪口呆、叹为观止，这才是梅家的独门功法，瞒天过海，欺天无影。

仿佛感受到敌人招数太强，神剑瞬间迸发出更加冰冷的蓝芒，两强相击，眼前的世界突然静止，没有声音、没有动作，蓦地一个巨大的能量旋涡从两种兵器相撞处产生。

　　倏地，神剑和圆环同时被卷飞出去，我的胸口仿佛被雷击中，四肢抽搐，眼前一黑，差点晕过去，口液、鲜血混合在一起，不可自抑地流了一摊。

　　强烈的打击实在太痛苦，我连勉强抬头看一眼的力气也欠奉。梅无影也绝对不好受，接过光芒暗淡的"乾坤环"，踉跄着边退边吐出几口瘀血，神色颇为狼狈。

　　在空中的李霸天刚刚驱逐出体内的寒毒，头脸满是汗水，露出疲惫的神色，看情形不比我们好多少。

　　蓝薇带着哭腔，抢到我身边，扶着我紧张地道："依天大哥，你不要吓我，我该怎么办？爷爷，依天大哥伤得很厉害！"

　　我刚想说话，又吐出一口鲜血，咳了两声，艰难地道："没事，死不了，传点内息给我。"我现在是贼去楼空，体中内息丁点不剩，也不怕她输入的内息会反噬。

　　蓝薇噙着泪水，赶快将内息注往我体内。感受到体内凉凉的内息，我立即出言阻止她继续往我体内输真气，聚集了些气力，伸手在乌金戒指中找东西。

　　我默念真言，灵龟地铁鼎突然出现，我勉力而为地从中掬了些混沌汁，再将灵龟地铁鼎收回，混沌汁一进入体内立即发挥了作用，一股清凉的能量如溪流般出现。

　　这股能量细流就是由混沌汁变幻出来的。受到药力的刺激，那股自动在体内运转疗伤的能量流再次发挥作用，快速抚平体内逆乱的经脉，打通受到淤塞的地方。

　　我"哇哇"又吐了几口鲜血，顿时感到好受多了，内息开始在丹田内一点点衍生出来。我重重地呼出一口气，感激地道："蓝薇，谢谢你，我现在没事了。"

　　蓝薇见我又吐出几口鲜血，还以为我伤势更重了，现在见我虽然虚弱，但说出话来却有了中气，也替我松了一口气。

　　混沌汁形成的能量流不用我的指挥，不知疲倦地在我体内周而复始，帮我治疗受伤的地方。我"呼呼"地喘着粗气，望着飘在面前的那把神剑，心中暗叹：真是邪门了，自己只不过把一丝的意识与它相连，为何它受到的创伤，全部转嫁到我身上来了？

　　九尾冰狐已经不见了，可能是又回到剑里去了。剑身不复先前夺目耀眼的光泽，只能瞧见一团淡淡的白色光晕如同水银般在剑中流动。

　　见它终于安静了，我这才放下心来。我不知道它怎么会突然失去控制的，难道我"御剑诀"使用错误？又把"御剑诀"在心中默背一遍，发现丝毫不差，肯定不是"御剑诀"的问题，大概是最后一招威力太大，已经超出了我的修为，所以变得不受控制。

此时梅无影也回过神来，与李霸天一起向我走过来。

李霸天皱着眉头道："小子，你是怎么让神剑听你使唤的，而且还能施展其中的三大杀招？不经过认主仪式，任何人都没法使用它的。"

梅无影哈哈笑道："过瘾！没想到现在的年轻人这么厉害，我这把老骨头差点就给拆了，刚才那招叫什么名堂，端的厉害。"

我苦笑一声望着他们。梅老爷子精神抖擞，神采奕奕，除了衣服破了几处，根本看不出有受过伤，李老爷子更是一点儿事没有，三人中数我最无辜，也只有我最倒霉，差点把命都丢在这儿，现在想想还有些后怕，刚才那一招威力委实太大了些。

李老爷子瞧着飘在我面前的神剑，突然伸手去拿，手刚握住剑柄，神剑就不安分地振动起来。我看到剑的反应，立即被吓得脸色惨白，我可不想再来这么一招，我的身体经受不起再一次的打击了。

神剑挣扎得太厉害，李老爷子脸上也不大自然起来，梅无影和蓝薇都在一边心惊胆战地看着李霸天的动作。

我硬着头皮道："老爷子，还是让我来吧。"

李霸天倒也听话，闻言马上放手，看来他也被刚才石破天惊的一击给吓住了，现在还心有余悸。

我快捷地在他脱手的瞬间抓上剑柄，手刚接触到剑柄，神剑马上安静下来，我们四人都松了口气，李霸天刚想说什么，突然剑上的寒芒又涨动起来。

我仿佛感受到冥冥的召唤，心中顿时不安起来，这种召唤对我来说太熟悉不过了，那是只有在我渡劫的时候才感应到的。我刚从第一曲进入第二曲的境界，按道理来说，没有个五六年，我完全没有任何可能再渡劫的。

在我体内为我疗伤的混沌汁能量流，逐渐过渡到神剑中，从外面可以看到一道细长的金线从我手中进入剑中，金线一到神剑中就开始流动起来。

我们四人面面相觑，除了我还明白一些，其他人根本不知道是怎么回事。我暗自忖度：难道能量流也在为神剑疗伤？从来没听说过连兵器也需要疗伤的。

白芒与较弱一些的金芒相继闪烁着，然后光芒大盛，渐渐地把我也包围在其中，我心中怕得要死，但仍不得不强自镇定，小心地观察着体内的变化。

倏地，一股极阴冷的气息快速地涌到我的体内，丹田中刚贮存了很少一部分的至阳内息瞬间被吞噬掉，我现在才明白刚才李霸天被冰毒侵体的痛苦。

冷到极点的寒冷气息一进入我的体内，速度马上慢下来，如同八爪鱼般往我经脉其他地方扩展过去，即便是很细小的经脉也不放过。

外面三人一点儿也没有看出我的变化，只觉得我神态凝重，除此之外便没有什么异于常人的地方。

我几乎没有任何反抗的能力，眼巴巴地看着剑内的冰冷气息鸠占鹊巢般逐渐将我全身给占领了。

身体渐渐麻木，再也感受不到任何疼痛，我宛如一个无关紧要的旁观者听之任之。直到全身的经脉都被占领，冰冷的气息，有规律地一点点从经脉中退出来，慢慢地往丹田涌进。

仿佛退潮般，寒冷的内息从经脉中退得一干二净，我慢慢睁开双眼，感觉不到什么异样。我试着站起身来，挥舞了一下手臂，感觉不到什么力气，伸了个懒腰，忽然笼罩着我的寒雾仿佛受到什么吸引一样，往我体内挤进来。

全身上下数不清的毛孔，如同针扎般刺痒难忍，丹田中的内息忽地涌出，在体内与外面的寒雾遥相呼应，我再也忍受不了，大叫一声，晕了过去。

等到我醒来时，已经是日上三竿。我环顾左右，却看到蓝薇趴在床头，此时正在酣睡。盯着她露出的半边俏脸，我心中不由得涌起疼惜的感觉，平日里冷丽的娇靥此刻却露出如小女孩般可爱的淡笑。

不知道她在梦中见到了什么，笑得这么可人。我轻轻地挺身坐起来，心中一动，将意识沉到体内，血液有条不紊地运行着，再将意识探进丹田中，看见一团如有实质的寒能霸占着全部丹田。

我心念一动，寒能立即随着我的意识从丹田中探出头来。我舒了一口气，放下心来。看来我这次是因祸得福，有惊无险地一次渡过了两劫，直接从第二曲进入第三曲，这可真要感谢那把"霜之哀伤"，没有它的帮助，我也不可能这么快将体内至阳的能量转化为至阴的能量，修为更加精进。

感叹世事变幻无常，我掀开薄被，飘落到地面，点了蓝薇的睡穴，把她抱到床上，她看了我一夜，应该也很疲惫了，就让她多休息一会儿吧。

"霜之哀伤"静静地躺在桌子上，我伸手一招，神剑飞到我的手中，多了条金线的神剑显得更为突出。

随意走出屋外，感应剑灵冰狐，几乎是同一时间，冰狐出现在我面前。我望着长出三条尾巴的冰狐，心中大喜。这样看来，我的功力最起码增长了三倍以上，到此时我才真正地相信自己安然渡过了两劫。

清风徐徐吹过，神清气爽，我抓着手中的神剑，在薄曦下，展开身形大开大合地舞了起来。这套剑法很一般，是里威爷爷传授的，据他说这套剑法是北斗武道学院的初级剑法。

几位伯伯和义父没有传授过我任何剑法，所以我现在只会一些低级剑法，当然除了从"霜之哀伤"得到的"御剑诀"。

"小家伙，这么努力，伤刚好，应该多休息！"

爽朗豪气的声音除了李老爷子还有谁，我停下手中的神剑，笑着迎了上去。

从他口中得知，原来昨天我突然晕过去后，三人都急得不得了，后来还是被精通医学的梅无影检查过后，发现我只是暂时昏迷，没有什么大碍，身体健康得很，这才放下心来，将我送了回去，只留下蓝薇一人照顾我。

见他盯着我手中抓着的"霜之哀伤"，我立即晓得他心中有疑惑，于是把昨天的事讲了一遍，为他解惑。只是我隐瞒了"龙丹"一事没有说，龙丹牵扯太大，还是不说出来比较好。

李霸天想了半天，仍是想不通为什么自家的神剑会这么轻易就被我收服，而且守护剑的精灵竟然也被我召唤出来，这是从来不曾出现过的事。他当然知道自己家从上古流传下来的五把神剑，分别有五个守护精灵隐身在其中。

但是这一直是个传说，仅存在于典籍的记载中，谁也没有真正地召唤出守护精灵。

几百年来整个家族不论是多么优秀的人，从来未曾将守护精灵给召唤出来过，所以渐渐地大家都以为这只是一个传说，是祖先捏造出来的，直到昨天，他才真正地知道这并非是传说，而是确实存在的一个事实，而且威力之大，他自己也亲身体会了。

想到这儿，李霸天忽然兴起一个念头，斜睨了我一眼，暗道："这个小家伙会不会也能将其他几把剑中的守护精灵给召唤出来呢？如果真的是这样，我们李家仗着五把神剑之威，地位将会再升一升。"

我瞧见老人家突然地从嘴角流出口水，顿时有了不好的预感，就好像那天被他套走半葫芦的猴儿酒的感觉。

李霸天呵呵地笑着，向我这儿走了两步，来到我身边，道："贤侄啊，这两天在我这儿住得还舒服吗？"

我点点头道："不错。"

"那就好，那就好。"他呵呵笑着道，"你有没有感觉到蓝薇那丫头，对你比对别人特别一些？"

我有些摸不着头脑，一头雾水地道："有吗？"我挠着头在想蓝薇究竟以前是不是真的对我和别人不一样，印象中好像没有，我和她接触本就少，认识也就这两天的事，哪能知道她对我和别人有什么不同。

李霸天失声道："你没有注意到吗？"

被他突然出现的表情吓了一跳，我有些心惊肉跳，迟疑了一下道："注意到什么？"

李霸天叫了一声娘，拍着自己的脑袋道："你没有看出来吗？蓝丫头已经喜欢上你了，傻小子，你太不关注你身边人的感情了。"

"啊！"我惊讶地道，"什么？你说蓝薇喜欢我？你……你确信你没有看错吗？呵呵，我真的没有注意过。"

李霸天走上前，拍着我的肩头道："贤侄，这是你的福分啊，你瞧我们家的蓝丫头，要容貌是沉鱼落雁，要气质是百里挑一，秀外慧中，追我们蓝丫头的世家子弟、当世豪杰，多得数都数不过来，能让我家蓝丫头看中，啧啧！"

我莫名其妙地望着他老人家说了一大堆夸奖蓝薇的话，不过我也得承认，蓝薇确实是难得一见的美丽女孩，就连爱娃与之相比都差了好大一截。不过他说蓝薇喜欢我，这却从何说起啊，我们见面不过是几天的工夫，根本不可能啊！

神剑中的虚拟世界

第二十九章

见我一直搞不清状况，李老爷子干脆实话实说。我这才知道原来他是想让我帮他把其他四把神剑中的守护精灵都给唤醒，又怕我不答应，于是就想用蓝薇对我的感情，逼我就范。绕了半天弯子，结果我比他想象中的笨多了，愣是没有明白他的意图，逼得他只好实话实说。

　　我刚从偏僻的小村子出来，完全不知道如果这五把神剑中的守护精灵被我从沉睡中唤醒，将意味着什么！

　　无论什么时候，实力都决定一切，有了五把威力无穷的神剑，再加上五个上古守护精灵，李家年青一代的实力将是四大星球各个家族中最强的，平衡打破，利益将会重新分配。

　　我本来就想看看和"霜之哀伤"齐名的那四把神剑究竟有什么奥妙，自从想用神铁木给大黑炼制一个宿身之所，我就对三伯伯传我的炼器术起了极大的兴趣，这次有机会看到上古流传的神剑，我自是不可能轻易放过。

　　见我这么爽快地答应，李霸天先是错愕，接着便一脸狂喜。他实在想不到，我这么容易就答应了他的要求，原来以为要花费大量口舌的……

　　迟则有变，他马上带着我去李家最隐秘的地方。我们一路走来不知经过了多少门户，而且机关无数，再加上数量众多的守护者，想要偷偷摸摸地进入这里，简直是难比登天。

　　经过最后一道身份认证，我随着李霸天进入了李家不为外人所知的隐秘所在。

　　原以为李霸天是李家的家长，来这里应该是通行无阻的，谁知道，即便身为大家长的他要进这里，也得经过层层关卡的审查和验证。

我暗暗惊叹：不愧是历经十数代仍然屹立不倒的大家族，果然有其存在的理由，只从族规的森严便可见一斑。

我惊奇地瞪着眼前的一切，要不是亲眼所见，我决不相信这里的装饰会如此古朴。这些天我待在李家也参观了不少地方，处处可见高科技的影子，好像这是个新兴家族，而绝非是一个血脉相承的古老家族。

从通往这里的第一个通道，无论是人还是物，抑或是机关和守护者的装备，全都是高科技的产物。

天高地远的差别，顿时让我一时无法接受。

李老爷子笑呵呵地看了我一眼，不无得意地说道："小家伙，这里怎么样？你算是非常幸运的，这里除了大家长和几个大长老，很少有人能被允许进来这里，更不要说是个外人了。"

我点点头，好奇地打量着四周的环境，这里虽然没有一点儿声音，我却意外地无法平静心情，血液跳动，仿佛受到了什么召唤，受到影响的大脑也躁动着嗡嗡响。

我轻轻甩甩头，希望可以借着这个动作令心情平静下来。

这里仿佛是一个巨大的宝藏，金银珠宝自不待说，即便连稀罕的夜明珠也摆满了几大箱。离我不远的一张奇怪的桌子上，摆放着很多水晶盒，在我经过的时候才发现里面满装着各种各样的宠兽精魄。

我大吃一惊，这李家当真是大手笔，这么多精魄，看其形状和释放出的光芒，我可以判断出这些精魄级别都不低。一般来说宠兽要三级以上经过长久修炼才能拥有自己的精魄。

本来精魄就很难寻找，谁愿意把自己的宠兽杀死来获得精魄呢？这不啻是杀鸡取卵，得不偿失。再加上几百年前大战后，宠兽的技术就一落千丈，到了现在几乎只有四级以上的宠兽才能拥有以前三级宠兽就能拥有的精魄，实在是稀罕之物。

而这李家光摆在台面上的就不下数十枚，大部分是三级中品与上品的精魄，少量的四级下品精魄，还有两三枚四级上品的。

经过最前面的屋子，进入靠里面的一间，还没走进去我就嗅到一股浓重的书卷气，步入后才发现四壁挂满了各种书画。我对这个没有研究，看不出其价值，但料想能存放到这里应该是价值不菲才对。

一连穿过五间屋子，一间比一间小，存放的无一不是价值连城之物。李霸天在前面带路，每经过一间屋子，都会停下来给我介绍一下存放之物的价值和珍贵之处，让我长了不少见识。

走到最后一道门前，经过虹膜比对，门发出"嘟"的一声，缓缓打开，李霸天面色肃穆，一马当先走进里面。

我奇怪他为什么突然神情变得古怪，前面几道门都直接一推就进来了，怎么到了这里还要进行身份验证。

奇怪归奇怪，我跟在他身后跨过门槛也往里走去。

刚一进到里面，一股肃杀之气就呼地迎面扑过来，我应变不及，被呛得向后退了一步，运气全身一周，才猛地突破那种奇怪杀气的围绕走了进去。

我随意地向里面瞟了一眼，蓦地愣住了，这里简直可以说是一个兵器宝藏，相对较小的屋子中堆满了各种武器。

李老爷子瞥了一眼呆若木鸡的我，捋着胡子不无得意地傲然道："这里就是我李家千年以来收藏的兵器，任何一把拿出去都是稀罕的宝贝，就算是仗之横行天下也大有可能。"

深研过炼器术的我，眼力当然非常人可比，一眼扫过，瞧出这些武器尽皆是神兵利器，不怪乎老爷子这么自傲。

突然我心中转过一个念头，要是李家的人充分利用这些神器，不敢说其他三大星球，只地球肯定是李家的囊中之物。不过，在李家住了这么久，我为什么没见过李家有谁用的兵器是神器呢？

他好像看出了我的疑惑，叹了一声，沉默了一会儿道："虽然这里有百多把一等一的神器，每一把兵器中都封印有一只级别不低的宠兽，但是每一把兵器都会在主人死去的时候进入沉睡，除非遇到它们认可的主人才会苏醒，否则无人可用。"

我明白地嗯了一声。

老爷子接着道："每一代大家长都会从家族中找十位到二十位潜力较大的新生代，领他们来认剑，只要他们使其中一把神剑认他们为主，就可以拥有它。"

我暗自忖度，李家拥有这样一个大宝藏却没法很好地应用，难怪老爷子唉声叹气，愁眉不展，看到吃不到的感觉确实不好！

老爷子又道："虽然每一代都会有神剑从沉睡中苏醒认主，奈何每一代都不会超过五人。到了蓝薇这一代，有八把神器认主，这已经大大出乎了我们的意料。更令我们吃惊的是，三把几百年都未曾苏醒过的顶尖神剑竟然同时认主！"

我插嘴道："就是蓝薇、清儿还有李雄吧？"

老爷子略显激动地道："不错，就是他们三人。但是更令我吃惊的是，传说中的剑灵竟被你召唤出来，威力之大闻所未闻。"

说到这儿，我对李家的神剑史也有了一个大概认识，感受到百把神剑传来的肃杀之气，鲜血也为之沸腾起来，好像置身杀声震天的战场，情不自禁地兴奋起来。

老爷子小心翼翼地一一拿出四个长短不一的水晶盒子，里面分别是"火之热情""水之飘灵""地之厚实""风之无形"四把当今最强之剑。

我收拾起兴奋的心情，轻轻抚过四把神剑，"火之热情"剑身最大，通体呈红色，给我烈炎的炽热感；"水之飘灵"剑身扁平，呈碧绿色，给我一种宁和、静谧的感觉；"地之厚实"剑身宽厚，呈赭色，给我一种沉凝厚实的感觉；最后这把"风之无形"最是狭长，呈水晶色，近乎透明，给我一种灵动飘逸的感觉。

我睁开双眼徐徐地吐出一口气，这四把神剑真是太玄妙了，仿佛已经不单单是四把剑了，而是同大自然交流的一种工具，通过它们，你完全可以感应到大自然博大神奇的力量。

感叹良久，体会到自己的炼器术还任重道远，我暗暗揣摩：究竟是谁有这么大本领制造出这几把神器？

老爷子见我忽然睁开眼，刚想问我，见我再次闭上眼，只能干着急，硬是没有出声。

我几乎将他交代的事给忘了，再次睁开眼发现老爷子望来的询问的目光时，才醒悟过来，赶紧又闭上眼睛将意识探到"火之热情"中。

心神一进入"火之热情"，立即仿佛置身汪洋火海，四周炽热的火焰将我的身子给掩埋；向前眺望，一望无际的旺盛火舌不断地蹿动，虽然在剑中的我只是用意识幻化出的一个虚拟人影，但仍令我感到其中炽热的温度。

游荡在火海中，飞行过很远的距离，我终于在火海深处发现了一条身形庞大的火蛇，火蛇缩成一团没有一点儿动静。

我按下云头，降落到它面前，火蛇在沉睡中，鳞片散发着阵阵蓝莹莹的柔和光芒。我向前迈出去，想走近些看看，刚迈出一步即被一个东西给挡住，仔细查看，发觉有一个近似透明的火色光圈将火蛇整个圈在里面，因为颜色与周围的火焰相似，我一时没有注意就撞了上去。

看来，想要将剑灵唤醒，只要把它唤醒就可以了。

我探手抚在光圈上，看上去薄薄的一层竟然极为坚韧，心念一动，剩下的那只护臂顿时进化成攻击形态，锋利的刺芒在熊熊火光的掩映下更显锋锐。我大喝一声挥出鳞刺，光圈竟然随着鳞刺深深地凹陷下去，却没有被穿透。

我大感讶异，不信邪地用出全身功力，连续地打在光圈上，结果令我十分沮丧，竟然连划痕都没有留下一处。

想来要想突破这个光圈只有引导出龙丹的力量才行，否则凭我现在的本事真的莫奈它何。

而龙丹的力量也是神出鬼没，不听我指挥，无奈之下我只好将意识退出"火之热情"，刚睁开眼就见到老爷子一脸期盼地望着我。我尴尬地笑了笑，道："这把剑的剑灵是一条级别很高的火蛇，不过我没有能力把它唤醒。"

本来老爷子见我说出剑灵，还以为我有办法，等到我说出无能为力时，虽然安慰我说"不碍事"，却难以掩饰脸上的失望之色。

我放下神剑，再拿起"水之飘灵"，二话不说立即把意识探入剑中。这次倒真的是汪洋大海，水天一色，碧波荡漾。我飘浮在空中俯视平静的海面，感叹好久没有在水中戏耍了，念头刚起，立即一个猛子扎了进去。

沁人的凉爽连虚拟的意识都可以感觉出来，我默念召唤口诀，身为鼎灵的小黑出现在视野中。

昔日的小龟现在比磨盘还要大上许多，恐怕比起它的父亲还要大上少许，它是真正地长大了。不过它童趣不减，刚一出来，见到这无边无际的水世界，马上兴奋地四肢划动，在水中打起滚来。

我哈哈大笑，猛地蹿过去，趴在大大的龟壳上，在心中叫道："小黑，咱们向下潜。"收到我的信号，小黑一个翻身，呈六十度的身躯随即飞快地潜了下去。

和真实的世界不同，水底一直保持着朦胧的光亮，让我可以看清四周的一切，奇形怪状的水生物不断从身边经过，五颜六色的珊瑚礁在水底连绵数里，壮观无比。

小黑忽然感觉到什么，停了下来，接着改变方向飞快地游过去。我暗暗惊讶，脑中灵光一闪，猜道："难道它发现了剑灵？一路游了数百里地，见到了不少生物，凶狠的、体形庞大的都遇到不少，不过感觉上都是一些普通生物。"

又游了很远的距离，生物越来越少，突然我感到小黑顿了一下，立即以更快的速度向前掠去。

我暗道："好像要到了。"话音刚落，我便看到一个庞然大物，仿佛一座高山，怕有百米之巨。张口结舌地呆望着它，我心中的震撼非言语所能表达。

小黑却表现出和我截然相反的神情，欢快地叫着，向庞然大物飞快地游过去。

我刚想制止它，它已经被保护着剑灵的水蓝色光圈给震得倒飞回来。

我肯定这就是神剑的剑灵。眼前的剑灵是一只无比庞大的海龟，此时正在沉睡，闭上的眼睛显得安详无比。

上古传说中，地球乃是漂浮在海上的方形陆地，陆地下面有巨大乌龟将其撑起，使之不会沉入水中。

我想这便是那只神话中的主角吧。我咽了口唾沫，心中那个想要把它叫醒的念头刚冒出一点儿头，即被我扼杀在摇篮之中。难怪小黑这么兴奋，大概这只沉睡中的海龟就是龟类家族中的祖先吧。

拍了拍依依不舍的小黑，我将它封回鼎中，立即从剑中收回神识。没有多说话，我又拿起了"地之厚实"，将心神沉了进去，出现在眼前的是一座又一座的山峰，峰峰相连到天边，本来应该枝繁叶茂、绿色无边的山脉群，此刻却身着银装，一派安详静谧。

我顿时为眼前银装素裹中的山脉所感动，天空干净异常，连一块云彩也没有，厚厚的积雪上，布满了小动物的脚印。

我望着这没有穷尽的雪世界，一时间不知该如何下手去寻找剑中的剑灵。

就在皱眉思索的当儿，我忽然觉察到空气有规律地轻轻振动，声音的频率似曾相识，却不能立刻想到是在哪里听过。

寻觅着声音的发源处，我渐渐走到一个巨大山洞之前。走进山洞，约有一里地，远处发出的微微黄色光晕吸引了我的注意力。我暗道自己真是幸运，看来真是误打误撞地让我找到了剑灵的隐身之地。

循着光晕我又走进一个相连的山洞，一只巨大的狗熊匍匐在地上，正酣睡着。我恍然大悟，自己听到的声音正是这只狗熊发出的鼾声，我不禁失笑地向前走了两步观察它。

以它躺下来的身体看应该有三四个成年人那么大，全身被柔和的黄色光芒所掩盖，嘴角的嫩肉跟着鼾声微微地颤动着；显露在身外的两只前爪，粗大有力。我此时考虑的并不是将这两只熊掌炖来吃，味道会不会特别香，而是这两只有力的大掌究竟能发出多大的力量。

我望着那个黄色光圈微微发呆，它要是和那火蛇的光圈一样，我想我是无能为力的。

试着打出一拳，感觉到其中的弹力尤胜火蛇的那个，反震之力令我的手腕隐隐作痛。没好气地瞥了一眼在里面睡得正香的那个胖家伙，我心中发狠道："我就不信砸不开你。"

　　心中一动，鱼皮蛇纹刀已经落在手中，我嘴中不停歇地念动召唤口诀，小青蛇从中蹿了出来，绕着我飞快地上下飞动，快得只能看到青绿光芒，仿佛我身上套了一个青绿色的光环。

　　一片青绿光芒中，我的声音从中传出："铠化！"

　　片刻间，青绿光芒停止闪动，一身鳞甲的我威风凛凛地出现在空地上，手中拿着两把由小青蛇的獠牙幻化的武器。我陡地飞扑过去，手中的獠牙由上向下狠狠扎在光圈上。

　　倏地，光圈的力量层层爆发将我向外推，无法匹敌的力量陡然迸射，我无可抵御地倒飞出去，撞在岩石的墙壁上，四周也跟着颤动起来，仿佛要塌陷般，不断有碎石粉末落下。

　　我忍着背部的疼痛使劲从凹陷中挣脱出来，呼呼地大口喘气，不可置信地望着那个光圈。反击的力量竟然这么大，看来这些神兽根本非人力所能抵御，只有体内龙丹的力量才是它们的克星。

　　摇了摇头，放弃将它从睡梦中惊醒的可怕想法，我苦笑着喃喃自语道："老爷子的忙，我是帮不了了，这些剑灵实在太可怕，单是护身的光圈威力就这么大，要是真的醒过来那还了得？我又无法使用体内龙丹的力量。"

　　正想退出剑中的世界，突然我听到一个若有若无的急促脚步声，却不像是人类的，应该是动物的。我灵机一动，飞到空中，片刻后，一个黄不溜秋的肉滚滚的身子出现在我视野中。

　　我惊喜地发现竟然是一只小熊，肉肉的身体，圆圆的脑袋，此时正趴在光圈上往里看，憨厚的样子再加上吐出来的小舌头真是可爱极了。

　　我不声不响地落在它后面，它却出乎我意料的机警，突然转过身来，小心地望着我手中的两个獠牙般的武器，眼中显露出害怕的样子。

　　我这才醒悟过来，自己还在铠化中，念头一动，解除身上的铠甲，露出本来面目。

第二剑灵

第三十章

我感觉得到这只突然出现的小熊和神剑中虚拟的其他动物不同，它的身上有力量在波动。我忽然大胆地猜测，这只小熊会不会也是这把神剑的剑灵呢？

一般来说，与普通利器不同，神剑可以封印数只宠兽在内，这剑灵虽与宠兽不大一样，但想来道理应该相同。我笑呵呵地往前迈了一步，小熊本来是人立而起，两只前爪放在肋下，此时我突然向前走了一步，它仿佛受到惊吓就要向后退去，结果忘了自己是站着的，一个屁蹲儿坐到了地上。

看来剑灵不是那么好亲近的。小熊乌溜溜的眼珠怔怔地望着我，应该是在想我这个不速之客究竟是从哪里来的吧。

见它盯着我的目光中并没有敌视的情绪，我暗自猜测它并没有敌视我这个贸然闯入的人类。望着它憨厚的脸盘，我真是越看越爱，暗地里绞尽脑汁地想怎么才能消除它对我的戒心。

倏地灵机一动，倒真的让我想到了一个点子。熊不是最爱蜂蜜的吗，蜂蜜我虽然没有，不过我有一种胜过蜂蜜千百倍的东西。我呵呵一笑，从灵龟地铁鼎中舀了些许混沌汁，顿时石窟中弥漫起奇异的香气。

很快，它就闻到了，努力地耸动着鼻子，呼哧呼哧地发出很大声音，我心中暗暗偷笑，不怕你不上当，连似凤那么嘴刁的家伙都难以忍受这种美味，你这只小笨熊又怎么能耐得住？

小笨熊不断地咽着口水，可惜口水流得太快，已经滴了一地。显然它已经发现这种类似"龙涎"的香味正是从我这里传过去的。

见它努力地仰头望着我，显然已经坐立不安。我看引诱得差不多了，便不再难为它，将手中的一半混沌汁放在岩石上，然后退往一边，看着它。

它看了看我，又看了看岩石上冒着诱人香气的东西，四肢并用地跑过去，伸出长长的红舌头，一下子就全舔到嘴中。

我也找了一块岩石坐下来，看着它的贪吃样，禁不住笑出来。陶醉在享受中的小笨熊，忽地被我惊醒，发现了我手中的另外一半混沌汁，眨巴着眼睛，想过来，又怕我，不敢过来。

我胜券在握，好笑地盯着小笨熊，我才不信它可以忍受这种美味，甘愿放弃呢。过了一会儿，它见我没有把剩下的那半混沌汁放到地上任它享用的意思，一步步地向我挪过来。

结果自不待说，有了美味，小笨熊恐怕连自己是熊都忘记了，跟我一好两好。

我收回意识，笑着对老爷子道："这把神剑的剑灵是一只巨大的棕熊。"

他脱口惊道："大地之熊！"

我道："我在一个巨大的石窟中发现了你说的那个什么大地之熊，不过它在沉睡中，这些沉睡的剑灵都有一个古怪的能量光圈护着，以我现在的修为还不能打破光圈唤醒它们。"

老爷子叹了口气道："我也知道这是强人所难，我以前也曾探索过神剑中的世界，里面无限大，别说唤醒它们，就是找到它们都几乎是不可能的。"

我忽然想到什么，忙道："老爷子，我还记得刚才那些剑灵沉睡之所，不如我带你去，我想以你的修为绝对可以打破这些能量圈。"

老爷子叹道："你不知道，这些虚拟世界不是固定不变的，当你抽回自己的意识再进入里面，里面的世界就是完全陌生的另一番景象了。"

我放下手中的神剑，拿起最后一个水晶盒中的"风之无形"，心中念头一转，转头对他道："老爷子，这次咱俩一块儿进入神剑，万一找到那剑灵，合我们两人之力一定可以将剑灵唤醒。"

老爷子思索了一下，点头道："这个主意好。"

意识进入剑中，竟然发现眼前是一望无际的虚空，空无一物，与先前的几次经历完全不一样。老爷子站在我身边，也是奇怪地看着周围。

这次情形完全出乎我的意料，感受到老爷子望来的疑惑目光，我只能报之苦笑。毕竟姜还是老的辣，迅速地冷静下来，老爷子道："这种奇怪的情景，我以前也不曾遇到过，咱们先往前飞看有什么发现。"

我应了一声，跟在他身后，选准了一个方向快速地向前掠去。

　　经过了很长时间，周围仍然是一望无际的空白，如果不是感受到身体疲乏，我真的怀疑自己是不是还在原地。

　　这个念头刚起，周围顿时发生了变化，四周相继出现了无数面高大宽阔的镜子，一条通道在前，我和老爷子面面相觑。老爷子望着前面的那条隧道，沉声道："随机应变！"

　　我跟在后面在通道中走着，四周的镜子古怪非常，因为里面并没有映出我的影像，空白一片。

　　走了几个小时，通道仿佛没有尽头，我们一直走着，老爷子突然停下来道："恐怕这个通道怎么走也走不到尽头。"

　　我点了点头，与他对视一眼，望着周围的古怪镜面，道："打碎它，看看它后面是什么东西。"

　　我们不约而同地挥拳打向四周数也数不清的镜面，镜面并不如我想象中那般"哗啦"一声化成碎片，而是突然旋转起来，接着，几乎所有的镜面都跟着转动起来。老爷子大声道："小心，有古怪！"

　　几乎是话音刚落，不可抗拒的狂风便向我们两人吹来。我立即施展开御风术，老爷子也同一时间飞到半空。在我想来，我的御风术正是御风而行的功法，无论风怎么个狂法都不能伤我分毫。

　　可惜马上我就吃到了苦头，由于前后、左右、上下全是镜面，此时一同转动起来，方向极为狂乱，瞬间就会改变上万个方向。

　　我根本没有能力稳住身形，勉力向老爷子那边看了一眼，他情形也不是太好，只能勉强凭借自身的强大修为稳住身形。

　　风速越来越强，吹在身上，竟让我感到好像被刀割一样疼痛。蓦地，四周无数镜面化为漫天的碎片，碎片接着破碎，满天的粉末在空中组合在一起，放出阵阵刺眼的银光。

　　我恍然大悟，这奇怪的镜子就是剑灵的能量光圈了，想大声告诉离我很远的老爷子，奈何风速不但不减还有愈来愈大的征兆，身体在空中任狂风蹂躏。

　　再这么下去，自己的意识肯定会被吹散。

　　耳边传来老爷子的大喊声："咱们出去吧！风太大，意识会被吹散。"

　　收到他的信息，我呼了一口气，当即把自己的意识抽离回本体，当我睁开眼的时候，老爷子正苦笑地望着我，见我醒来问道："没事吧？刚才那阵风实在太邪门了。"

我把刚才没来得及告诉他的话说给他听，听完我的话，老爷子一脸错愕，旋即有些垂头丧气，叹了一口气便不再说话。

我知道他在为自己的半途而废而沮丧，知趣地没有说话，将手中的"风之无形"放回水晶盒中，望着四把巧夺天工的神剑，心中依依不舍地逐个抚摸了一遍。

正想反身走开，跟着老爷子出去，突然眼角的余光瞥到其中一把神剑放出微微的黄色光晕，我惊奇地立即站在那里仔细地看去。放射光芒的正是那把"地之厚实"，我心中一动，脑中浮现出地那只可爱的小笨熊的馋样。

老爷子马上发现了我的异样，诧异地走过来，刚想说话，却看到正放出柔和光芒的"地之厚实"，激动地愣在那里。他情不自禁地伸手摸过去，刹那间柔和的光晕变得激烈起来。

剑身不安分地颤动着，发出"嗡嗡"的声音，老爷子吓得立即又把手缩了回去。听到剑的鸣叫，我仿佛听到了那只小笨熊嗷嗷的叫声。我轻轻一笑，探手握住剑柄。

老爷子见我伸手抓剑，大吃一惊，想制止我已经来不及。

剑落在我手中，光芒顿时大盛，土黄色光晕映射整间密室，不过却是柔和的，给人安详的感觉。这个时候我脑海中忽然出现了三句口诀，我一愣马上醒悟，这三句剑诀是神剑认主的时候自主出现的。

老爷子在一旁愕然地望着我，剑上的黄晕将我笼罩在内，相映生辉，他脸上不禁现出喜忧参半的神情。

我一心只关注神剑传来的那种奇特的仿佛有一种血脉相承的感觉，却没有看到老爷子脸色的变化。

这神剑乃是充满灵性之物，一旦认主就不会再认第二个主人。所以当他发现神剑明显显示出认主的特征，不禁有些惴惴不安，喜的是总算没有白费心机，有一个剑灵苏醒了，忧的是神剑突然认主，恐怕自家其他子弟无法得到这把神剑的认可了。

这五把神剑，其中"霜之哀伤"被蓝薇得到，"风之无形"认了清儿为主，李雄也得到"火之热情"认可。但是三把神剑中只有"霜之哀伤"在我的误打误撞下使剑灵从沉睡中醒来。

老爷子心念电转，已有计较，大声谢我道："贤侄辛苦了，终于没有白费气力，唤醒了'地之厚实'的剑灵，老头子也不能让贤侄入宝山却空手归，这样好了，这里只要贤侄看中的，就送与贤侄了。"

听到他客气地要赠我一把上等兵器，我恋恋不舍地放下手中的"地之厚实"，心中知道，老爷子是不会把这把剑送给我的，毕竟这是他们李家传了很多代的上古神兵，哪会这么轻易地就送给我一个外人？

瞟了一眼四周的神兵利器，顿时意兴阑珊，我又回头望了一眼躺在水晶盒中的"地之厚实"，心道："自己已经有了四伯伯送我的那把鱼皮蛇纹刀，密室中其他兵器虽然也是难得一见，与四伯伯的那把刀比起来是多有不如，有几把差不多的，我也提不起兴致去看。"

我漫不经心地在兵器架周围逛来逛去。

不大会儿，我听到不远处有众多脚步声传来，竟然来了三四十个李家的子弟，想必是老爷子在我看兵器的时候召来的李家精英子弟。这些年轻的面孔大多充溢着兴奋的神情，在两位家族长老的带领下快速有序地鱼贯而入，显得训练有素。

我望着这群人快速地在狭小的密室中排出一个整齐的队伍，没有争吵没有推挤。向后面望去，忽然看到蓝薇也在队伍中，在蓝薇的身后还有七八个女孩子。蓝薇也注意到我的存在，见我向她看去，冲我一笑。

我向她点了点头，心头暗自忖度，蓝薇已经有神器了，老爷子还让她来做什么？不知他葫芦里卖的什么药。

其实，老爷子心里自然有自己的打算，他很清楚神剑一旦认主想要再另外认主几乎是不可能的，所以在他想来，虽然叫来这么多李家的精英，但是能够成功令神剑认主的机会恐怕微乎其微。

但是神剑是不可以白白送给外人的，那天他亲眼目睹了蓝薇的那把"霜之哀伤"，我和蓝薇两人都可以使用，所以他打算万一没有人可令神剑臣服，就让蓝薇试试，这实在是一个没有办法的赌局。

打头的青年，虎背熊腰，两眼炯炯有神，四肢强健有力，脸盘坚毅，一看便知道是文武全才。只看他能在几十人中排在最前面便知是李家新生代的风云人物。

此人名叫李猎，在李家年青一代中威望很高，文才武略仅次于李雄。这次招来这么多人，老爷子实是把宝都押在此子身上。如果他都没办法收服神剑，那么老爷子的幻想基本上就破灭了。

老爷子看着这群子弟，脸色一整，肃容道："此次神剑认主你们要全力以赴，否则家法伺候。"说着眼神有意无意地瞟了一眼李猎。

李猎也注意到老爷子特别关注的眼神，向老爷子微微点头，从容地大步向前，站在水晶盒前，望着静静躺在里面的神剑，一向平静似水的心脏不争气地仿若小鹿怦怦乱撞。

眼眸射出憧憬的目光，他想到当日李家新生代中公认的几位最优秀的子弟，一同前去收服神剑，当时的心情也似现在般喜忧不定。最令人沮丧的是，只有他一人没有得到神剑认可，没想到今天老天又赐给他一次机会，这次他一定要成功。

我看到李猎停在神剑前没有任何动作，就那么怔怔地盯着神剑，望着他虚无的眼神，我知道他现在正神游物外。这种情景是我以前经常出现的。

我心中猜测着他在这种紧要时刻究竟在想些什么，嘴角不自觉地露出一抹笑意。

老爷子也发现了他的状况，沉声道："还不开始！"

李猎陡然醒过来，两颊露出一抹酡红，双手忽然握向剑柄，快要接近的时候，双手微微地颤抖了一下，然后重重地握了上去。

手与剑柄接触的刹那，本来安静的神剑倏地放出刺眼的光芒，整间密室的空间都被黄色光晕所笼罩，即便镇定如两位长老，此时也显出诧异的神色。其余的年轻人则更大为讶异，紧张地盯着李猎。

所有人中只有我、老爷子和蓝薇没有任何表情，默默地注视着李猎的动作。我和老爷子是刚刚才看到过这种景象，所以不为所动，而蓝薇上次在我召唤出剑灵时受到的震撼比这次要大多了，所以也不紧张。

李猎如果获得这把剑，在李家来说，不论是老一辈还是年青一辈都是实至名归，任何人都不会有意见，毕竟他的才干是有目共睹的。

可惜，偏偏事实就是那么不尽如人愿。光晕越来越强，浓烈的光晕几乎将他给包裹在其中，坚持了片刻，李猎的身体便开始颤动，在场所有人都可以看出李猎正使出全部内息在抵御神剑的侵袭。

如果他成功地撑过去，那么显而易见，神剑就必定归顺他了，要是撑不过去，那他只好退位让贤，把机会让给其他人了。

片刻过后，李猎已经是满头大汗，汗湿了一身黑色劲装。

神剑蓦地激烈颤抖起来，李猎猛地大喝一声，沉腰扎马，双手握剑，想强行将剑给压住，他原本俊秀的面孔也因过分用力而变得走形。

倏地，神剑发出强烈的刺眼黄光，李猎一声悲愤的大叫后被震得脱手倒飞出去。两位长老一左一右迅速抢上一步，双掌顶在李猎背后，将他受到的暗劲给消去。

由于两位长老动作及时，李猎才没受伤，此刻落在地上，紧紧地盯着依旧静静躺在那儿的神剑，神情说不出的落寞与悲伤，痴痴地望着，眼角竟滚落两滴热泪。

　　再一次的失败，对他的打击非常大。

　　老爷子见到李猎失败，心中也凉了半截。在李猎后面的几十人也纷纷在与神剑的对抗中败下阵来。

　　老爷子眼看着一个个的都兴高采烈地上来，又颓丧地下去，只能把最后的希望寄托在蓝薇身上。

　　除了蓝薇，所有人都已经失败了，万众瞩目下，蓝薇仍是一副冰冷的俏模样，婷婷地站在神剑前，望了老爷子一眼，随即缓缓探手扶在剑柄处。

　　每个人的眼睛都一眨不眨地盯着蓝薇，毕竟她已经获得了一把神剑，现在来看只有她最有可能再收服这把神剑。

　　"地之厚实"显得很安静，被蓝薇握在手中散发着柔和的黄色光晕，没有一丝反抗的迹象，所有人都舒了一口气。

　　所有人中，就属老爷子最开心了，心中的一块大石落了地，总算是有人把神剑给收服了。否则如果每个人都无法收服，难道真的要把神剑拱手送人吗？

　　就在老爷子准备宣布这把神剑归蓝薇所有时，神剑陡然放出强烈的光芒，激烈地在蓝薇手中挣扎起来。

　　众人放松下来的心情突地再次紧张起来，惴惴不安地盯着蓝薇，两位长老和老爷子更是小心翼翼的，生怕一个不小心出了事。

　　反是当事人，不慌不忙，神情虽然也严肃起来，但仍然显得很轻松。一片冰蓝色光芒从蓝薇体内徐徐升起，缓缓地将激烈的黄芒给推离。

　　在场之人都目瞪口呆地望着这个奇景，不知道蓝薇身上为何会出现这种光芒。看情形冰蓝色光芒比神剑散发出来的黄色光芒还要强上几分。

　　黄色光芒被逼得一直退回到神剑处，光芒不及半尺，反观蓝薇身上的光芒愈来愈盛，将蓝薇衬托得仿若天人，美得不可方物。

　　忽然我感觉有些不妥，神剑光晕逐渐变浓，隐隐传来巨大的压力。

© 雨　魔 2017

图书在版编目（CIP）数据

驭兽斋 .1 / 雨魔著 .—沈阳：辽宁少年儿童出版社，2017.5

ISBN 978-7-5315-7039-4

Ⅰ.①驭… Ⅱ.①雨… Ⅲ.①长篇小说—中国—当代 Ⅳ.① I247.5

中国版本图书馆 CIP 数据核字（2016）第 315729 号

驭兽斋 1　Yushouzhai

出版发行：	北方联合出版传媒（集团）股份有限公司
	辽宁少年儿童出版社
地　　址：	沈阳市和平区十一纬路25号　邮编：110003
发行部电话：	024-23284265　23284261
总编室电话：	024-23284269
E-mail：	lnsecbs@163.com
http://www.lnse.com	
承 印 厂：	北京嘉业印刷厂

出 版 人：张国际		出版监制：柳　易　薛　婷	
策划编辑：梁永雪		责任编辑：周莉莉	
封面设计：韩　捷		责任印制：吕国刚	

幅面尺寸：165mm×235mm
印　　张：16　　　　字数：278 千字
出版时间：2017 年 5 月第 1 版
印刷时间：2017 年 5 月第 1 次印刷
标准书号：ISBN 978-7-5315-7039-4
定　　价：35.00 元

版权所有　侵权必究